U0015035

無盡的遠方

時瀟含 著

山頂文化

終於到了里昂。我等了兩年了。

筆尖流淌的不止是快樂

汪朗

●　●

時瀟含是個樂天派。在她看來，人生的意義，「就是那些短暫而真實的快樂咯」。把一截截短暫而真實的快樂拾掇一下，形成文章，便有了這本《無盡的遠方》。

「無盡的遠方」，出自魯迅先生的一段話：「無盡的遠方，無數的人們，都與我有關。」用來作這本書的書名，很貼切。因為書中寫的都是時瀟含作為交換生在法國學習生活一年中的所見、所聞、所感，其中的人和事，都與這個 1999 年出生的女生直接相關。時瀟含出的幾本書，書名都挺值得說道。她的上一本專談飲食的書《我有所念食，隔在遠遠鄉》，就是化用了白居易的詩句：「我有所念人，隔在遠遠鄉。我有所感事，結在深深腸。」沒想到，白樂天先生竟如此前衛，「遠遠鄉」「深深腸」這等詞句，放到今天也不失時髦，也不知唐朝的老嫗聽過之後，會作何評價。不過，給時瀟含的書作書名，倒是挺合適。

如今，出國留學的中國學生多了去了，寫的書也不算少，時瀟含的這本新書還有甚麼看頭嗎？我覺得還是有的。起碼內容很有趣，還有就是文字很通透。

時瀟含讀書的法國里爾政治學院是培養法國公務員的地方，據說名頭不小，排名在「法國總統的搖籃」巴黎政治學院之後。然而，一年中她在學業上有甚麼長進，獲取了哪些新知識，這本書裡基本沒寫，貫穿全書的關鍵詞只有一個——旅食，就是吃喝與遊玩。這一點，從全書四輯的篇目上便可了然。第一輯收錄的文章題目依次是：「多久能到里昂」「在里昂喝酒」「在里昂逛菜市場」「在 Lentilly 和法國人過週末」「在 Thomas 家吃法餐」「讓食物裝點里爾的夜空」「波德萊爾、爛餛飩和我的朋友們」「平安夜吃飽之後」「意麵形狀的里爾生活」「二月裡我蹭過的飯」「如何浪費我一文不值的時間」。從文章的題目可以想見，這本書的內容未必很勵志，但是足夠有趣。吃飯本身就是一件愉悅的事情，而時瀟含又是帶着快樂的心情訴說着這些經歷，相信讀者也會感受到這種快樂。

在這本書裡，時瀟含談到的食物都很家常，沒有甚麼珍稀的食材，也沒有甚麼複雜的烹飪技法，然而，就是這些簡簡單單的吃食，經過她一番細緻精到的描述，頓時顯得有滋有味。她這樣寫烤土豆：「沒有甚麼能媲美土豆，即使我櫃子裡的土豆爭先恐後地發芽了我也還是要這樣說。只要稍微烤一下，淋上一層輕盈的醬汁，土豆內斂又若隱若現的味道就散發了出來，讓人恨不得咬上空氣一口。烤土豆最大的秘訣在於不要削皮，溫度會給它焦脆的口感，還有在牙齒間掙扎時的小聲尖叫。」「在牙齒間掙扎時的小聲尖叫」，這是種甚麼感覺？我努力想像了半天，還是不得要領。看來，烤土豆吃得還不夠多。類似的描寫，書中還有很多。

時瀟含的文字很好，對此評論家已經說了不少好話。和上一本書相比，時瀟含的文字似乎更加平實，也更加內斂。她和熟識的法國男孩鬥嘴，因不夠伶牙俐齒吃了虧，哭了鼻子，她也只是淡淡地說，「眼睛上又蒙上了一層霧氣」，不帶一點煽情。她到比利時的一個小鎮遊玩，房東的一個小女孩十分可愛，嗒嗒嗒地帶着她在大房子裡到處轉悠，用她一句也聽不懂的荷蘭話進行講解。在他們做飯的時候，她還一直在廚房裡轉，直到吃了五個草莓才滿足。文章的結尾是這樣的：

「第二天離開的時候，房東的小女兒『嗒嗒嗒』地跑過來，牽起我的手親了一口，『嗒嗒嗒』地衝進了在廚房做飯的房東背後，探出頭來偷笑着看了我一眼。

「我不想走了，我不想努力了。」

為甚麼「不想努力」了？讀者從閱讀中自會得出答案，再做解釋便是廢話。留出空白，給讀者以填補的空間，可以讓文章更耐讀，這是一個作者文字成熟的表現。

時瀟含的文章很有畫面感，狀難寫之景如在目前，這大概與她喜歡拍照有關係。她玩兒攝影，段位相當高。前一段和她吃過一次飯，完了她說要去圓明園拍照片，隨身帶的兩部相機，有一部居然是中畫幅，還是使用膠捲的，看得我一愣。這種古董相機很少有小姑娘玩兒，用起來很吃功夫，要手動測光手動對焦，膠捲和沖洗費用也挺老貴的。用這種相機拍照，自然不能噼里啪啦亂摁一氣，要一張一張算計，認真構圖，仔細對焦，儘量一次拍出理想的作品。否則花錢老了去了。寫文章其實也是一個道理，要珍惜筆墨。對此，時瀟含的體會應該更深切。

時瀟含寫吃喝，寫遊記，讀起來都很有趣。但是在輕鬆靈動的文字下面，也能體味到她對一些複雜問題的感觸，比如人性的善惡，比如中外文化心理的差異，她將這類感觸融入自己的經歷之中，不加評論，不做褒貶，只是引發人們的思考。

比如說，在法國讀書期間，時瀟含參加了一次由幾個熟悉和不太熟悉的法國人組織的滑雪活動。在這些滑雪老手不到一分鐘就滑下來的雪道上，她花了一個小時才慢慢挪動下來。結果，這些在雪地裡等一個多小時的法國人，非但沒有一點抱怨，還給了她各種表揚，其中一個人居然說她很了不起，本來需要兩個多小時的滑程一個小時就完成了。這種誇大其詞的讚美，未免太不靠譜，但是能讓團隊的氣氛更融洽，誰說就一定不好？時瀟含參加這次滑雪活動時，剛剛從國內回到法國，當時中國已經出現了新冠疫情，法國的巴黎等地也有了病患。這些法國人對此心知肚明，但是沒有一個人主動和她說起過新冠疫情，大家在一起活動一起吃飯也沒有任何防範措施，還不讓這個陌生的中國姑娘平攤飯錢。當她和其中一個熟識的男孩在寒夜中談起疫情時，那個男孩吐着白氣回答說：「這不是能擔心的問題呀，你已經來了，對我而言是值不值得的問題。」接着就引開話題，指點她去找尋夜空中的北極星。以如此輕鬆的方式結束一個如此嚴重的話題，大概只有法國人才做得來。

這些法國人對待疫情這種大大咧咧的態度，對於抗擊疫情自然不甚有利，但是他們在言談舉止中所蘊含的對於一個外鄉人的關愛和體貼，是不是值得尊重呢？他們多年形成的為人處世的準則，我們是否應該多一些理解呢？世上許多問題，本無標準答案。對於時瀟含這個二十出頭的女孩子來說，能夠意識到問題的存在，已經可以了。時瀟含的這本書，有一輯是談她在法國出現疫情後的生活的，這種親身感受，遠比我們隔着電視屏幕看到的法國，要真實得多，很值得一讀。

時瀟含讀的雜書可真不少。在她的文章中可以窺見一二。她在里爾時，為了解饞，居然能翻騰出這樣一段話：「遇雪天，得一兔，無庖人可製。師云：山間只用薄批，酒、醬、椒料沃之。以風爐安座上，用水少半銚，候湯響一杯後，各分以箸，令自筴入湯擺熟，啖之乃隨意各以汁供。」還不註明出處。

這段話出自南宋林洪的《山家清供》，有專家認為這是中國關於火鍋的最早的文字記載，比起成吉思汗大軍征戰中用頭盔煮肉創造出火鍋之類的傳說，要可靠得多。只不過文中提到的所涮之物並非牛羊肉，而是兔肉。這道菜還有一個動聽的名字，叫撥霞供。《山家清供》雖說也算中國烹飪典籍，但知名度遠不及《隨園食單》《閒情偶寄》等書，頂級老饕才會翻閱，我也是當年為了寫文章才翻過。時瀟含居然讀這類書，真不知道她的腦子裡都裝了甚麼東西。有這些雜學墊底，寫出文章來自然更有嚼頭。

如今，時瀟含已經是中國大百科全書出版社和知識出版社的重點簽約作家，先前出的兩本書賣得都很好，多次加印。出版社的編輯們早早便將年紀輕輕的時瀟含納入麾下，確實很有識人眼光。只可惜，這些大編輯也有看走眼的時候，比如非要我給時瀟含的新書寫序。我雖然很喜歡時瀟含的文章，有時看着看着還會噗嗤笑出聲來，但是要從中總結出個一二三來，做出甚麼理論上的昇華，卻着實不會。萬般無奈，只好寫兩句讀後感充數。好在時瀟含的作品就擺在那裡，我的瞎白話兒並不會影響其閱讀價值。就此交差。

目錄

第一輯 熱愛 孤獨

Chapter One

第二輯

碰撞 融合

第三輯 旅行美食

Chapter Three

第四輯

留守重返

如果說熱愛可抵歲月漫長

那等待的歲月確實是夠漫長了

第一輯

熱愛孤獨

多久能到里昂

終於到了里昂。我等了兩年了。

甚至可以説，我與法國有關的一切都以里昂為起點，而我姍姍來遲，現在才真正到達。如果説熱愛可抵歲月漫長，那等待的歲月確實足夠漫長了。

去里昂的契機起源於一個無所事事的晚上。阿鉉秋假期間去意大利，途經里昂回里爾，問我想不想同行。我那時才剛從西班牙回來，可以説是精疲力竭。但是，提起里昂，好像突然觸動到我心裡很久以前的一段回憶，我想看看被兩條河流穿過的城市，想爬上山看看老城的棕色房頂，想和老朋友見一面，喝一杯在美國欠下的啤酒。

我遲疑了一秒，在鍵盤上敲下：「好，我訂票。」

其實和里昂的緣分始於我在美國旅遊的時候，偶然遇到了里昂人 Thomas，結伴旅行了近 10 天。從美國回來後，我開始學法語。他一直通過冷嘲熱諷的方式，孜孜不倦地糾正我的每一個語法錯誤，反覆向我強調里昂是一個美好的城市。本來約好再次一起旅行的我們，卻因為旅行計劃無法重疊而放了彼此無數次鴿子。

最終，兩年後，我來了。

只是沒想到，去里昂的路程異常坎坷。前一天晚上我和秋天耽誤了最後一班通往馬德里機場的火車，只能和一個同樣不靠譜的希臘女孩兒一起打車去了機場，在機場地板上睡了一個晚上。第二天清早從馬德里飛到了布魯塞爾，再從布魯塞爾轉車回里爾，在秋天家匆匆吃了一頓飯，洗了澡。連頭髮都沒有擦乾就看到郵箱裡的延誤通知——從里爾到巴黎的車延誤了兩個半小時。而從巴黎到里昂的車依舊正常，也就是說，趕不上了。改簽最快的一班車到巴黎也只剩給我 5 分鐘時間轉車。我裹着衣服佇立在里爾的寒風中，一邊發抖一邊給秋天打電話。秋天說：「時哥你回來吧，我家暖氣都已經開好了，我躺在被子裡實在是太舒服了。」

說起來很有意思，我們從西班牙回到里爾之後的第一感覺是「啊，回家了！」，沒想到短短的幾個月，里爾對我們來說，竟然變成「家」了。

回到那個寒夜。像我所做過的許多希望渺茫的努力一樣，這些沒有頭緒的困難只是讓我更確定，我真的很想去里昂。就像我在西班牙末班地鐵上，碰到氣喘吁吁的女孩對我說的話一樣：「要是沒有趕上這班地鐵的話，我就走一個小時回家，我知道一個女生深夜 1 點在馬德里不安全，但是你不能因為恐懼就連門都不出。」

這和我在里昂的某店橋上遇到的巴黎男生所說的話如出一轍，當那天夜裡第三次在老城偶遇的時候，他請我們去喝酒。他說：「對待生命，你不妨大膽一點去享受，因為我們始終會失去他。過你想過的生活，可能明天我就掉到索恩河裡了，所以我應該度過一個快樂的夜晚。」

我當時竟然被說服了，其實我現在也還是被說服了。

所以我明白，我真的很想去。

爬上車之後，我用磕磕巴巴的法語對着慢悠悠喝咖啡的司機解釋，我只有 5 分鐘時間轉車，請問他有沒有可能趕上。其實我心裡想說的是，能不能把咖啡放下，我們立刻出發，但是出於中國人的溫良恭儉讓，我選擇讓他自己「領悟」。事實證明，雖然法國人的效率低得令人髮指，但是辦事態度還是很不錯的。司機立刻打電話給公司，說他有一個時間很緊的乘客，問公司有沒有甚麼能為我做的。掛斷電話之後，他說我們到了之後會有人在站台等我，直接告訴我去哪裡找下一輛車，剩下要做的就是在車出發之前趕到。最後我們提前 20 多分鐘到了車站，司機跑下車打開行李艙，讓我第一個拿行李，然後對我說：「女士，提前的 15 分鐘都是為了您！」

這畢竟是法國啊！法語大約是為數不多，還在日常生活中頻繁使用「先生」「小姐」「夫人」等詞彙的語言吧。

而和我在里昂會合的阿鉉，比我更坎坷。他從都靈北上里昂，在 30 號的零點去到車站。拿着 30 號車票的他，卻在零點發現日期變成了 31 號，也就是前一天晚上他的車已經開走了，而他身上只剩下兩歐。好在身邊的法國人主動為他付了錢，只是留下一個電話讓他回去慢慢還錢。所以第二天的清晨，我們兩個人頂着蠟黃的臉蛋，終於在里昂車站見面了。

我們到的時候天還沒亮，只能在車站閒聊秋假的旅程，好不容易等到天色蒙蒙亮，才慢慢走去了老城。

我和阿鉉的旅行，都是毫無目的地漫遊，只要腳能走到的地方，我們就晃悠過去，反正本身就沒有太強的目的性，所以怎麼樣都不會迷路。只有走在沒有終點的路上，才是迷路。而我們唯一擁有的就是時間，唯一的目的就是通過研究人類生活的空虛，阿諛逢迎自己懶惰的天性。這也是里昂人最愛的生活方式。

「迷失的人迷失了，相逢的人會再相逢」，尤其是在陌生的城市，怎麼樣都不算錯過。看看壁畫，逛逛週末的集市，在咖啡店外的露台喝酒曬太陽，在公園裡餵大鵝，一天的安排可以很少，卻可以讓人在很長的時間裡無限懷念。

里昂的老城坐落在山腳下，要穿過羅納河和索恩河才能到達，再往上走是富維耶山。這裡是最好的打發時間的地方，在後來獨自旅行的時間裡，我不知道有多少個晚上在河岸邊看着老城星星點點的燈火，望着河上的波光，聽着河畔年輕人的竊竊私語，想着夜色真好。可是為了誰好？一直走到不能走，再停下來，走到酒館空了，走到天鵝也不在岸邊徘徊討吃的了，再回家。白天解不開的結，夜裡慢慢耗。

反正一個人的旅行想幾點起床就幾點起床，想怎麼浪費時間就怎麼浪費時間，我允許自己浪費自己的生

里昂

我與法國有關的一切都以里昂為起點
而我姍姍來遲
現在才真正到達

命，卻不能接受別人浪費我的生命。卡夫卡說：「我們稱之為路的，無非是躊躇。」而我所要的，也不過是一條讓我能夠躊躇的道路。

有一天晚上在老城散步的時候，我接到雲哥的電話，東拉西扯之際，雲哥跟我說：「我想起我們在杭州的日子，我覺得好開心啊，真的好難得啊。」我看着索恩河平靜的河面，漸漸和西湖的波光重合，我說：「我也是。」這是一句平庸又經典的客套話，但是我們兩個人都知道是真心的。哪怕思考再三，我們也還是這樣說。

為了打發時間，我和阿鉉爬上了富維耶山，山並不高，半個小時就登頂了。在陡峭的樓梯上回頭，可以在牆壁的夾縫中間看到遠遠的城市，山上可以看到里昂的全貌。

里昂是一座平靜的老城，只有三棟高樓，剩下的都是棕紅色房頂的小房子。依山而建的房子高低錯落，色彩錯綜複雜。當天的天氣並不好，天空中是翻滾的雲團，好像隨時要掉下來。其實在里昂的這幾天一直都是陰雨連綿，但恰好上山的時候看到了短暫的藍天，臨行的一天我又在公園裡等到了日落，說到頭來，還是甚麼都沒有錯過。

阿鉉說，里昂像是微縮蕭條版的巴黎，我說河邊的房子像是在阿姆斯特丹，途經山旁的古羅馬劇院下山的時候，崎嶇的道路又讓人想起布洛涅，黃色牆壁和綠色百葉窗又像意大利風格。

里昂到底像甚麼呢？

里昂就是里昂吧。

在山上望向城市的時候，我的喜悅摻雜了悲傷的預感。這個讓我惦記了兩年的城市就在眼前，這條路一走就走了很多年，到達卻也意味着告別將近，告別之後我又會怎樣因為不敢想念它，而夢也夢不到它。

當我最後獨自離開里昂的時候，是個坐在金頭公園長椅上看夕陽的下午，湖上的顏色如同琥珀，那是游蕩的天鵝落在湖上的目光。身邊滿地黃葉，那些落葉在秋天到來讓夏天把不甘通通放下了。

我對在里爾寫作業的阿鉉説：「我突然懂你走的那天説獨自結束旅行的落寞感了，離家這麼久，一路奔波疲憊，明明很想回里爾的小床上好好躺下，但是終究有點複雜的情緒在，尤其是獨自一人的時候。」天空中流逝的各種顏色，他們帶走了陽光，帶走了時間，也帶走了我。

我和阿鉉在我租的房子裡做完晚飯之後，和房東簡短地聊了兩句。房東出門聚會之後，我們在大房子裡坐着聊天，我説：「你看，廚房的燈投在天花板上的影子是放射狀的線條。客廳裡的小燭台是一隻手，長長的白蠟燭是他手裡的劍。房子裡全是房東的收藏，我們好像住在一個博物館裡。」

阿鉉拿起一個小燭台，很興奮地給我展示，蠟燭上面有一個鏤空的旋轉木馬，他説：「蠟燭點燃之後的熱量，會帶動旁邊的空氣流動，木馬的紙片就會轉動，紙片是鏤空的，還會投射出不斷變換的光。」

我們對視一眼，都「哇！」了出來。多麼有趣的人才能在自己房間裡藏着這麼多小心思。

我最羨慕的不是客廳裡的整顆象牙，角落裡的老座鐘，還有從世界各地搜羅來的古董；而是廁所裡擺着的笑話書，金色相框裡房東和兩個小兒子的合照，冰箱上貼着的寫着「只有我喝的咖啡和我用的髮膠和我一樣強壯」的冰箱貼。房東這個連早餐都能燒煳的男人，卻又如此會生活，這是里昂人血液裡的細緻入微吧！

那天晚上正好是萬聖節前夜，我送阿鉉去車站的路上又回到老城轉轉。萬聖節又是一個聚會喝酒的好藉口，路上到處是打扮得奇形怪狀的人，反正尋開心總是要找一個藉口，具體是甚麼託詞並不重要。有戴着頭套的年輕人把酒館和飯店的門一間一間拉開衝進去尖叫，有一大群顯然奔去化裝派對路上的男男女女，還有坐在酒館門口讓路人蒙着眼睛剪鬍子的男人。旁邊的法國女生主動走上來説，這是他們的慈善活動，這個男人 3 個月不刮鬍子，在萬聖節讓陌生人全部剪掉，以此來募捐。真是非常有創意的募捐方式。

那天我被塞了很多糖，每個人都變得很親密，可能這就是節日的意義吧。

夜裡的老城大霧瀰漫，像是陰森古堡，阿鉉和我説，這也算是應景了。霧濃濃地化不開，連山頂上的燈塔都消失了，路對面的人像是穿透了一塊幕布帶着滾滾濃煙走來，我們一頭扎進混沌裡。在往山上走的路上，透過霧氣我們看到一面畫滿破碎玫瑰的牆。而出了老城，到了馬路上，霧卻蹤跡全無，里昂又變成了那個喧鬧的小城市。之後每天夜裡，我都在老城徘徊。最後一天亂逛到教堂前，想起這就是當時我和阿鉉在山頂上爭論遮住聖母院的到底是霧氣還是樹影的地方。又突然想起，這幾天晚上的聖母院都清晰可見，金色的燈光讓它高聳的牆壁在夜裡莊嚴耀眼，哪怕是在雨夜裡也是如此。

又回想起那個大霧瀰漫的孤零零的晚上，有些事情就是回想比經歷時更多一些意思。

在里昂喝酒

Thomas 對我說：「不好意思，我很想和你多度過一些時間，但是今天下午我實在想要睡覺，我們可以推遲兩個小時見面嗎？」

我用我說得最順的幾句法語回答了他：「沒有關係，別擔心，我沒有問題，只要請我喝酒都沒有問題。」

法國人的不靠譜我早就見識過了，而且我們是多年的朋友了，原本短暫的友誼竟然不可思議地延續至今，閒着沒事總要閒扯兩句，直到在里昂見面了。

我和 Thomas 第一次見面是在洛杉磯，當時我剛高中畢業，他剛剛大學畢業，我們和我的堂姐一起走過了加州的聖塔莫妮卡、聖喬治，一直到猶他的紀念碑谷，再到懷俄明的黃石公園，最後在拉斯維加斯分道揚鑣。當時我們的公路旅行相當讓人疲憊，每天昏昏沉沉坐五六個小時的車，下車之後就開始徒步。

一天從斑羚彩穴回到車上之後，他走過來拍拍我身邊的書包說：「可以請你的好朋友和我的好朋友坐到一起嗎？」說着回頭指了一下他的包，「它們應該更有共同語言。」

我抬頭說：「我想也是。」

從此以後，他就成了我最好的法國朋友。

讓我特別記憶深刻的是每天回房間休息之前，他都要站在我面前假裝四處張望，問：「今天有人要喝酒嗎？啊！有人不到 21 歲，太可惜了。」樂此不疲。在美國欠下的那杯酒，終於要還清了。

尤其到了拉斯維加斯的時候，我和堂姐都不到年紀，他總是取笑我們到了拉斯維加斯卻只能在街上閒逛，甚至連賭場的門都進不去，只能看看演出，吃吃賭場的自助餐。

我總是反問他：「那你在賭場贏了甚麼回來？」

這次兩年後見面，Thomas 還念念不忘我們當時開的玩笑，他說：「自從我回法國工作之後就很少說英語了，而且今天我沒有吃飯，希望你不介意我一會兒喝醉，喝醉之後我的英語可能更難理解。兩年前我在荷蘭實習的時候你就說我的英語口音很爛，今天你有特權嘲笑我。」

我回了一句：「英語說不好沒有關係，為甚麼要怪在酒身上？」

他眨眨眼睛，說：「反正我提前說了，到時候我們就只能說法語了。」

Thomas 一直是我法語學習之路上最巋然不動的老

師，自從我決定學法語開始，他就雞蛋裡面挑骨頭，審視我說的每一句話，為此我不得不心驚膽戰地跟他說話。因為他就像每一個法國人一樣，熱愛孜孜不倦地為你指明錯誤，甚至在你因為他們奇特的表達方式而驚歎的時候，他會說：「沒有辦法，我把你當作法國人說話，這說明你進步很快，而且還會更快。」

哪怕我考了 16.25 分，驕傲地朝他炫耀的時候，他也會說：「18 分最多算還行，20 分也只不過算不錯，就算你考到滿分 20 分，我也還會告訴你，你能更好一點。」

我聳聳肩膀告訴他：「你很有潛力成為中國的父母，你比我爸還能絮叨。」

本來我們約過一起去希臘，或者是我在里爾開學之前見面，結果因為我們兩個人都自由散漫，最後都不了了之。之前使我們感覺遙遠的不是時間漫長，也不是山高路遠，而是一次快樂的旅程結束之後，一切都戛然而止了。我到法國之後反而覺得總是會見面的，所以遲遲拖了兩個月。直到他說：「你有那麼多時間去那麼多地方，但是我們還沒有在里昂見過面，我們兩個人應該感到羞愧。」

我的第一反應是問他：「你從哪裡學到『我們應該感到羞愧』這種表達方式？」

結果這次剛好挑到我們兩個人都精疲力竭的一個週末，他因為朋友的聚會 3 天只睡了 6 個小時，而我已經在西班牙折騰了一路。兩個人連跳舞的力氣——其實我連站起來的力氣都沒有，只想安靜地坐在椅子上。但是顯然 Thomas 對於酒吧的要求是很高的，他立志帶我刷遍里昂所有值得一去的酒吧。

我到里昂之前收到了一條長長的消息，他說：「里昂的酒吧種類很多，有啤酒吧、遊戲吧、舞吧、射擊吧、朗姆酒吧、雞尾酒吧，還有很多很多。主要取決於你喜歡喝甚麼酒，喜歡甚麼樣的氛圍，但是對我來說，最重要的是和喜歡的人在一起，酒吧本身不是最重要的部分。」別看法國人對工作提不起興趣，酒吧的分類倒是很細緻。

我思考了一會兒，決定放棄。每一次法國人煞有介事品紅酒，品雪茄，用詢問的眼神看我的時候，我都會低頭深深吸一口氣，用舌頭頂一下上顎，抿嘴舔一下嘴唇，半晌之後說：「還不錯，不是最好的，但是可以接受。」

大家紛紛點頭，低頭轉動自己的杯子，把大鼻子擠進杯口吸氣，說：「嗯，確實還可以，但是我喝過更好的。」

一定要記住，現在喝的酒絕對不能是你喝過的最好的，對於法國人來說，沒有甚麼是最好的，但是為了保持禮貌，一定是還不錯的。

這句話屢試不爽。

等走出了最開始的混沌之後，還可以在抽雪茄的時候說：「雪茄配紅酒的味道固然不錯，但是雪茄生來和波本威士忌是絕配，你應該嚐嚐它們混合之後留在嘴唇上的餘味。」還有「麻煩我的 Martini 裡不要放橄欖，我更喜歡純粹的味道。」和國內不同，野格和傑克丹尼是我們的大忌，往烈酒裡面加軟飲的人和我們注定形同陌路。我們的語言是烈酒，或者，啤酒。這裡沒有人可以命令任何人快樂，但是喜歡喝甜酒的人也不能被允許參與到我們的快樂中來。

我對 Thomas 說：「我覺得普通朋友聚會隨意喝點啤酒就好了，去他和朋友平時聚會的酒吧就行，這樣更輕鬆一些。只要不喝雞尾酒，我都沒有問題。」

其實在里爾的時候，我和朋友挑酒吧只有兩條標準。第一夠熱鬧，第二夠便宜，要是二者不可兼得，首選便宜的。哪有那麼多講究，酒嘛，只是媒介而已，出發點始終是和朋友度過一段時光。在酒吧裡瞪着茫然的大眼睛對酒保描述你想喝的味道和感受，都比上來一杯雙倍酒精的長島冰茶好。

Thomas 在喝酒的問題上保持一貫刨根問底的精神，他說：「我希望你享受在里昂的夜晚，這個晚上是你的，不是我的，比起我喜歡甚麼，你喜歡甚麼更重要。」看到這裡我翻了一個白眼，他的英語真不知道是在哪裡學的。

我舉手投降：「啤酒，啤酒吧！只要不是甜的就好，我喜歡苦啤酒。」

最後我們在一家老城的小酒館見面了，他說這是我們今天晚上的第一站。酒館名字叫 Les Fleurs Du Malt，意思是麥芽花，這是一個很有趣的文字遊戲。我第一眼看到，就想到上一次我問 Luis 在幹甚麼的時候，他說：「我在酒吧喝酒，想着薩特和波德萊爾。」

而現在我正在看波德萊爾的《惡之花》，「惡之花」

的法語名字就是 Les Fleurs Du Mal，和酒吧的名字讀起來完全一樣。

一家叫「惡之花」的酒吧，倒是恰如其分。

可是到了酒吧之後，他又來了：「可是你知道很多精釀的苦味和甜味並存，那不是甜味，而是麥芽發酵產生的味道，這不可避免，風味越強烈的酒，所謂的甜味也會更強烈。而且還有很多非常強烈的黑啤有巧克力的味道，還有奶油和咖啡的味道。你確定你不喜歡嗎？」

我說：「嘿！ Thomas，你信不信我去吧台擺出一副外國人的疑惑臉，用法語對他們說我不知道選甚麼，然後我們能把你說的啤酒全部嚐一遍？這樣我們不就知道我喜歡甚麼了嗎？」

10 分鐘之後我們拿着啤酒和麵包回來了。這裡可是法國，在華夫餅攤子上糾結到底焦糖奶油還是栗子奶油更好吃的工夫，張嘴問一句，攤主總會欣然讓你都試一試，甚至連可麗餅的白巧克力和黑巧克力也可以試一試。可能比起讓我在他們面前抓耳撓腮地比畫，他們更願意用簡單的方式解決問題。我還記得我們在巴塞羅那的時候，走進了一家房東推薦的雪糕店，只是在雪糕櫃前站了 5 分鐘，店主就挖了半個櫃子各種味道的雪糕給我們嚐了一遍。

Thomas 憤憤不平地問，他為甚麼從來都沒有過這種待遇，我說：「因為你是法國人，他們覺得你理所當然都知道啊，你沒有亞洲『甚麼都看不懂』的遊客臉作為通行證。」

他順手打開罐頭說：「下一次我要假裝是美國人。」

我都沒來得及把嘴唇上的啤酒泡沫抿掉，說：「美國

小酒館

對於法國人來說
沒有甚麼是最好的
但是為了保持禮貌
一定是還不錯的

人？你聽聽自己的英語，連我都騙不過去。」

他聳了聳肩膀，把罐頭遞給我，說：「女士，謝謝你的誇獎。」

上一次我們兩個人彬彬有禮地講話，大概還是兩年前在美國剛認識的時候。之後我們不是在彼此諷刺，就是在講一點都不好笑的笑話。

有時候講完之後他自己也笑了，說：「我扣 1 分，這個笑話太差了。」

我瞪大眼睛，他竟然有自知之明？我問：「有多差？」

他一副憋笑的樣子說：「和你一樣差。」

很好。

里昂酒吧裡買的小吃也很獨特，不是一般酒吧的炸物，也不是西班牙酒吧特供的薯片和玉米片。我還記得在巴塞羅那去馬德里的漫長夜巴上，我買了一瓶啤酒，配上一袋炸豬皮，在安靜的車廂裡，「嗞溜」一口酒，「咔嚓」一口豬皮，看了小半夜書。如此愜意的結果就是，我不得不乞求司機快點開到服務區讓我上廁所。

里昂的酒吧提供麵包，不是為了像炸物一樣讓你口乾舌燥，喝更多的酒，而是切實讓你填飽肚子，並且不醉得那麼快而已。說到底還是想讓你多喝一點酒，但是彎子繞得大一點，曲折含蓄一點。麵包的固定搭配是醃漬的小酸黃瓜、橄欖和小洋蔥。剩下的可以選擇配一大塊奶酪，還是一根老香腸，或者一罐肉凍。

恕我直言，這些東西都太有地域特色了。尤其是里昂人最喜歡的肉凍，肉泥、肝泥和配料一起醃起來，慢慢燉到乾掉，口感和味道都很蠻橫，隨着咽下去的動作，內臟的味道更是在口腔裡野蠻生長。

我挖了一小勺，嚐了一口之後便放下勺子説：「太難吃了，好像狗罐頭。」

Thomas 説：「別這麼説，我小時候也很不喜歡，現在習慣了，配紅酒更好吃。」説着挖了整整一大勺，幫我塗在麵包上，笑笑説，「現在再嚐嚐，一定要吃一大口，一口全部吃掉才是正確的吃法。」

我勉強接過來，在他慫恿的目光下一口吃掉了。我應該早點看到他臉上不懷好意的笑容，肉凍配上麵包，也還是內臟的味道啊！

看到我的臉皺成一團，他笑得特別開心，説：「明天在索恩河會有集市，只有本地人才會去，賣的都是里昂人喜歡吃的東西。有一種老奶酪我很喜歡，你有空一定要試試。」第二天當我看到像樹皮一樣乾枯發灰的老奶酪，嗅着像羊圈一樣的味道，我忽然想起，他是不是在報復我在美國的時候騙他吃了一口皮蛋的深仇大恨？

我突然可以理解外國人看待很多中國食物的想法了。

最後我們一直聊到酒吧打烊，本來我們應該轉戰下一個酒吧，但是我們都太累了，酒吧裡面溫暖喧鬧的空氣讓人只想睡覺。隨性懶散如我們，當然選擇回家睡覺。我們順着索恩河散步回家，他説：「以後還要一起玩哦。我弟弟離里爾不遠，1 月份我去看他，要是我休假的話叫上朋友一起旅遊也不錯。」

我説：「你這説的都是經典的廢話。」

他笑了笑，在空氣中吐出一串白氣，説：「我知道。」

在里昂
逛菜市場

里昂雖然被稱為法國的美食之都，大街小巷動輒就能見到米其林餐廳，但是忘記自己是一個走馬觀花的遊客之後，和里昂人一起吃家常便飯，就會發現里昂菜非常有庶民氣質。

Thomas 跟我講起里爾菜的時候，一臉難以置信的樣子，他說：「你知道嗎？他們不用紅酒或者白葡萄酒做菜，他們往菜裡面放啤酒！」

因為相約一起旅行，Thomas 給我發了一份法國城市安逸度榜單，里昂只排在第五位。他憤憤不平地跟我講：「她怎麼可能才第五，她明明是第一啊。」

我看到排名第一的城市是雷恩，就告訴他我們學院旅行目的地就是雷恩，他聽了之後說：「很好，但是你不可能讓我嫉妒你們，因為我現在就在排名第一的城市。」我狠狠嘲笑他一通之後，想，要是自己也有這樣的精神就好了，那我應該每天都會過得特別開心。

在里昂的第一天，當我們從山上氣喘吁吁地走下來，回到老城的時候，隨便找了一家小餐館坐了下來，吃了一頓很簡單的燉菜。然後我在後面的幾天時間裡驚奇地發現，里昂菜是以酸味作為味覺基調的。燉小牛肉是酸的，紅酒燉蛋也是酸的，連香腸的蘸料也是酸的。但是這並不是單純的醋酸，而是伴着肉質的口感，讓香氣走得很深。

在里昂每次吃飯都會配上一大碟麵包，這種麵包表皮焦脆，裡面卻很柔軟，而且裡面的空氣也是不可缺少的成分之一。因為這種本來默默無名的餐食配角，可以把碟子裡最後一點點帶着肉香的湯汁也抹乾淨。柔軟的瓤蘸了湯汁之後微微融化，一口咬下去湯汁會溢出來，外層很耐嚼，帶來撕扯的快感。麵包的麥香完全被酸味激發了出來。

雖然里昂菜久負盛名，但是對我而言，因為沒有刻意尋找，反而窺見了里昂菜最本土，也最奇特的模樣。比如說雞肝蛋糕、大腸和小腸配牛肚做出來的香腸、烤小牛腦、在豬膀胱裡燉出來的整隻雞。在這裡每隻動物都會被掏心掏肺，很快在飢餓的眼神中結束自己漂泊的一生。

Thomas 說，既然來了里昂肯定要吃里昂菜，要把對法國菜的刻板印象放下來，去最家常的菜館裡吃飯。這些餐館都沒有多麼精美的裝飾，很多都是簡單的木桌子和紅白相間格子的桌布，端出來的菜就像媽媽端出來的。最重要的是鬧哄哄吵成一團，大家都在和朋友聊天，這是屬於一群人短暫地通過食物被連接的地方。

但不管我去哪一家吃飯，Thomas 都會歪歪頭，說：「這裡還可以啦，反正在里昂你找不到太差的餐館，但這裡不是我心裡最好的。」反正對於法國人來說，永遠不會有最好的。

最有名的保羅博古斯菜市場，有來自法國各地的不同食材，但是大部分都流於精緻又大眾的俗套了，對於一個普通的窮鬼來說，並不太值得停留。反正我也不需要買一隻生雞回家做烤雞，也不喜歡吃奶酪，一整根的香腸也無從下手，糖漬水果也和我無緣。尤其是走過歐洲這麼多市場之後，多少對千篇一律的陳設有些審美疲勞，只能走馬觀花地看一眼了。各種生鮮自然不必說，還有一碟碟的生蠔，大鍋裡煎着的牛蛙。還算比較特殊的是里昂人最愛吃的肉凍，雖然整個法國都愛吃，但是里昂人對於內臟做出來的肉凍還算情有獨鍾的。

我在國內也是一個「酒入肥腸深似海」的下水愛好者，到了里昂之後才發現，此下水和彼下水，畢竟還是不同的。唯有失去，不可替代。

我開始想念乾鍋肥腸、九轉大腸、錫紙烤腦花、咖喱牛雜……

用肉泥混着肝泥做成的肉凍、鴨肝做的慕斯，被塞進麵包裡烤成一個大麵包的樣子，切成小片就是里昂人心中的下酒好菜。我還走在學會欣賞的漫漫長路上，Thomas 總是勸我不喜歡就不要吃了，但是我總覺得也許吃到哪一天就會喜歡上了，歸程總是要比迷途長。

里昂有一種質地很厚重，夾雜了粉色果乾的麵包。

一次只能買大大的一整個，裡面還放了大手筆的糖，比巧克力慕斯還要甜甜蜜蜜，起碼巧克力還有一點苦味，連 Thomas 也說他連一個切片都吃不掉。由此可以窺見法國人對糖的熱愛簡直到了走火入魔的地步。

Clément 告訴我他的早餐是一片甜麵包，塗上巧克力醬，蘸放了兩塊方糖的熱牛奶，最後書包裡塞上一瓶甜膩的卡布奇諾。這還不算甚麼，他最愛吃的意麵配料是蜂蜜和羅勒加奶油。

我問：「這不甜嗎？」他說：「我放鹽啊。」

里昂人對甜食也尤為偏愛，在街上隨便鑽進一家巧克力店，就能喝到醇厚又細膩的熱巧克力，味道簡直堪比在西班牙蘸油條吃的濃巧克力醬。可是他們偏偏還不長胖。

我和阿鉉在一個濕冷的雨夜鑽進一家麵包店，買了一個熱氣騰騰的巧克力碎麵包。買單的時候店員專門說，外面在下雨，所以一定要把麵包封好，但是封上之後外皮被悶軟了就不好吃了，所以要不然先吃兩口，要不然回家用烤箱熱一下再吃。好像真的很擔心我會吃到不好吃的麵包，並因此對里昂的麵包製作水平產生疑問。也確實好吃，麵包本身並不甜，只有小麥炙烤之後的淡淡甜味，還有巧克力帶着苦味深沉的甜。外皮是脆的，裡面卻是嫩的，像一朵蓬鬆的白雲，麵包怎麼能用「嫩」來形容呢？吃過之後就知道了。最妙的是因為麵包才剛剛出爐，所以裡面的巧克力還是半融化的，直接化在嘴裡。

我和阿鉉都感歎說，百疏一密走進這家店，要是所

集市

這個時候里昂不是甚麼法國的胃

只是每一個普通人生活並熱愛着的地方

有麵包店都有這樣的覺悟就好了。我們邊走邊吃，只剩下四分之一裝在包裡，等涼了之後再拿出來，卻已經坍塌了。麵包被擠成一團，表皮也不脆了，而且好像因為喪失了口感，連之前層次豐富的味道也不存在了。剛剛的南瓜馬車消失了，手裡拿着的不過是一個「還挺好吃的普通巧克力麵包」。

其實在里昂我最感興趣的是週末沿着索恩河擺開的集市。卸去了「美食之都」的莊嚴頭銜，集市只不過是本地人買菜的地方。沿街的大爐子裡滾動着上百隻烤雞，蜂農帶來自家的蜂蜜，酒商擺出自家酒莊的紅酒，各種奇異的老香腸和老奶酪整齊排列，甚至有用直徑一米多寬的大鐵鍋煮的海鮮飯，還有很多里昂本地的蘑菇，各類蔬菜水果。很多老頭老太太拖着小推車，在蔬菜叢中挑挑揀揀，在生蠔攤前排成長隊，把一袋又一袋的生蠔帶回自家的小餐桌。我穿梭在人群之中，並不打算買甚麼，只是買了幾顆鱷梨脆生生啃着。

這個時候里昂不是甚麼法國的胃，只是每一個普通人生活並熱愛着的地方。他們手裡提着的食物也沒有那麼多講究，只是讓一家人齊聚餐桌的紐帶。

而我也終於要結束半個多月的折騰回到里爾為自己做飯了。到超市的第一件事，我拿了一塊肉凍，也許有一天我就喜歡上了呢。

在 Lentilly 和法國人過週末

Lentilly 是里昂邊上的一個小城市，是 Thomas 媽媽的家。因為我們晚些時候約好一起去梅傑夫小鎮滑雪，而近期他還要工作，所以就先在他媽媽家落腳。

在我到達里昂的半個小時前，Thomas 發短信告訴我他有點不舒服，所以可能要「晚一點點」才能接我。

我歎了一口氣，沒說甚麼。結果我在里昂的車站外等了一個小時之後，手機快被凍沒電了。只能打電話質問他走到哪裡了，他吞吞吐吐地說：「我還在房間裡，但是已經在往外走了。」又快一個小時之後，他終於出現在我面前，說，「我欠你生命中的兩個小時。」

我説：「哈哈。」

最後總算是從里昂一路向西，路過了熟悉的老城、索恩河上的大橋，開車到了 Lentilly。

Thomas 媽媽的家是典型的法國郊外的住宅，花園前是白色的雕花鐵門，進門是兩排巨大的灌木，只留出窄窄的一道天空。再往裡走是一間寬敞的別墅，別墅後面是一片一直延伸到森林裡的花園，花園裡養了兩頭四處閒逛的驢。

Thomas 把車停在門外，跟他媽媽打完招呼之後，第一件事就是神神秘秘地問我：「你知道我為甚麼不把車停進車庫嗎？」

我沉默了一會兒，又沉默了一會兒，說：「問你啊？」

他露出了很滿足的笑容，說：「既然你問了，我帶你來看一眼吧。」說着就帶着我走進車庫。

大門一打開，就看到裡面停了一輛大紅色的福特老爺車。我不懂車，但是能看出來，這應該是會讓男生驕傲的那一類車，其實看看 Thomas 臉上的表情，大概也就能猜出來了。

他說：「我本來想要攢夠錢全款買的，但是有一天我想，要是我今天不去買，我可能永遠在等，所以那天我就把他開回家了。」

不過這種老爺車除了很酷之外，缺點也很多。比如說我們在去另外一個 20 分鐘之遙的小城市的時候，車在半路上就熄火了。只能打開引擎蓋，Thomas 坐回車裡點火，我站在車前手動發動引擎。好不容易發動起來了，他依然很驕傲地說：「你聽聽發動機的聲音，就算不加速都這麼低沉，太好聽了。」

我說：「那也要先能開起來，才會有轟鳴的聲音吧。」

Thomas 搖搖頭，一副不可與夏蟲語冰的樣子。

因為他的工作和汽車開發相關，而且以他對車的熱愛程度，大概就是我們在路上開車的時候，他有時會沒頭沒腦說一句：「不好意思，剛剛你說甚麼？剛開過去的那輛美國車太漂亮了，我沒聽清你說話。」所以修車對他來說不算大事，一點兒都不會影響他對紅色福特的熱愛。

在外面兜完風回來，Thomas 媽媽去餵驢，我也拿上一根西葫蘆一起去湊熱鬧。給驢換稻草和餵水，要先去車庫換上靴子，再披上一件舊外套。前段時間里昂有風暴，驢棚的頂被掀掉了，所以這段時間以來 Thomas 的任務就是重新搭屋頂。從半個月前他就開始幹活了，可是直到現在驢棚上也只有一塊篷布而已。

不愧是他。

他媽媽說：「每一個小孩子放學回家的下午，都會被獎勵吃蛋糕，所以小驢下午也應該有她們的獎勵。」

在他們家裡，驢就是信仰一樣的存在，所有的水杯、碟子、毛巾，甚至家裡的壁畫都是驢。Thomas 告訴我他小時候是和驢一起長大的，她們剛來他家的時候才出生 15 天，他看着她們長成大姑娘。在廚房的門口，還有一塊驢形的黑板，一隻耳朵上寫着 Thomas 的名字，一隻耳朵上寫着他弟弟的名字。

她們的名字我沒有記住。她們的鼻頭又軟又暖和，我伸手去抱住了一頭驢的頭，她就把腦袋倚在了我的胸口。她的腦袋朝我的方向偏着，頭低了下來，把重量放在了我的手臂上。她的鬃毛蹭着我的臉，一呼一吸的熱氣打在我的手上。懷裡那種沉甸甸的溫暖的感覺，讓我覺得被一頭驢信任是一件很美好的事情。

回到房間裡，我們去生火，順便摸摸在火堆前的桌上取暖的老貓。Piano 在我和 Thomas 剛認識的時候就是一隻老貓了，在後來 Thomas 滑雪把腳踝摔斷的歲月裡，Piano 也因為打架而失去了一隻眼睛。老貓叫 Piano 是因為他的腳趾是黑白相間的，看起來就像鋼琴琴鍵一樣。Piano 最愛的事情，一個是躥上餐桌，試圖讓第一個心軟的人分給他一杯羹，第二是趴在任何一個暖和的地方睡覺。

Thomas 用臉蹭着 Piano 的頭頂對我説：「英語裡把動物稱為它，我很不喜歡，他們明明有自己的性別，和物品是不一樣的。」所以每次見到法國人的動物，我都會努力記住他們的名字，以免有失尊重。

生火不是一件太簡單的事情。要先把買來的樹樁劈開，再把樹皮剝下來作為點火的引子。然後把報紙搓成團，用樹皮圍着報紙搭出三角形的篝火形狀，然後用很長的火柴點燃，等爐火開始熊熊燃燒之後，把樹樁放進去。只要三根就可以燒一個晚上。

Thomas 撣着衣服上的木屑説：「我不知道為甚麼，能一個小時又一個小時地盯着火看，永遠不會厭倦。而且冬天最好的事情就是把比薩放在火爐上，一邊烤火，一邊等着比薩被加熱。再加上一杯熱巧克力，這才是冬天啊！」

光是想想這樣的情景，膝頭上再窩着一隻從小玩到大的老貓，看着客廳裡擺着的小時候的遊戲機，背後的牆上是祖父和老驢的合影。再想想不遠的車庫裡停着再也開不動的老爺車，但是車漆還是一樣鮮紅，一樣讓人很快樂。自己也變成很老的樣子。

老成這樣就很好。

吃完 Thomas 媽媽做的晚飯之後，我和她一起站在門口聊天，她吐出的煙霧消散在黑夜中。

我說：「我喜歡農村，這裡很平靜。」

她說：「這裡的冬天有雪，里昂沒有。」

問非所問，答非所答，這就是我和法國人交流的大致狀況。

他們的房間在樓下，我住的房間在閣樓上，那兒原本是他弟弟的房間，但是他弟弟追隨着女朋友的腳步去了里爾，所以空出來的房間暫時給我用。

他弟弟熱愛一切老東西，房間裡滿滿當當地堆着留聲機、打字機、老唱片、老電話、老滑雪板，甚至還有一個舊雪橇。車庫裡堆着他弟弟收集的自行車，是他專門去博洛尼亞買的奇形怪狀的自行車。不知道他們兄弟倆為甚麼對這些奇怪的車有這麼大的愛好，Thomas 房間牆上掛了三輛獨輪自行車，他說，他的第一輛獨輪車都不捨得扔掉，因為真的太喜歡了。

我的房間是閣樓，床和桌子都剛好在屋檐下，要彎着腰才能走過去。我不知道撞了多少次頭。

Thomas 下樓之前問我，要不要幫我關上閣樓的木板。閣樓並沒有門，只有一塊蓋住梯子的木板，用一個牆上的按鈕控制升降。我搖了搖頭，他說：「這樣的話怪物可以多一個入口哦。」說着指了指我頭頂上的斜窗。

我環視一圈，對他說：「從鏡子裡和電視裡也可以啊，不怕多一個了。」

他接着說：「怪物的話不好說，但是今天晚上 Piano 肯定會站在床邊看你。」

那也不錯。

就這樣，聽着樓下爐火「噼里啪啦」的聲音，我睡了很好的一覺。

在出發之前，她站在我們的車邊各種囑咐，Thomas 回頭對我說：「到了之後記得提醒我給我媽媽發短信，不然她會生氣的。」笑了一聲補充了一句，「因為我是金魚，所以我都把我的朋友們當腦子用。」

結果平時一句英語都不說的 Thomas 媽媽開口了：「Thomas 你說話小心點兒，我能聽懂英語。」

法國人果然只在自己想要聽懂的時候，才會英語。

在 Thomas 家吃法餐

我一邊洗菜，一邊扭頭問 Thomas 媽媽，她的菜和肉都是在哪裡買的。

她說：「這周圍有很多農場，我都直接找農民買肉買菜，比索恩河的週末集市還要新鮮。」

我想起他們家擺在水果盤裡帶着樹枝的檸檬，還有不太好看的鱷梨，切實感受到了他們所追求的自然。

Thomas 上班的時候吃午飯簡單到不得了。提前一天他媽媽會做一道肉菜，將一塊牛肉用黃油煎過之後，倒進洋蔥炒香，接着倒半瓶白葡萄酒，再放青菜燉。她神神秘秘地放了一袋小番茄進去，頗有一些驕傲地說：「雖然這道菜每個家庭的做法都差不多，但是每個人都有自己的一種秘密蔬菜，而我們家的秘密蔬菜就是櫻桃番茄。」最後再用白水煮幾根胡蘿蔔。

第二天早上他挑出兩片肉，夾兩根胡蘿蔔，再在飯盒裡放一個鱷梨、兩個橘子，這就是午飯了。夾胡蘿蔔的時候，他媽媽在邊上說：「是 Marcia 削的皮，沙拉也是她做的。」他面色凝重地挑了一個更小的胡蘿蔔。早飯更簡單，一個檸檬榨汁，配一杯溫水，就是這樣了。不過這是 Thomas，他的行為永遠都難以捉摸。

我在的時候，他媽媽拿出了堪比中國人的待客熱情，讓我見識一下法國的冬季食物。只有在看我過於無聊地晃來晃去的時候，讓我去驢棚轉一圈，或者幫忙削個皮，洗個菜。再要幫忙的話，她就從冰箱裡掏出啤酒趕人了。

在 Lentilly 的第一天，Thomas 媽媽從烤箱裡端出了牛角包，很用心思地在麵皮裡裹了芝士和火腿片。我遠遠地在房間裡就聞到了香味，法國人吃飯又很晚，往往要等到八點之後才開飯。我只能把門緊緊關上，免得香氣再傳進來。

牛角包的酥皮是脆的，裡層的麵包是軟的，芝士和火腿片更提供了軟而結實的口感。芝士的香味和麵包的麥香被激發了出來，最妙最妙的地方，就是吃到最後的牛角包尖角，因為比較薄，這裡的酥皮已經完全酥了，根本不能用刀切，只能用手拿起來，整個放在嘴裡，聽麥子在嘴裡尖叫。

法國人的餐桌上不會缺席的主角是意麵，Thomas 媽媽的意麵也頗有「自然」的風範。不放醬汁，只是一盆光溜溜的意麵拌上油，再煮一鍋蔬菜，茄子、西紅柿、西葫蘆和洋蔥，再倒半瓶白葡萄酒。燉到番茄都沒脾氣了，酒精也揮發光了，意麵醬就做好了。最後自己撒上鹽和胡椒。

牛排就更簡單了，三厘米厚的牛肉，用黃油煎到七成熟就好，調味是每個人自己的事。可能由於食材源自農場裡快樂生長的動物和植物，就算烹飪手法簡單一點，也不會太單調。

桌邊還擺着幾條法棍，誰想吃了直接拿手掰一塊下來，刮着盤子裡的蔬菜汁吃。

吃飯的時候，Thomas 媽媽拿出了一箱桃紅葡萄酒，是我覬覦已久的暢飲版本。酒用一個大紙盒裝着，盒子的底部有一個龍頭，那裡可以涓涓不斷地流出 5 升瓊漿玉液，比 700 毫升的玻璃瓶來得痛快多了。在他們家，喝酒從來不分時間，早餐小酌一杯，中午也要喝酒，做飯剩下的白葡萄酒順手就喝掉，晚飯吃牛肉喝紅酒。

開飯之前他媽媽遞給我一瓶綠 1664，說：「我們不在里爾，很少喝比利時啤酒，在這裡如果你想喝啤酒的話，這就是你會拿的酒。」

Thomas 在一旁撇撇嘴，說：「綠瓶沒有香味，比不上藍瓶，跟科羅納一個意思，還不如喝最普通的 Leffe。」

我說：「那你多去里爾看看你弟弟不就能喝到了。」

他又撇撇嘴：「我還是更喜歡美國藍狗的精釀。」

法國人之所以成為法國人，就是因為他們永不滿足。

在 Megève 的一個晚上，Thomas 說他有點不舒服，所以不能喝啤酒，攛掇我點了一杯當地的勃朗峰啤酒，說他只嚐一下味道。他最終在酒單上猶豫了很久，選了一瓶龍舌蘭調味的啤酒，振振有詞地說：「龍舌蘭和檸檬讓啤酒的味道減弱了，這就不算是啤酒了。」

這種酒叫 Desperado，即亡命之徒。這和 Thomas 的精神很像。

如果說這張餐桌上已經匯集了我對法國的所有刻板印象，那飯後就到了吃奶酪的時間了。Thomas 知道我不喜歡吃奶酪，所以笑得頗為開心地從冰箱裡抱出一箱奶酪，足足有十幾種，往我面前一放，一副您請自便的樣子。這些奶酪除了發酵時間長短的差別，還有山羊奶、綿羊奶、牛奶的差別。

他最先拿起一塊帶着綠色斑紋的奶酪說：「從這個開始嘗試，你就會無所畏懼了。」其實這種發酵時間略長的奶酪，吃起來比聞起來好很多，聞起來有一種乾燥的霉味兒，但是吃進嘴裡有一種口感順滑、味道厚重的感覺。奶香濃鬱，濃鬱到甚至彷彿走進了羊圈，略帶一些鹹味，再帶一點酸酸的餘味。

對我來説雖然還算不上好吃，但也不算太排斥。還是更喜歡牛奶發酵的，畢竟味道溫和一些，羊的先天條件太優秀，味道超凡脱俗，不拘一格。也許在我最終離開法國之前，能學會欣賞奶酪。

家庭聚餐和在餐廳還有些差別，餐廳的甜點，奶酪和蛋糕只能二選一，家裡不一樣，蛋糕也是不能少的。我們剛剛回家的時候就看見他媽媽捧着一個大盒子回家——裡面是國王餅。

新年是吃國王餅的時間。

國王餅其實並不複雜，也沒有擺脱法國的酥皮點心家族，裡面是杏仁蛋糕，外面是一層刷了糖漿並烤脆的酥皮。比較有趣的是，買國王餅的時候都會附贈一頂皇冠，而且國王餅裡藏了一顆蠶豆，那個吃到蠶豆的人，象徵着會在新的一年得到幸運。

最傳統的家庭聚餐上，要讓最小的孩子躲在桌子底下，並負責分餅，甚麼都看不見的小孩指定哪一塊餅分給哪一個人。畢竟一年的運氣這種事情容不得作弊。

其實想一下，法國和中國的這些習俗還是殊途同歸的。

哪怕被認為留有中國烙印的幸運餅乾，也有法國版本。在法國，新年的巧克力裡總是藏了小紙條，只是不是出自隔壁陽光向上的大嬸之口，而是出自卡繆、福樓拜之類的大家之口。

意思都是一個意思。

Thomas 的媽媽鐵了心要向我普及法國文化和飲

食，讓 Thomas 幫她翻譯國王餅的來源給我聽。在大概兩分鐘的聖經人物介紹之後，Thomas 對他媽媽說：「比起一千年前的起源，我覺得她應該更關心眼前的這塊蛋糕。」我說，這些故事我最感興趣了，我是一個追求食物文化底蘊的人，一邊衝着他眨眨眼睛。

他立刻說：「先吃吧，那些智者、國王之類的人物，我也不好解釋，晚點再說。」

晚點再說，就是不會再說了。

我心想，他怎麼總是這麼懂我。

我們在雪山邊的 Praz-sur-Arly 和他朋友一起吃午餐的時候，我對着面前毫無味道的奶酪焗意麵碎配香腸無從下手。畢竟在菜單上看見 Diots et croziflette 的我，像看見數學題一樣一頭霧水，只能假裝懂行地問：「是本地特色嗎？是的話我就要這個了。」

他把他的奶油培根焗意麵給我，換走了我了無生趣的意麵碎，對他的朋友美其名曰：「這樣大家都能嚐嚐新的菜。」回到車上他才開始嘲笑我手足無措的樣子很搞笑。

在梅傑夫小鎮吃焗芝士配土豆和熏肉沙拉的時候也是，他又一眼看出我對着淋了油的沙拉吃得很艱難。很不經意地提了一句：「要是你太飽了的話，沙拉給我吃好了。」可能這就是雖然我們總是彼此挖苦，還總是朋友的原因吧。

我到蘭蒂里的第一天，Thomas 的媽媽就開始在餐桌上思考，等我們滑雪回來要做點甚麼拿手好菜，讓我感受一下里昂美食之都文化的博大精深。於是我們回來的那一天，她端出了我在梅傑夫小鎮就聽 Thomas 提起的奶油焗土豆。

這道菜叫 Gratin dauphinois，其實非常簡單，就是土豆片、鹽和奶油，塞進烤箱裡烤一個半小時，拿出來就是了，但是卻格外好吃。我們在梅傑夫小鎮的餐廳裡就吃過一遍了，那碟焗土豆被 Thomas 盛讚比他媽媽做的還好吃。在他的形容裡，這是一道很容易的菜，但是很難做到如此奶香濃鬱，土豆順滑，而且味道豐富，沒有一般奶油的肥膩。

聽完他的講述，我除了挖走大大的一勺之外，第一句話就是：「我回去就告訴你媽媽。」他翻了個大大的白眼，本來他的大眼睛就是灰綠色的，白眼總是能翻得很誇張。

那天晚飯的重頭戲是用奶酪火鍋的方式做的炸牛肉。奶酪火鍋是法國人的冬季特供，其實這是瑞士的烹飪方式，但是現在法國也流行這樣的吃法，尤其是在靠近雪山的地方。

一講起滑雪，Antoine 就手舞足蹈地跟我說：「Raclettes，Fondues，Tartiflettes 三位一體。」這三道菜簡單解釋起來，就是把少量的食物埋在大量的奶酪裡。重中之重是一定要搭配烈酒食用。

這可是雪山上的冬天。

因為 Thomas 吃 Tartiflettes 吃噁心了，短時間內不能吃奶酪，所以我們的奶酪鍋裡放了油用來炸牛肉吃。

我們把下午剛從農場買回來的牛肉切了很大一塊，插在吃奶酪火鍋用的奶酪叉上，放進油鍋裡炸。一般來說大概三四分鐘就好了，他們喜歡吃生一點的，血水流了一碟子，紅彤彤地到處晃蕩。

Thomas 媽媽在我面前堆了四瓶調味醬，又拿了鹽和黑胡椒，把紅酒也倒上，法棍也擺起來。我的桌前堆得連 Piano 都無從下腳。Thomas 在桌子對面小聲抗議：「可以給我一小勺芥末醬嗎？我甚麼都沒有。」他媽媽給他挖了一勺，立刻把罐子又放回我跟前。

我好像看到了邀請孩子的同學來家裡玩的時候，那些很熱情甚至有些緊張怕招待不周的姑姑大嬸兒。

雖然是炸牛肉，但是吃不出來炸的味道。牛肉不需要提前處理，簡單切成大塊，只靠調味醬和鹽調味。因為調味醬大多是酸甜的，所以也不覺得膩。也是很簡單的食物，看起來很新鮮，味道倒是平平無奇，不如牛排好吃。可能更重要的是一群人圍坐在一起，中間架着一個「嗞嗞」作響的爐子，每個人的叉子銀光閃爍，牛肉在鍋裡收縮，大家一邊等肉熟，一邊談笑。

從鍋裡拿起一塊肉後，再插上一塊生肉放進去，在碟子裡把肉塊細細切開，抹上醬料。還要小心翼翼地留下一小塊碎肉，給跳上桌子的 Piano 分一杯羹。

反倒是奶油焗土豆被我添了一次又一次。

Thomas 媽媽高興得叫他把她的菜譜都發給我，我跟着附和：「我為你感到羞愧，你媽媽做的明明比餐館還要好吃。」捧場這件事，中法還是相通的。

Thomas 的媽媽真的太好了。

可以看出來在我們相處的時候，她很努力地放慢語速，儘量和我說些有的沒的，努力向我介紹他們的生活，再問問我在里爾的生活。最重要的是，每天絞盡腦汁，翻着花樣給我做飯。連早餐想吃甚麼都提前一天晚上問好，我一般四處看一眼，眼前有甚麼，就說想吃甚麼，倒也是其樂融融。

本來 Thomas 為滑雪墊了些錢，我在路上斷斷續續付了些賬，還差一頓飯那麼多的錢沒給他。Thomas 媽媽聽說之後，瞪着他說，為甚麼會跟女生斤斤計較這點錢。我只能打圓場說，當然是我該付的。

後來 Thomas 就死活不給我他的賬號了，我當然不可能不還錢，但是這一來二去的推讓畢竟還是帶着點溫暖的。

其實說法國人虛偽也好，客套也好，客套多了，大家也就當真了。總好過連虛偽也懶得裝。

最後一天，Thomas 5 點鐘起床把我送去機場，他接着回市區上班。

我們走的時候，拿了一塊吃剩的國王餅，他媽媽站在門口的燈光下，笑盈盈地朝我們揮手。

我現在還在想，那顆還沒被吃到的小蠶豆，到底會被誰吃到呢？

讓食物裝點里爾的夜空

到里爾已經半個多月了。

我的房間很小，只有一張小床、一張書桌、一個洗手池和一個小櫃子，有一個大大的窗戶，可以從上往下拉開。

一個睡不着的晚上我打開滿是霧氣的窗戶，看到外面的天空全是星星。

雨後的里爾很冷，是那種潮濕陰鬱的冷。從你的袖口鑽進皮膚裡，讓人無處遁形，但是那些有星星的夜空卻讓人願意打開窗戶，擁抱窗外的黑夜。

有一天 Luis 站在他的窗前安靜地望了窗外很久。他說他很喜歡里爾，但是長久地住在里爾總是會經歷長長的夜晚，還有凜冽的冬天。他說，有時候會覺得，那些沒有星星的夜晚就像注視着我們的黑色眼睛。而我們是遙遠而沉默的對話者，這種若有似無的呼喚就像是我們面對大海，或者面對地平線時感受到的隨時會湮滅的呼喚一樣。

我想，其實他想說的是，黑夜凝視着我們，虛無凝視着虛無。就像是來自烏有之鄉的烏有之人講述烏有之事。

對我而言，填充漫長的白天和夜晚並不算太艱難，比較艱難的是一個人吃飯。畢竟找人說很多話，喝很多酒並不算太難，但是做出一頓一人份，而且稱心如意的飯實在是讓人為難。

我曾讀到這樣的文學：「生活在城市裡的我們像是被鎖在自己殼中的牡蠣。」頗有一點消沉的意味，但是下一句是，「我們每個人都在撫育自己的珍珠。」好像又一把將人從深夜的邊緣拉進黎明了。珍珠我不知道，但是我隨時準備撫育我空空如也的肚子。

里爾的日落很晚，晚上 8 點多太陽才有銷聲匿跡的跡象。在過於漫長的白天，抵抗飢餓可以依靠衝進生活的一件又一件不靠譜的事情。但是夜晚瀰漫的時候，當你坐在電腦前，告訴自己你已經準備將有關飢餓的「夢魘」統統趕走，像個健康的大人一樣開始準備入睡了。忽然之間樓下的美國妹妹開始煎培根，廚藝超棒的朋友發來喜訊，慶祝土豆燉牛肉已經開始咕嘟冒泡。這個時候，一片簡單的烤麵包成為你腦海中一片墨黑土地上，那個血紅的 A 字。那是禁忌，是刻在黑夜裡的紅字，也是讓你毫無招架之力而選擇屈服的慾望。

很多時候我只能讀讀諸如普魯斯特所說的：「帶着點心渣的那一勺茶碰到我的上顎，頓時使我渾身一震，我注意到我身上發生了非同小可的變化。一種舒坦的快感傳遍全身，我感到超塵脱俗，卻不知出自何因。」

要不然就自欺欺人地瞟一眼：「遇雪天，得一兔。無庖人可製。師云：山間只用薄批，酒、醬、椒料沃之。以風爐安座上，用水少半銚，候湯響一杯後，各分以箸，令自筴入湯擺熟，啖之乃隨意各以汁供。」以求達到望梅止渴的作用。

雖然大腦可以自我催眠，但是肚子不行。唯一的選擇只有飛奔下床，躡手躡腳走到廚房裡，和樓下正在做三明治的妹妹尷尬對視一笑。雖然明明記得晚上她吃沙拉的時候，煞有介事放了一點火腿片説：「我試着生活得更健康，所以我只吃一點肉就好了。」但是現在比起嘲笑她，在我腦海中浮現的是袁枚口中的火腿：「其香隔戶便至，甘鮮異常。」尤其是法國的火腿精多肥少，白色脂肪猶如大理石花紋。火腿在中國菜裡一般只起到調味的作用，在法國一般是和沙拉做伴，或者和奶酪一起作為下酒的佳品。

我也不知道為甚麼這些會出現在我腦海裡，但是他們就像天邊毫無用處，但是在黑夜裡一圈又一圈打轉的星星，還略帶嘲諷意味地朝你眨眨眼睛。

沒有辦法，有啥算啥，從冰箱裡掏出明天的早飯。或者乾脆奶油拿出來，黃油拿出來，奶酪拿出來。燒水壺在「咕嘟」作響，意麵在鍋裡翻滾。蘑菇切成片，番茄對半切開，熏肉末打開，切一塊黃油，一股腦丟進煎鍋裡。

水開了之後，倒進早就整裝待發的鍋裡，放一個雞蛋進去，設一個 5 分鐘的鬧鈴。回身把意麵從鍋裡撈出來，瀝去水分之後，重新倒回鍋裡，奶油也倒進去。把早在一旁「嗞嗞」作響的煎鍋熄火，180 度大旋轉。讓裡面的配料像《一個陌生女人的來信》裡面那個孤獨的孩子一樣，把全部的熱情聚集起來，毫無準備，一頭栽進命運，就像跌進一個深淵。

鬧鐘響了的瞬間，用叉子小心翼翼把雞蛋撈出來，放在水龍頭下面沖半分鐘，直到這顆滾燙的心終於冷卻下來。而我，得到一顆漂亮的溏心蛋。

如果連溏心蛋都學會了，那還怕甚麼四海為家呢？

接下來略等片刻，等意麵的汁稍微收濃。立刻找出一個大碗，把意麵倒進去，趁熱撒上一把奶酪，磨點粗鹽，磨點黑胡椒。煞有介事把溏心蛋放在最頂端，讓流下來的蛋黃浸染每一根麵條。

如果我人生的任何時候有同樣忙中有序、緊鑼密鼓卻不露一點破綻的能力，我肯定會比現在優秀很多。

然後就是沉寂的 10 分鐘，那 10 分鐘裡散養「仁波切」獲得了最單純的時間。世界裡除了脂肪、蛋白質、碳水的衝擊別無一物，精神上達到了空的極樂境界。回味醇厚的奶油是血液，半月形的蘑菇是眼睛，半凝固的蛋白是雪肌，半焦的小番茄則是紅唇玉齒。他們是讀不出來的詩行。

那天夜裡的我不想看星星，只想注視着這一碗被奶酪纏繞，奶油浸染，熏肉點綴的醜意麵。這碗賣相頗難以言喻的意麵，大概就是司湯達所説的「薩爾茨堡的樹枝」吧。原本平凡的東西，只因我愛而被鍍上了一層光。

被食物治癒的瞬間，讓人頓悟食物就是黑夜的反面吧。

就我的廚藝而言，這碗意麵已經走到盡頭了。剩下的懶惰時間，我每天都被雞蛋和番茄包圍，就像身體裡缺乏某種番茄和雞蛋的元素一樣。雞蛋番茄炒土豆，雞蛋番茄做頂料的烤麵包片，雞蛋番茄焗飯……這兩樣最易得，最易操作，也最易儲存的食材，很大程度上暴露出了我因為懶惰而單調的生活的冰山一角。

雖然我經常會對着朋友家的火鍋、滷肉飯、日式肥牛、壽司望洋興歎，但是從來沒有絲毫動過自己動手的念頭。如果朋友連燉牛肉都學會了，那我還怕甚麼四海為家呢？

以至於現在很多時候，我都努力蹭在朋友家吃飯。

Luis 的南美舍友做了辣椒雞絲飯，我主動申請洗碗。法國妹妹在給自己做意麵，在眼神交匯的瞬間，我躲避了一下，但是挑起的眉毛泄露了天機。有中國妹妹在家做火鍋，我自帶蔬菜施施然而來，第二天早上還吃了別人一大碗手工水餃才又施施然離去。而當這個妹妹發出「來家裡拿一條加利福尼亞捲」的邀請時，我不顧剛剛從加萊的大巴上下來的疲憊身體，擠上人滿為患的地鐵，20 分鐘內出現在她家樓下。就像一個風雨兼程但肥胖的情人。

經過我的挑撥離間，一位會做紅燒肉和雲吞的朋友，要和一位會做燉牛肉和蝦仁滑蛋的朋友擇一良辰吉日一決雌雄。而我，將作為最公正嚴謹的評委，對菜餚的味道進行反覆品嚐得出毫無公信力的結果。僅僅是對溫暖食物的幻想都足以讓我抵禦窗外的寒冷，還有里爾漫長的夜晚。

也許這就是為甚麼我永遠沒有辦法像 Luis 一樣說出「深夜凝視着我們」這種深沉的話語，也永遠無法成為一個沉靜深邃的人。

波德萊爾、爛餛飩和我的朋友們

可惡！今天本來想在房間安安靜靜看書，怎麼朋友一吆喝現在我又在打開第四瓶酒了？這些美好的事情都有些懶散的成分。

在一個這樣安靜的夜晚，我們一群人聚在了朋友郊外的房子裡。其實他們家甚至不在里爾，在一個叫作蒙桑巴勒爾的小城邊緣，每天都要跨越城市去上學，不過在歐洲所謂的跨越城市也不過是半個小時的路程而已。

雖然到里爾之後交到了不少朋友，絲毫不慚愧地說，外國朋友可以一起喝酒，一起旅遊，一起去博物館，但是在寂寞又陌生的生活裡，還是中國朋友給人最多溫暖。我們的友誼大多以共同旅遊或者吃喝玩樂開場，但是最後總是走向了一同買菜的大道。一開始我們會約着一起去老城吃飯，一起去動物園玩，可是隨着我們在里爾的時間越來越長，一切娛樂活動都慢慢變成了買菜局。

還是中國人最能理解彼此的口味。

所以只要有機會，我們就會到廚藝好的朋友家蹭飯。我們在布魯塞爾的時候就攛掇好了兩個廚藝最優秀的朋友一決高下。畢竟當我每天吃永無止境的意麵的時候，他們已經能夠在家做出啤酒鴨、煎餃、餛飩這樣的珍饈了。

對我而言，每天吃意麵的時候，都會想到有一大堆平凡的日子擠在未來。意麵人生着實有些淒涼。

在朗斯的時候我和同行的日本男生聊起自己在家裡做甚麼吃。

他說：「意麵啊。」

我回頭問阿鉉他每天吃甚麼，他聳聳肩：「法棍和意麵啊。」意麵好像成了我們順理成章的唯一選擇。

那個日本男生用支離破碎的英語補充道：「我會每天吃不同種類的意麵，用不同醬汁，放不同配料，但是你知道意麵就是意麵。」

對，意麵永遠是意麵，就像不管是寫下「我是一片連月亮也厭惡的墓地」，還是寫下「你的明眸是映現我靈魂顫動的湖，我那成群結隊的夢想，為尋求解脫，紛紛投入你這秋波深處」的人都是波德萊爾一樣。

那天我們下課已經晚上 7 點半了，匆匆趕到朋友家的時候菜已經快要做好了，我們順理成章地不勞而獲。

一個朋友做了一碟加利福尼亞捲，也就是在法國被稱為壽司的東西。我的南美舍友在一家壽司店兼職，她經常帶回來店裡剩下的壽司，每次我都要向她灌輸，如果這種東西叫壽司的話，那土耳其的 Kebabs 就叫肉夾饃了。

她還端出了一盤蠔油蒜蓉生菜，蒜蓉全是靠打下手的朋友花了一個下午的時間纖手破新蒜切出來的。中式調味對我們而言是非常寶貴的。畢竟每天浸染在奶酪、奶油、番茄醬的世界裡，接地點的醬油、蠔油味簡直瞬間讓我回到了家中，忘記我那悲慘的意麵人生。蒜蓉這種我在家裡要除之而後快的東西竟然變成了食之有味，棄之絕對不可以的心頭好。

更不要提另外一個大廚做的滷肉飯，我們還沒有坐定，大廚甚至還沒有把米飯端出來，半碟滷肉已經消失不見了。大廚説滷肉也簡單，只要去靠譜的肉舖買來碎肉，再去亞洲超市買來炸過的紅蔥頭，也就是蔥酥，做一鍋滷肉飯就已經萬事俱備了。

晚餐還沒有真正開始之前，我們已經靠吃邊角料半飽了。大廚忙着做啤酒雞的時候，我們的酒也打開了。在法國生活最好的地方就是雞肉便宜，酒也便宜。超市裡一隻肥雞 4 歐，一瓶不算太差的紅酒也只要三四歐，啤酒更是價廉物美。所以我們像喝水一樣喝酒，讓雞肉和啤酒碰撞出香甜的泡沫。

雞肉剛一上桌，我就搶先夾了幾塊到碗裡，全然不顧大家不過是認識沒有多久的朋友，等我扭頭聊兩句的工夫，再一回身，碟子裡赫然只剩下了褐色的醬汁。剛剛口中叫着吃飽了的朋友們此刻都在埋頭吃飯，甚至在上課的時候也未曾見過他們如此專注。

這個時候他們的舍友也下樓吃晚飯了，他們不斷飄來的眼神泄露了渴望，在吃乾抹淨了我們僅剩的半碟滷肉之後，舍友對大廚說：「陳，這太好吃了，你以後可以再做給我吃嗎？」

大廚秉承着中國人的客套精神說：「沒問題，你想吃的時候告訴我就好了。」

顯然歐洲人對客套的禮儀一無所知，他說：「明天怎麼樣？」

大廚遞給他一瓶啤酒，才算暫時堵上了他的念想。

其實大廚也是來法國之後才變成大廚的，經過一個暑假的突擊培訓，才勉強學會了幾道菜。是來到他鄉之後由於胃口的想念才讓他變成了我們口中無所不能的大廚。懶惰如我，也在舍友的諄諄教誨下學會了千層麵和烤雞腿、烤花菜這樣的複雜菜餚，在意麵的海洋中得到一絲喘息的機會。

無所不能的背後有多少是無可奈何啊。

最後我們圍坐在桌前，把做啤酒雞剩下的酒都喝乾了，來廚房做飯的舍友被熬走了一個又一個。另一個大廚的炒粉也終於出爐了，我們為了這碗加了香腸、蝦仁和蟹棒的炒粉誤了最後一班地鐵，但是大家好像也沒有很失落。畢竟剛剛和朋友聚在一起，吃了這樣一頓熱鬧的飯，好像就有勇氣面對里爾的寒夜了。

沒有吃完的用小飯盒裝回家，明天又是幸福的一天。

有朋友在一起終究讓人覺得安心，尤其是還能偶爾一起旅行的時候。歐洲小到不可思議，從里爾去比利時坐車只要 20 分鐘，坐飛機到西班牙或者維也納也不過兩個小時。

最巧的是，在布洛涅因為旅行認識的阿鉉，竟然在比利時的小城安特衛普又跟我重逢了。我和朋友們從鹿特丹回里爾，在安特衛普轉車，剛好中心車站的旁邊就是中國城。我們找了一家麵館，點上一碗牛肉麵，一碟蝦餃，重溫熟悉的中國胃口。我隨手拍了一張照片發出去，阿鉉問我：「是方的麵嗎？」我說：「哪裡有方的麵？就算在比利時麵也是圓的啊。」

手機對面的阿鉉肯定翻了一個白眼：「是店名啊，『方的麵』。」

結果我們連回程的車都是同一輛，歐洲真的太小了。

就算我和幾個朋友一起走過了比利時、西班牙和奧地利，但是當大家在旅程中遇到不同選擇的時候，我的朋友選擇了冰島，我選擇了里昂。彼此誰也沒有強求，大家都去追求自己的白月光了，真好。就算是抱團取暖的人，也沒有試圖走進彼此心裡那一片到不了的森林，是一件好事。

有一天我和阿鉉在從朗斯羅浮宮回里爾的路上，百無聊賴在一群鬧着學法語裡「最有趣」的詞的外國同學中，突然聊到了如果需要買豬排去市中心的商場，香蕉要挑綠一點的才能吃一週，不要買雞腿，買整隻雞更便宜。

突然他說：「我現在有點理解我奶奶持家的時候為甚麼斤斤計較了。我現在覺得意麵吃不出區別，那買最便宜的就好了，牛奶每天都要喝，那就買 6 瓶裝的最划算，菜不好留，做起來也麻煩，乾脆不吃菜只吃水果就好了。還有超市裡的臘腸，一根能吃兩週，還不容易壞，每次切一點放在意麵裡，多方便。」

他又說起：「上一次我跟你說我的土豆發芽了，我是真的很難過，我真的想帶到巴黎讓搶包的人全部吃掉。」

我接話說：「對啊，上次我扔掉了半包豆芽，吃了兩三天全部都壞掉了，要我丟掉一歐我會覺得關係不大，但是扔豆芽的時候我真的有罵自己為甚麼不早點吃完？」

說完之後我們兩個人咧咧嘴，笑得很苦澀。

我們終於變成媽媽最喜歡的樣子，而且我們也喜歡這樣的自己。我們成了那些在商場裡東躥西跑，把雞蛋拿了又放下，東挑西選，變成了看到超市裡的黃色減價標籤就會眼前一亮，深究標籤上每一百克要多少錢的「老阿姨」。也變成了廚藝日益精進，甚麼肉配甚麼菜，最起碼對甚麼肉罐頭最配甚麼菜罐頭都了如指掌的人。

這就是在法國真實的生活，不只有光鮮亮麗的輕鬆旅行，更多的是每個人在普通的生活裡掙扎。掙扎，但是也快樂，和朋友在一起，連省錢買菜做飯都變成了一件樂趣無窮的事情。

芥川龍之介說，人生不如一句波德萊爾。可是木心說，有時人生真不如一句波德萊爾，有時波德萊爾真不如一碗爛餛飩。

我想芥川龍之介是在說，生活不如詩；木心是在說，生活不如詩美好，但是有時詩不如生活真實。

確實如此。他們兩個人都說得真好。

平安夜吃飽之後

平安夜的晚上我和 Antoine 聊天，他對我說：「我不會太早回來，我要和我的家人在一起，離里爾一個半小時。」

我說：「我和我的茶杯在一起。」

他說：「這是一個好的開始。」

沒過多久他又問：「你的朋友晚上住你家嗎？」

我捧起茶杯說：「早就走了，這是中國人的健康聚會。」

他有點吃驚：「所以聖誕節的晚上你要一個人度過了？」

我給自己倒了一杯酒，打下長長的一段話：「當你在同一個國家讀書，卻離家兩千公里。而我現在離家一萬公里，甚至更遠。如果有一個東西從不離開我，那就是孤獨。所以我習慣啦，不用擔心的。」

這段時間我實在是太閒了，放假了沒有作業，卻要擔心簽證，不能出去旅遊，朋友都離開了，五層的大房子安靜得不得了。

他很快回答說：「孤獨很酷，我喜歡和她在一起。」

我沉默了一會兒，回答說：「我現在情緒很好，還是不說這個了。」再次舉起酒杯的時候，我突然能理解那天在廚房裡紅着眼眶的 Freja 了。

她說：「我馬上就要回家見到家人了，但是我依然捨不得這一切，這段時間太不真實了，和我朝夕相處的人以後也許一輩子也不會再見到了。」

那天我拖着她的箱子，送她上了回丹麥的大巴，她不停對我說謝謝。最後我只能回答說：「我是你在里爾遇見的第一個人，所以我也可以成為最後一個人。」

這段時間我總是在大巴站和火車站之間奔波，送走了一個又一個朋友。最終也要提上自己的箱子，站在 8 點的里爾街頭，等待那一輛開往里昂的車，告別我的一個又一個朋友，等待下個學期迎接新的朋友們。

我最後一個舍友走的時候，敲開了我的房門，送了我一件舊毛衣，說她就要回圭亞那的沙灘過年了。我聞着毛衣上熟悉的味道說：「Bitch on beach, what a good match。」她挑起粗粗的黑眉毛，翻了個白眼。我又加了一句：「五層的別墅歸我了，我終於可以帶人回家開 Party 了。」

她抱住我說：「都歸你啦。」

然後我聽着她「咚咚咚」跑下樓，又「咚咚咚」拖着箱子下了樓梯，我舒舒服服躺回床上。

只是當我下樓做飯的時候，發現她們把自己的櫃子都清空了，我的櫃子裡堆滿了她們留給我的吃的和用的，第一時間在心裡說：「哦嚯，賺大了。」轉念一想我哪有時間解決掉這些東西啊，我也快要離開很長一段時間了啊，真是大麻煩。我只能打電話讓朋友來拿走了其中的很大一部分，我朋友說：「你舍友還缺舍友嗎？」

我心裡想，我才不換呢。

總而言之，我房間裡的暖氣很悶，我的床很小，里爾的雨下個不停，我的窗戶只能留一條小小的縫。我的朋友來了又走，我度過了非常寂寞的許許多多個日日夜夜，我的聖誕節冷冷清清。我學會了一個人的時候喝酒，我幫 Freja 捲煙比法國人捲的還漂亮，我的紅酒瓶總是在黑色垃圾袋裡叮噹作響。我用烤箱再也不會燙到手，我連麵包機都能擦乾淨。

送朋友的時候我總是送到他們坐上地鐵，半人高的垃圾袋我一次能提起兩個，我能叉着腰告訴不講道理的房東他休想讓我在規定時間之外清理公共區域。

我不再吃炒飯和意麵，我配着紅酒吃老香腸，我用肉凍和鴨肝慕斯塗抹烤麵包，不用醬油而用月桂和百里香、蒔蘿調味。

我的烤雞提前一整天醃製，我能剝出漂亮的橘子瓣，我知道 3 歐的雞，雞胸比 10 歐的雞更汁水豐盈，還知道家樂福一公斤裝的意麵不比意大利的 Barilla 難吃，更知道坐地鐵去圖爾康之後走 20 分鐘到比利時可以買到便宜一半的啤酒。

我整天和法國人鬼混在一起，一個月也見不到一次中國朋友，不是聊排球就是聊滑雪，要不就是看他們怎麼修被風暴吹倒的驢棚。我搬家有 Antoine 來幫忙，去機場也有 Thomas 開車送我，我看起來適應得很好，也交到了很多朋友。

但是派對總有結束的時候，尤其是聖誕節的時候，每個人都回家了，每個人都和家人在一起。這個時候我知道自己終究還是一個人，還是那個飛行二十個小時離家的窮鬼。

我很少在深夜之前入睡，總是躺在床上睜着眼睛，最後還是爬起來拔開酒瓶塞。我知道真正地融入多麼困難，過於刻意地追求多麼沒有意義。我對自己沒有要求，也沒有任何人給我壓力，我只是覺得無聊而已。

我的朋友為了照顧我而讓我站在發球線之前發球，我因為失誤丟球的時候沒有人吼我。女孩兒們在猜字遊戲的時候特意寫下李小龍，她們炫耀我寫下的中文名字。Antoine 對我說，聖誕節可以去他家，因為他不想我一個人過聖誕節。第一次見面的朋友會問我會不會介意貼面禮。

這些貼心又善意的舉動時刻提醒着我們之間的距離，我比任何人都知道法國人禮貌的虛偽，當然誰都是如此。

我終歸和中國人在一起更舒服。

我會説我想摸我的狗了，卻不會説我想家了。

我為了用完公交卡，總是無所事事出門在市中心亂逛，我和散落世界各地的每個好朋友打長長的電話。她們有耐心看我做飯，吃飯，穿戴好，化好妝，出門一趟兩個小時就為了買一個小蛋糕。我在回家的路上故意又繞了幾次遠路。

我還知道塞外小北大的熄燈時間是 11 點半，當我處於晚上 9 點的時候墨爾本的甲魚該起床了，豆沙又給橘貓買了貓條。她們的缺席使許許多多個黃昏暗淡。

躺在床上看手機的我一眨眼睛就是兩個小時。

但是你猜我要說甚麼，我想說的是，我才不換呢。

有的時候我也不是很確定，但是終點始終是不變的。

還有，在這個聖誕節的深夜，我想回家了。

意麵形狀的

里爾生活

關於歐洲的各個國家和法國的城市我寫了很多，卻很少寫里爾。反正人總是這樣燈下黑，在自己的城市就像螃蟹一樣躲在自己的殼裡。

出去玩就像「使我病了一場」，而自己生活的地方，就是「熱勢退盡，還我寂寞的健康」。對日常生活的厭倦，就是日復一日吃意麵的感覺，也是吃完意麵看着髒碟子的感覺。那個糊滿醬汁的碟子，就是令人厭倦。

隨着在里爾的時間越來越長，我不再覺得里爾僅僅是一個平平無奇的小城市，寒冷又沉默。在嘗試了無數種與它相處的方式之後，用最後一把鑰匙打開了門，讓里爾變成了可以把遠方拉進身體的城市。

里爾「寂寞的健康」其實也不是很寂寞，也不是很健康。

Mikako 和我正式升級成了好酒友，我隔三岔五就在地鐵站拎起兩瓶紅酒去 Mikako 的房子，因為路上太冷，短短的 5 分鐘路程，酒瓶上都蒙上了水霧。到她家之後，把紅酒打開醒着，從冰箱裡熟門熟路掏出我們最愛的 Leffe 啤酒，一起熱氣騰騰做一頓晚飯。

吃完飯，披上衣服，去二樓的露台點起蠟燭坐着，一邊聊天，一邊喝酒。聊到月亮蒙上水霧，啤酒箱裡全是空瓶子了，紅酒也喝乾了，我們就準備出門了。因為法國的酒吧消費很高，而我們主要是為了跳舞才過去，所以入鄉隨俗，我們一般都先喝到微醺，再去酒吧裡點一小杯啤酒就能快樂一個晚上。

我們這些飄零已久的留學生，稍有一點快樂，就會變得非常快樂。

出門之前 Mikako 向我眨眨眼睛，在夾克裡藏了一瓶啤酒，準備在地鐵上喝。

她在台灣讀了 3 年大學，中文很好，所以我們平時在一起都説中文，只有在去酒吧的時候才定下嚴格的規矩，不許説中文，只能説英語或者法語。路上我們伴着冰涼的啤酒，説着冰涼的法語。我們的法語水平差不多，一樣慘不忍睹，所以交流起來問題不大。

我還記得那天只是一個平平無奇的週二晚上，沒有節日，沒有慶祝，夜不算深，不到半夜。結果半路突然上來一群年輕人，化着妖魔鬼怪的裝，有的渾身上下纏着繃帶，只留一雙戴着墨鏡的眼睛在外面，有的在脖子和臉上畫着大大的傷口。他們一上地鐵就跳上座位，拍着車頂開始唱我們聽不懂的歌。一時間車廂裡亂成一團，但是啤酒是我們的暗號，大家彼此一看，手裡有酒，那一定都不是準備回家的人，他們上來問我們要不要一起去聚會。

我和 Mikako 邊笑邊搖頭，大家說笑兩句他們又一窩蜂下車了。

我們對這種情景早就習以為常了，夜班地鐵是里爾最熱鬧的地方，如果新來的人對此瞠目結舌的話，我只能說：「歡迎來北方。」

在夜半地鐵上我還遇到過剛看完球賽的球迷們，大家穿着隊服，披着五彩斑斕的旗子，一排一排地站在車廂裡。每站都有一些人下車，下車的人高唱着，他們路過的車廂裡的人也會跟着唱起來，每一個下車的人都在一陣歡呼中結束他們激動人心的夜晚。

相比之下早班的地鐵就全然不同了，剛從床上爬起來趕最早班地鐵上班的人睡眼蒙朧。早早就坐在路邊，等着捲簾門抬起的宿醉年輕人臉色鐵青。我還在人潮湧動的車廂裡遇到過一個一直流眼淚的中年女人，大家硬是在滿滿當當的車廂裡給她留出了一片扇形的空間。在法國人中並不常見這樣的情緒表達，這種時候路人上前安慰或者詢問也很失禮，大家只能安靜地站着，聽着時不時傳來的抽泣聲，誰也不知道發生了甚麼。

快樂可以分享，但是悲傷和問題很難。

Antoine 跟我說：「法國女生很酷、很漂亮、很聰明，她們有讓人喜歡的一切，但是沒有人能搞懂。她們擔心的事情太多，太複雜了，不管說甚麼總會加上一個『但是』，實在是太累人了。」

我心想，你的話裡也有「但是」啊。

法國的年輕人都很複雜，每一次我問他們為甚麼的

酒

快樂可以分享
但是悲傷和問題很難

時候，Clément 都會説：「沒有辦法，因為人類就是複雜的。」想要彼此完全了解，需要兩個多麼淺薄的人啊。

Clément 還是一如既往的藝術生做派，我們的娛樂項目就是給彼此化妝，然後拍照。他長着希臘雕塑樣式的臉，臉上需要修飾的地方並不多，並不是多麼驚人的好看，但是天生別有風情。就像很多法國女生一樣，離好看還有一段距離，但是並不醜，以自己的方式驚豔着。這好像是法國人特有的能力。

他的瞳孔很美，一圈黃色、一圈綠色，再一圈黃色、一圈藍色，最後再一圈黃色。眼眶深陷，顴骨高懸，兩頰消瘦。所以他只需要深色的眼影，淡淡的一層口紅就足夠了。

接着他在我的臉上大展身手，用他的方式給我畫上綠色的眼影，眉毛塗成金色，嘴唇也塗成金棕色。

我問他：「不需要粉底嗎？」

他說：「化妝是為了錦上添花，又不是為了掩蓋你自己，當然不需要了。我們臉上都有雀斑，怎麼會有人想要遮住這麼可愛的東西。」

哦，原來這些都不是需要苦惱的東西。

我又想了想問他：「所以對你而言關於化妝有甚麼是重要的嗎？」

他一邊扒拉着我的眼睛給我短短的睫毛塗上睫毛膏，一邊說：「沒有，關於化妝沒有，關於甚麼都沒有。」

想想他每天上學時的披肩長髮，最愛的紫色眼影，紅中透着黑色的口紅，我想確實沒有人需要掩飾自己，也沒有甚麼非遵從不可的教條。

我的法國朋友們的可愛之處就在於，他們並不在乎別人喜不喜歡他們，而我們正是因為他們不在乎而喜歡他們。

木心說：「誰也不懂天上的星，誰都喜歡看星星。」誰都不懂法國人，連他們自己也搞不懂，但是我的朋友們還偏偏挺招人喜歡。

有一天我們好幾個朋友聚在 Antoine 家聊天的時候，我瞄到房頂上有一個鐮刀和錘子的紅色標誌。我挑起眉毛看了他一眼，他連忙說，他媽媽說 18 歲之後他能對自己的房間做一切，所以他去買了塗鴉的噴霧，和一群朋友在牆上亂畫一氣，不代表任何政治立場。

他一邊指給我們看牆上的銀色恐龍和紅色兔子。

我說：「你媽媽真的很酷，她讓你做你想做的任何事情。」

他說：「我媽媽已經習慣我惹出的一堆麻煩了，她早就處變不驚了。我爸爸去世的時候我媽跟我說：『你爸爸去世了，起碼現在他不生病了。』所以大概沒有甚麼能讓她有太大反應的事情。」

他的表情比講述自己去攀岩的故事還要平靜。說着，他從書架上成堆的《海賊王》漫畫書邊上拿下一隻七彩獨角獸，說：「我有很多獨角獸，而且都是我新買的。」

我皺起眉頭說：「Antoine，你是一個大孩子了 Antoine。」

他抽出衣櫃裡快一人高的鐵鍬，說：「是的，所以你們有人想去挖一個大坑的話，我這裡有鏟子，還有頭燈。」

有朋友嚼着玉米片，說：「所以它們有甚麼用呢？」

Antoine 睜大眼睛，擠出四道抬頭紋，說：「沒用啊，我用我的車禍賠償金買的，反正我有錢，所以我就買了。」

永遠不能試圖用邏輯理解法國人，因為他們甚麼都不在乎。法國人做事不靠譜也是相當名副其實的，當然，久久浸染在其中，我也變成了一個很不靠譜的人。

一次我和朋友約好在酒吧見面，結果從約定時間前半個小時朋友就沒再回覆我的消息，於是我決定等到朋友回覆我再去，免得尷尬。接下來的一個小時，我恨恨地在路上亂逛，在里爾的聖誕集市轉了一圈又一圈。終於決定要回家的時候，突然聽到後面有人叫我，竟然就是我朋友。

她攤攤手說：「我在酒吧等了你一個小時，你去哪裡了？」

聽完我一通抱怨，她說：「我的流量用完了，沒收到消息啊。」

最後我們決定既往不咎，反正兩個不靠譜的人也不在乎一個小時，其實真正在乎的事情也不多。

好事是我終於擺脫了意麵人生，不僅學會了煮飯和炒飯，甚至學會了烤雞翅和烤餅乾。看看手上不時被烤箱燙出來的疤痕，就能知道我曾經受傷，也曾經痊癒，也終於伴隨着這些傷痕學會了給自己做飯。雖然做不出舍友的千層麵和南瓜蛋糕，但是起碼告別了煮麵和放調味醬的單調生活。只是我的烤餅乾不是因為沒有放足夠的糖而太平淡，就是因為我下樓洗衣服而烤過了頭。

可是自己做的餅乾畢竟是不捨得扔掉的，便把焦黑的邊緣咬掉之後，津津有味吃中間殘存的部分。Thomas 看了我的餅乾之後説：「你是為了省錢才自己做飯嗎？」

我隔着手機翻了一個白眼：「麵包店的餅乾糖和黃油太多了，而且自己烤餅乾的成就感你不懂，起碼我不至於讓自己吃中毒。」

他説：「你永遠不知道。」

起碼現在沒有。

自己不做飯的時候，我們就去里爾的聖誕集市，在各個店鋪之間穿梭，這邊吃一塊可麗餅，站在小篝火前望兩眼，那邊吃一份暖暖的烤土豆，圓滿只在剎那間。雖然里爾的聖誕集市比不上近在咫尺的阿拉斯壯觀，也沒有布魯日富有比利時特色的大三明治，但是勝在這是我意麵形狀生活裡的小火花，離我只有 10 分鐘的距離，這就是無可辯駁的「最好」了。

這個週末趁着天氣好，莫伯日的朋友坐了兩個小時火車來里爾，趁着「黑五」給妹妹買聖誕節的禮物，順便修蘋果耳機，再吃一頓漢堡王。我問他：「何必跑這麼遠，來回 4 個小時多不值得。」

他把嘴裡的漢堡很努力地咽下去，含含糊糊地説：「莫伯日和瓦朗西納都沒有漢堡王，蘋果店也不大，所以只能來里爾啊。而且我妹妹已經有很多冰雪奇緣的玩偶了，只能到里爾的大商場才能找到不重複的。」

這個時候我才想起來，里爾是法國北部最大的城市，也是很多人心中很遠很遠，遠到有漢堡王的遠方了。

二月裡我蹭過的飯

一切都要從一場購物開始，Tinka 在買東西的時候遇到了同樣也是我們學校的 George 和 Giulia，從此開始了我們每週的晚飯聚會。

聚會的規則很簡單，每週五每人帶一瓶酒，還有一道菜的食材到一個人家裡聚餐，到了午夜的時候，一群灰姑娘在魔法地鐵停車之前，搭上最後一班地鐵回家。

意大利的 Giulia 本科是學中文的，一直嚷嚷着想吃餃子，但是以我對自己的了解，我是做不出來餃子的。上一次我想做牛奶米布丁，本來是非常簡單的菜，只要像煮粥一樣把大米放進牛奶和奶油裡煮熟，放足夠的糖，最後煮一層焦糖撒上去就好了。這簡直是最像迪士尼的完美食物，簡單又滿足一切想像。奶香濃鬱，甜膩又有焦糖飄香，米粒略有口感但卻甜糯，奶油略微燒焦，在表面形成一層淡棕色鼓起的奶皮。用 George 的形容就是：「我希望我的孩子在那層溫暖的奶皮上出生。」

用這支筆做飯，比我用手容易多了。

可是我邊做邊和 Tinka 聊天，等到回頭的時候，我的米布丁已經燒出鍋巴了，我又加足夠的牛奶，但是米飯是有性格的，回頭草是不吃的，一切補救都是為時已晚的亡羊補牢。最終這一碗米布丁寂寞地在冰箱躺了一週之後，躺進了熱鬧的垃圾桶。

後來我投身於曲奇研究的專業領域，在曲奇烘焙的道路上越走越遠。畢竟兩個素食者大大限制了我的發揮空間，能拿出手的也就只有曲奇了。

大約沒人不會製作曲奇。在傳統做法的基礎上，我有一些小小的改良。第一是撒鹽，這個不算特殊，只有單純甜味的曲奇是很單薄的美女，看久了會疲憊，鹽是幽默、是性格。第二，我會加喜歡的奶酪，比如說臭襪子味的山羊奶酪。畢竟曲奇就是一個放你喜歡食物的碟子，吃曲奇的時候我們不談正宗，不談一脈相承。

Tinka 說她從來不會用評判的眼光去審視曲奇，因為曲奇就是曲奇，從來不會讓人失望。曲奇就是那個會改變，會讓你詫異，但是你依然會說「我就喜歡它做自己」的白月光。白月光不會有錯，它的錯都是我的錯。

第三，可以加一點點有風味的烈酒，如果不是酒精上癮人群的話，只要加一點點增加風味的層次就好了。一般來說放朗姆酒和白蘭地都不會有錯，但是有人想與伏特加，還有龍舌蘭共眠，我也沒有二話。但是我不會這樣做，想像一下，這大概和放江小白沒有差別。如果要往詭異的方向走，有機會的話我不介意嘗試放一點野格。

說到甜品，Giulia 是我們的拯救者，只要她做提拉米蘇，再怎樣平平無奇的一頓飯也有了盼頭。先打四個雞蛋，蛋黃和蛋白分離，蛋黃加糖攪拌，再加馬斯卡彭奶酪，蛋白加糖打成蛋白霜，混合在一起就做好了奶油的部分。

當時我在緊張地進行烤曲奇的收尾工作，Tinka 在做漢堡，George 一如既往在百無聊賴地到處湊熱鬧，每個人在路過裝奶油的大盆時，都不約而同地伸手進去偷偷用手指挖走一大坨奶油。George 甚至主動要求洗打蛋器，以此達到偷吃沾在打蛋器上的奶油的目的。他還很不死心地問了一句：「你確定提拉米蘇裡面不放酒嗎？」

十分遺憾，真的不放。

然後把手指餅乾在咖啡裡蘸一下，一層奶油一層餅乾，在最後一層奶油上篩上巧克力粉就好了。咖啡一定要濃，巧克力粉一定要苦，甜和苦兩種味道齊頭並進是提拉米蘇的靈魂。

果然還是看別人做飯簡單。更簡單的就是用筆了。

提拉米蘇最不好的地方就在於要足足等待兩個小時，炸薯條吃完了，漢堡吃完了，曲奇吃完了，酒喝完了，「希臘神棍」George 把每個人的一週運勢都讀完了，Giulia 抱着拖把引吭高歌的退場歌曲《Baby》也唱完了，我和 Tinka 最愛的樂隊北極猴子唱了一遍又一遍的《505》。我們又餓了，提拉米蘇還在冰箱裡猶抱琵琶半遮面。

不過最後一切都是值得的，提拉米蘇永遠值得。

Tinka 把提拉米蘇從冰箱裡捧出來的時候，虔誠地說:「這是在這台老冰箱裡出現過的最高貴的東西了。」我們四個無神論者，同時看見，聖母瑪利亞在一塊和天地同大的提拉米蘇上誕下耶穌，我們對着碟子裡的提拉米蘇畫下十字，愛 Giulia 直到我們生命的終點，只要她手裡的打蛋器還在轉動。

我還做過豬肉捲，説起來也簡單。豬肉捲上肉糜，表面放上一片橙子，提供清新的味道，用繩子固定起來。在鍋裡滾一圈煎出焦褐色，再和蔬菜一起燉，燉到差不多的時候把肉盛出來切片，蔬菜撈出來，把醬汁收濃淋到肉上就好了。

法國的飲食，甚至歐洲的飲食在很多方面做法萬變不離其宗，尤其是做底湯。蔬菜底湯就是洋蔥、胡蘿蔔、歐芹先炒再煮，總而言之變不出太多花樣。不過有一種美麗的蔬菜叫菊苣，外表普通，有些像娃娃菜，但是味道發苦，總會出其不意地出現在各種菜餚中，讓人在瞬間失去對世界的信任。

吃飯的時候我總是很喜歡和吃素的 Tinka 在一起，她不會探出亂蓬蓬的腦袋，問:「我可以嚐一點嗎？」也許這就是我們成為朋友，並要一起去波爾多、蒙彼利埃、馬賽、尼斯的最大原因。

我們兩個人最大的樂趣就是在酒足飯飽之餘，翻看網站上的廉價航班，一切從里爾或者比利時出發、路費在 10 歐以下的地方，就是我們的目的地。

如何浪費我一文不值的時間

從德國回來之後很想念德國的豬肘，所以在家裡研究了一下能不能做出類似的感覺。畢竟看到喜歡的東西，我就會變得軟弱，軟弱到一點反抗之心都沒有。

味道就不強求完全一致了，用法國的調味料做中國的滷豬肘，最後再烤出德國豬肘的焦脆，這樣應該也不錯。

其實很多天前我就想做了，無奈新家搬到了里爾隔壁的小城市埃萊姆，周邊沒有賣豬肘的大超市。說是小城市，其實就是里爾的衛星城，從我家跨過里爾去Antoine家，也就是另外一個小城市洛斯，只要20分鐘。這就是法國北部「最大」城市里爾的概念。

離家五分鐘以外的超市我就很少涉足了，除非是一個月進行一次的大採購。之前都是用冰箱裡剩下的材料有甚麼做甚麼，而今天特意出門買了豬蹄髈回來，準備好好做飯。蹄髈先在火上燙一下，讓皮微微燒焦，與此同時切兩個白洋蔥放進鍋裡炒，炒到半透明就加入白葡萄酒。

我在布拉格吃到的豬肘是用啤酒燉出來的，但是啤酒殘留的味道比較張揚，所以我還是選用溫和一點的白葡萄酒。把蹄髈「灌醉」，把豬這一生沒有喝過的美酒都補償給他。

調料只能有甚麼放甚麼了。肉豆蔻粉、聖誕節吃剩的月桂、一把白胡椒、永遠不會缺席的百里香、完全不辣的辣椒粉、倒兩秒鐘的香醋。然後加入，乾蔥花、蠔油、日式醬油，還有一點點糖。鹽留到最後半個小時再加。

歐洲沒有焯水的習慣，我也忘了，只能把煮出來的浮沫舀掉。

家裡的鍋蓋被打碎了，只好做了一個錫紙鍋蓋罩着。家裡的鍋也是小號的，只能一個小時加一次水。就這樣一直用小火咕嘟着，我在三樓每隔半個小時就下樓看一眼，翻個面，生怕我的寶貝蹄髈被煮乾了。

燉蹄髈的時候不能用大火，讓肉最後軟嫩到能自然脫落的關鍵不在於火勢兇猛，而在於時間漫長。重點就在於要把湯控制在微微冒着小泡泡的狀態，不然最後皮和肉都分離了，就像我的成品一樣。

因為晚上和 Antoine 有約，所以我有點心急，只能委屈一下蹄髈了。煮了 3 個小時之後我換了一口小鍋，把蹄髈放進去，這樣湯汁能完全沒過蹄髈，醃一會兒讓他們入味。主要是我急着出門聚會，所以找一個「經過一段時間的靜置會讓風味充分融合」的藉口。我在巴塞羅那的時候，聽房東說過，他們用雞架燉出來的湯，就是要留到第二天早上再喝的，為了各種味道可以更加和諧。

到了 Antoine 家之後，我拿出下午烤的餅乾，強迫他讚美我。他很矜持地吃了一塊，嘴上說：「嗯，真好吃！」然後蓋上了蓋子。說實話，今天的餅乾因為沒有放糖只放了蜂蜜而變得健康又無趣，總之如果不是這樣的話，我也不會把餅乾拱手讓給 Antoine 了。

之前 Tinka 也做過餅乾和鬆餅，都甜到不可思議。她做鬆餅的時候甚至都不放糖，直接放焦糖醬。餅乾也是，先放白糖，再放香草糖，最後加一整板白巧克力。麵粉的意義只是把不同形式的糖聯結在一起而已。

當時鄭重地告訴我，阿根廷想加入歐盟的布宜諾斯艾利斯男生和比曲奇還美好的希臘女生 Catalina，對這兩盤甜到嗓子眼裡的發胖驅動器讚不絕口。我猜他們真的很喜歡甜味，根本不理解我放糖時顫抖的心情。

我到現在還記得那天的一段對話。

大家又開始感歎里爾不過是一個小小的彈丸之地。Catalina 說在雅典她去上學需要半個小時，阿根廷男生說他要花一個小時才能到學校。Catalina 往嘴裡塞了一塊餅乾，說：「知道了，但是不要搶我的風頭，因為我們並不關心你。」我們共同承認這句話比那天的曲奇還精彩。

這個時候我看到 Antoine 的垃圾袋下面墊了一本極厚的《古斯塔夫・勒龐傳記》。是那個寫《烏合之眾》的勒龐，而不是又在為了大選與馬克龍唇槍舌劍的勒龐。Antoine 看到我伸手去拿那本書，立刻說：「不要動，整個垃圾袋就是靠着它才穩定的。」

我問他：「為甚麼你會有這本書？」

他說：「我在書店看到這本書的時候，心裡就想，像我這樣的人，必須擁有一本這樣的書。」

我把書包裡的酒拿出來，說：「所以你必須擁有一本這樣的書用來墊垃圾桶嗎？」

他說：「是的。」

Antoine 是一個很複雜的人，我不懂他。只有他和雲哥在隨意又放鬆地閒聊時，冷不防對我說過：「你一個人在國外一定很難吧。」

雲哥一如既往是一個多愁善感的詩人，但是也沒想到一個沒心沒肺的小孩會說這種話。Antoine 讀過藝術，書包裡裝着厚厚的達達主義的藝術書穿梭在地鐵上，卻又放棄了藝術和大學選擇參加空軍。

他還說想外派到中國，我說：「你想法挺多的。」他又做出他的招牌動作，翹起蘭花指，拿起酒杯，喝出「稀里呼嚕」的聲音，還眨眨眼睛。這本傳記更讓我搞不懂他了。

Antoine 媽媽拿來西柚和橘子雜交的水果，極力勸說我們試試。她就像 Thomas 的媽媽一樣，和每一個人的媽媽都一樣，全世界的媽媽應該都是相通的。勸說你吃更多的水果，勸說你的朋友也吃更多的水果。

我離開的時候 Antoine 媽媽還招招手，讓我跟她去兔子窩邊上，給了我三對耳環，說這是她的朋友做的，讓我挑一對自己喜歡的。還仔仔細細地幫我把耳環戴上，又往我的手上塞了一個水果。一邊掃地一邊向我道歉説家裡的兔子到處亂跑，所以地板很亂。

我心想，我還沒有提我被她咬壞的鞋子呢。

第二天早上起來，冰箱裡的蹄髈已經和湯汁凝結在了一起。現在只剩最後，也是最有靈魂的一步了。

燉蹄髈固然好吃，但是肉散爛了，尤其是皮和肥肉的部分比較膩，整體味道也比較淡。烤蹄髈就是為了中和直接烤和單純燉的優點，讓口感更豐富。把蹄髈放進烤箱，刷上蜂蜜和蠔油，用碟子接住烤出的汁水。先烤肉多的一面，40 分鐘之後翻到皮多的一面，溫度調高，把烤架調到最高層，烤半個小時。眼睜睜地看着皮上開始冒起小泡泡，逐漸有了棕黃色的焦殼。這會讓原本綿軟的燉蹄髈皮變得不再弱不禁風，有了一層筋骨。尤其因為刷上了一層蜂蜜，還多了些光澤。

20 分鐘之後開始煮意麵，剛好等意麵煮好，蹄髈就能吃了。其實蹄髈應該配上大米飯呀，汁濃肉嫩簡直是米飯殺手。可惜我不會煮飯，幾乎沒有完全成功的時候，只能繼續過我的意麵人生。

意麵煮好之後把烤箱下層的湯汁拿出來，淋在意麵上，稍微收濃，再撒點胡椒粉、蒜粉、香醋調調味。時間多的話，可以再炒一個西葫蘆，畢竟烤蹄髈算是大肉，比較膩。鍋裡剩的湯汁凍起來，留着以後煮麵吃。

這個時候蹄髈也好了，冒着蒸汽的龐然大物終於走出了它的「洞穴」。夾子幾乎不費吹灰之力就能把肉全部分下來，我留下一頓的量，剩下的切散放進冰箱裡。

算起來這滿滿一盒，夠我整整吃3天。

肉已經完全燉爛了，烤的過程蒸發了水分，讓味道更集中，肉的口感也沒有那麼鬆散疲憊。外層的肉富有嚼勁，內層的肉還含着汁水，洋蔥的甜味滲了進去，又有肉香，鹹中帶着微微的甜味。

吃蹄髈最幸福的地方就在於，蹄髈的豬味兒很濃。尤其是肥肉和皮的部分，經過燉煮和烤製，油膩的肥油已經沒有了，但是還有這濃濃的香味。

單純烤蹄髈的皮太硬，燉蹄髈的皮太膩，沒有這種經過又燉又烤過程的外表有嚼勁、內部軟嫩的口感。德國南部的烤豬蹄其實比較費牙口，完全靠烤當然沒有足夠的水分，而且皮會很硬，要是涼了根本咬不動，先煮一下就輕鬆了很多。

在把肘子的大骨頭輕輕鬆鬆取出來之後，我用保鮮袋把骨頭裝起來放進冰箱，等有空的時候就用這個骨頭，還有洋蔥、玉米、韭蔥、胡蘿蔔一起煲湯。這樣的湯就是用來做燴飯或者是燉煮的底湯了。上次我做炸雞腿的時候，買了5個大雞腿，全部去骨之後，骨頭丟進鍋裡煲湯。歐洲的一些市場會賣鴨架，因為當地人只吃鴨胸、鴨腿、鴨翅，剩下的對他們而言完全無從下手。其實鴨架還頗有一些剩餘的肉，雖然説不上多，但是煲湯是綽綽有餘了。而且只要4歐一隻，在酒吧連一杯最小的啤酒都買不到。

再去超市買上一包配好的煲湯蔬菜，煲好的湯用保鮮盒凍起來，又可以假裝過上一段幸福快樂的日子。

雞肉用調料醃起來，翻出很久之前在亞洲超市買的炸粉，一半用雞蛋攪拌，一半放在盤子裡。雞肉在炸粉糊裡滾一圈，再滾一圈，因為我喜歡很厚的麵衣，所以讓他們都裹得面目全非。最後下油鍋炸就好了。

值得一提的是，我發現雞腿比雞胸炸起來更好吃，因為雞腿的水分更豐盈，但是雞皮最好去掉。因為麵衣比較厚，雞皮油膩膩的反而不好吃，要是只有薄薄的麵衣也許雞皮不會這麼大煞風景。

還有關於寬油，其實炸雞腿並不需要很多油，只要基本上能覆蓋炸雞就可以了。有一些沒有被油浸到的部分，只要在炸的時候多翻面，然後用勺子把油澆在炸雞上面就好了。

比起浪費油，我更願意浪費我一文不值的時間。

以上，就是我在睡覺和聚會之餘打發時間和精力的一點小小收穫。

除此之外，我每天都從屋子裡看夕陽。

L'étranger

异鄉人

波德莱尔

Qui aimes-tu le mieux, homme
énigmatique, dis ? ton père,
ta mère, ta soeur ou ton frère ?
– Je n'ai ni père, ni mère, ni soeur,
ni frère.
……
– L'or ?
– Je le hais comme vous haïssez Dieu.
– Eh ! qu'aimes-tu donc, extraordinaire
étranger ?
– J'aime les nuages… les nuages qui
passent… là-bas… là-bas… les merveilleux nuages !"

"谜一样的人，你最喜欢什么？你的父母手足？"
"我孑然于世。"
……
"黄金呢？"
"我憎恶它，正如你憎恶上帝。"
"啊，你究竟喜爱什么呢？你这个让人摸不透的异乡人？"
"我喜欢云，那些在远方悠悠而过的云，什么也比不上它。"

大家都是好到不能再好的人
但是我們之間
就是橫亘着一堵難以逾越的高牆

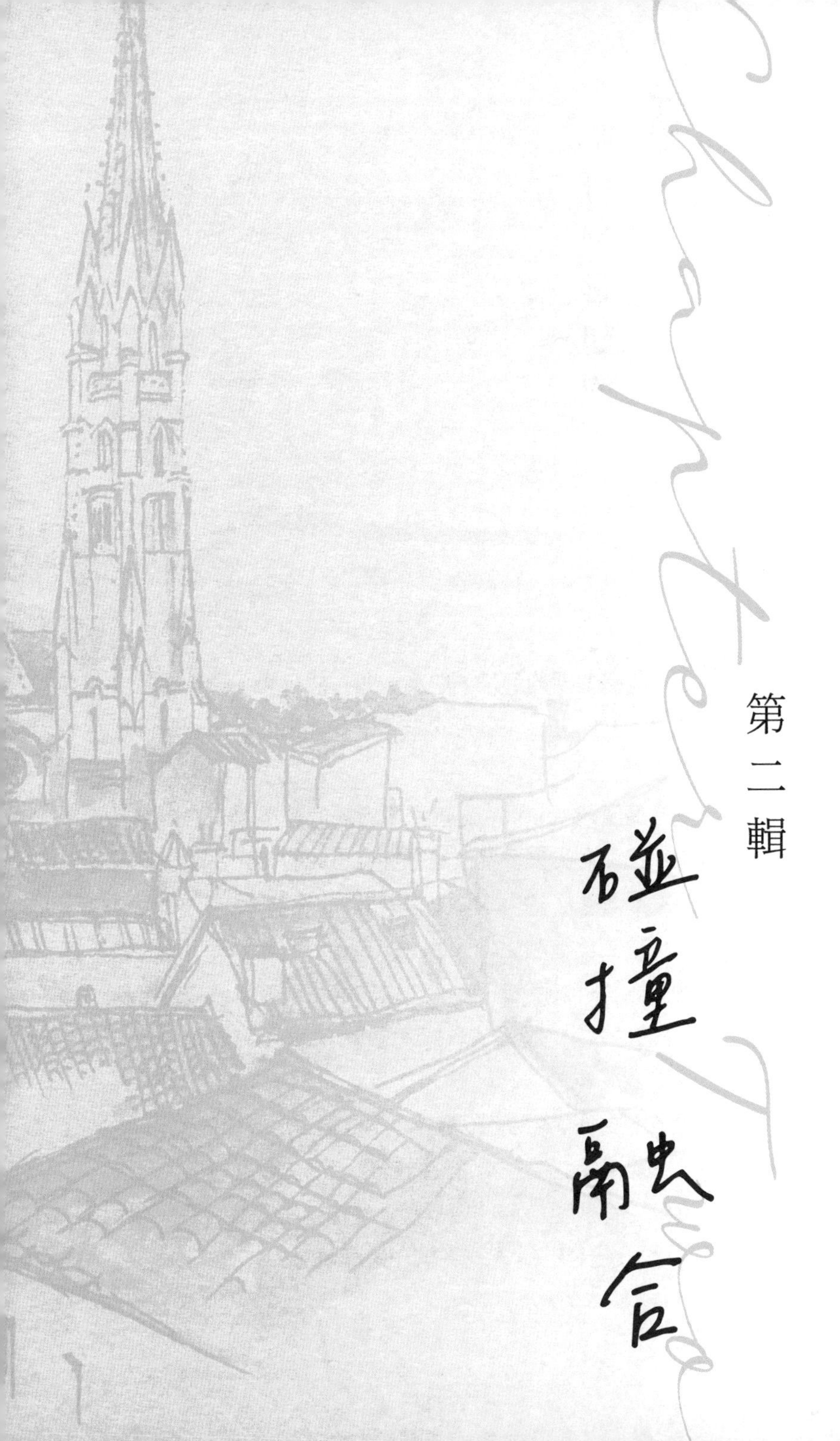

第二輯 碰撞融合

不吃可樂雞翅的法國人

隨着假期的到來，朋友一個一個離開，舍友也各自離開了共同生活 4 個月的家，留在里爾的我日子過得越來越慢。

甚至連 Antoine 之前反覆遊説我都不願去的排球俱樂部都能主動去了。依然有打發不完的時光，遊記堆在手上卻懶得寫，只能想想這段時間的趣事。

在去奧地利之前，我和 Aurélien 聊起來，他説他對奧地利一無所知，唯一知道的就是一首拿破崙的軍歌《洋蔥之歌》。裡面的歌詞大意是：「我喜歡油炸洋蔥，我喜歡好吃的洋蔥。一顆洋蔥讓我們變成雄獅。同志們，不要把洋蔥給奧地利人，不要把洋蔥給那些狗。」

聽着歌曲裡一本正經的聲音，這首歌更加讓人忍俊不禁，我忍住笑説：「還真是熱愛食物啊，恐怕只有法國人會一邊唱着《洋蔥之歌》一邊殺敵吧？」

Aurélien 不無驕傲地說：「這就是為甚麼拿破崙時代法國擁有世界上幾乎最強大的軍隊了。」

Antoine 還會問我關於獨生子女的政策，聊着聊着我回頭問：「你怎麼想？」可能那個時候由於大家還不熟，他縮起脖子，擺出欲言又止的表情，嘴裡吐着白氣說：「我覺得中國這麼大，我怎麼想他們並不在乎。下定義這種事媒體和維基百科更擅長。」

接着他又問起：「中國都是先結婚再生孩子的嗎？」

我莫名其妙地說：「是啊，法國不是嗎？」

他有些揚揚得意地說：「不是啊，我 7 歲的時候我爸爸媽媽才結婚的。我爸爸媽媽不在乎別人怎麼看他們，我也不在乎別人怎麼看他們。」

我常常會想，他們總是如此自信到底是好事還是壞事，畢竟總是覺得「我這個樣子就很棒了，我愛我自己」未必總是一件好事。

哪怕我跟 Antoine 說：「你很有趣，說話很像 Cyprien。」

他也會說：「我只像我自己，而且我覺得自己已經很酷了。」

好吧。

隨着中國朋友一個一個回國，別的交流生也都回家過聖誕節了，我已經忘記自己多久沒有說過中文了。只能扎在法國人堆裡一半痛苦，一半快樂地打發時間。Antoine 雷打不動每週五開車來接我去打球，完全不管我每次找的蹩腳理由。

在法國打排球是一項絕佳的社交運動，這也意味着對我來說是一個大挑戰。在熱身之前先和每個人貼面禮之後寒暄幾句，然後聚成幾組開始熱身。等開始打比賽之後，先要和對手一一握手，在每次球落地之後都要和隊友擊掌。開始之前每個人都説是為了娛樂而玩，但是到最後每個人都打得竭盡全力，我的隊友説:「我沒有想要贏，我只是不想輸而已。」

邏輯奇才。

但是也説得通，畢竟誰都不想輸得太難看。

我和隊友 Mickael 之前本來是和氣的好酒友，打完半場之後走到我們邊上説:「你們知道排球的規則是甚麼嗎？就是球不能碰到地面，但是到處都是地面，你是球和地面之間唯一的阻礙，所以大家動起來。」這是屬於法國人的諷刺。

Mickael 是最典型的法國人，表面上一切都好，一回頭和我們聚在一起的時候就開始嘀嘀咕咕，「剛剛那個球對面打得太噁心了」「那個發球的假動作真花哨」「發球就發球甩甚麼膀子，他以為自己是誰呢」「看他得了一分就小人得志的樣子真好笑」。

我突然明白第一次來打排球之前 Antoine 硬是拉我去買一雙專業室內球鞋是為甚麼了。從此暗下決心，雖然做隊友會被 Mickael 諷刺，但是絕對不要成為被他品頭論足的對象。

最後比賽結束時還要和對手一一握手，相安無事地説:「您打得真好。」因為我是唯一一個亞洲人，所以在我舉着紅腫的手臂喝水的時候，每一個路過我的人都會再跟我握手，順便稱讚幾句。

當面說甚麼根本不重要，我想知道他們在背後嘀咕的是甚麼。

之後我去了法屬圭亞那舍友的生日派對，依舊全是法國人。因為是 90 年代的主題舞會，所以大家都很珠光寶氣。大家抱在一起拍照，金頭髮蹭着黑頭髮，紅臉蛋蹭着紅臉蛋。每個人還很興奮地讓我用中文把她們的名字寫下來，翻譯一遍，我拿了些「愛」啊、「美」啊之類的打發過去，幫她們補充了一條新的臉書內容。猜字遊戲的時候，一個男生頭上還被貼心地貼上了「李小龍」。

但是就是不對，這裡有一堵看不見的牆。

和法國女生相處實在是太難了，大家分享衣服裙子，化妝品也彼此借用，她噴香水的時候轉頭也會順手幫你噴上，齜牙咧嘴一起燙頭髮。大家都是好到不能再好的人，但是我們之間就是橫亙着一堵難以逾越的高牆。

尤其是只有法國年輕人的時候，我的法語不足以讓我聽懂聚會上一群喝醉的法國人的對話，只能披上外套去外面轉轉。不久之後我的舍友也披着衣服走了出來，光着的小腿在零度以下的寒夜裡瑟瑟發抖。她對我說：「對不起。」我正準備說沒有關係，在法國說法語是理所當然的。但是她搶在前面說：「我本來邀請了 20 多個人，結果今天才來了 15 個人，我太失望了。派對不夠好玩，不好意思。」

我想起了 Antoine 對我說的：「法國女生太複雜了，她們要擔心學習、人際、外表，還有好多好多問題。」

生日派對最終還是變成了一場對自己人際關係的考驗。所以球場算是最簡單的社交場合了。

每週最期待的內容，就是在週五的訓練之後有一個小聚餐。俱樂部的一個建立者是小學校長，所以我們借用小學的教師廚房，輪流做飯。每次進去之前要先躡手躡腳把小學的報警器關掉，然後被輪到的兩個人就要帶着食材去做飯，我們一群閒人擺擺餐具之後，開始掏出藏在地下室裡的啤酒嘮嗑。

我不是俱樂部成員，但是仗着 Antoine 的教父是俱樂部建立者之一，Antoine 不僅把我帶來，而且還免去了我的做飯之苦。他說外面嗷嗷待哺的一群人也絕對不想我們兩個人走進廚房，捧着燒煳的意麵走出來。

和年紀稍長的法國人相處還是更讓人舒服一些，他們不僅說話慢，而且還更顧及法語不好的我的難處。大家相約每週酒吧見面，還集資買了一張一週的滑雪套票，打算在 1 月底開車去瑞士滑一週雪。我這個從天而降的外來者，也被算在裡面了。而且滑雪的最後一天還是我的生日，也是除夕，所以大家還商量好了一群法國人怎麼和我一起吃奶酪火鍋慶祝生日，過中國年。

當然，前提是我能拿到簽證順利返回法國。

那麼和法國人不吃可樂雞翅有甚麼關係呢？

之前 Thomas 一臉鄙夷地告訴我，法國北部，也就是不是里昂的地方，大家會吃啤酒燴菜，而不是像里昂一樣用紅酒，低俗。這兩天和朋友聊天的時候，提到了我會做可樂雞翅，他們一臉不可置信的表情說：「你做了甚麼？」我說：「可樂啊，你 15 歲混進酒吧點的可樂啊，還有雞翅啊，叫翅膀卻不能飛的雞翅啊。」

他們連表情都沒變，我聳聳肩膀說：「不知道是你們的損失。」

這段時間法語沒有學會多少，倒是學會了法國人把話從肚子裡直接吐出來的本事。尤其是和朋友在一起，說話不用過腦子也不會冒犯誰，當然，自己也要有一顆強大到不會被冒犯的心。

Antoine 摘下眼鏡，說：「我覺得還可以，那我們下一次組織你做飯？」

這是一個關於困難的故事。

波爾多
是一種顏色

我和 Tinka 剛到波爾多的那個晚上，就在公交車上看到了明天罷工的通知。

法國的遊行就是這樣，早早就計劃好，通知所有人他們將要經過的道路，還有停運的公司，最後一群人聚在一起拿大喇叭放放音樂，也就結束了。

起碼在巴黎以外是這樣的。

我們在沙發客網站上認識了一個芬蘭女生 Maria，她剛剛高中畢業，沒有直接去大學，而是選擇了間隔年，在巴黎做家教。她跟我們説，有一次她家人來巴黎看她，剛好趕上了罷工，不遠處就有爆炸，街上都是燃燒的垃圾桶，他們跟着人躲進一家咖啡店，結果警察又開始放催淚彈，他們只能在鎖了門的咖啡店裡涕泗橫流地等街上的人散去。我和 Tinka 相視一笑，她説：「還好里爾不是荒蠻之地。」

沒有人喜歡巴黎，我真為大家感到高興。

不過 Maria 說，基本上人群散去半個小時之後，街上完全恢復原樣，之前發生過甚麼完全看不出來。「可是，」Tinka 接話，「法國遊行的問題在於次數太多了，大家太習以為常了，所以並沒有發揮最大的作用。」也是，要是偶爾有幾次全國統一的抗議遊行的話，肯定會比現在連綿不絕又讓人疲倦的小遊行有效。

其實我們並不關心這些，我們關心一些更無聊的事情。

說起來很有趣，「芬蘭人」叫 Finnish，和 finish 同音，所以每次服務生問 Maria：「Finish？」不管她回答甚麼我們都會在旁邊附和上一句：「對，她是芬蘭人。」而「捷克人」叫 Czechs，和 check 同音，所以 Tinka 最喜歡說的就是：「等一下，我要去檢查（check）一下。」

很可惜中國沒有甚麼日常的諧音，我總不能到博物館裡，若無其事地指着瓷器對朋友說：「看，中國。」

這就是我們關心的事情。

第二天我和 Tinka 路過市中心的遊行隊伍時，唯一的想法就是在各個隊伍之間聽歌，對比哪個工會的音樂品味更好一點。波爾多的遊行就像波爾多的生活一樣舒緩。

離開市中心的喧囂之後，我們去到了菜市場。波爾多的菜市場是真正的菜市場，不是甚麼高級展館，比起里昂的保羅博古斯更有生活氣息。裡面有很多自製的肉製品，熟牛肉、香腸、肉凍，還有新鮮奶製品。最吸引我們的是各種聞所未聞的蔬菜，雖然歐洲的日常蔬菜非常貧瘠，但也有一些具有本地特色的蔬菜。比如説白色、黃色、黑色的蘿蔔，白色的其實叫作歐防風根，還有永遠含苞待放的洋薊、圓滾滾的抱子甘藍、酷似香菜的歐芹、狀若滄桑版包菜的羽衣甘藍、長着纖纖玉手的球莖茴香、和大蔥看起來別無二致的韭蔥。法國人喜歡的蘆筍、甜菜根之類不必説，還有專門賣新鮮羅勒、百里香、迷迭香的商舖。還有一些叫不上名字的蔬菜，帶着極大的勇氣生長在土地上，人們也帶着極大的探索精神把他們端上餐桌。

我和 Tinka 端着咖啡在各個店舖之間穿梭，最終走進了街角的一家奶酪店。奶酪店在法國並不稀奇，鑒別奶酪店是否地道的一大要素就是除了奶酪，店裡還會售賣諸如奶油奶酪、黃油、奶油、酸奶油、牛奶、羊奶之類的相關食物。這些食物只是在各自製作的基礎上稍有一點不同，比如奶油加上酪乳就變成了酸奶油，酸奶油去掉乳清之後就變成了奶油奶酪，而稍微改變一下發酵過程，再打發分離之後，就可以製作出黃油和酪乳，黃油再蒸發掉水分就變成了酥油。一家真正的商店裡，肯定會有各個階段的成品。

我們買了一塊異常香濃的羊奶酪，又買了一根法棍，夾着法棍去了公園。軟奶酪通常味道更加一枝獨秀，也更加濃鬱。我感覺南部更喜歡軟奶酪，北部更喜歡硬奶酪。要是到了德國、捷克，通行的是完全可以當奶酪條一樣掰着吃的硬奶酪了。

我和 Tinka 每天的日常就是起床之後，首先走街串巷尋找咖啡館。Tinka 有一張咖啡館地圖，整個歐洲值得一去的咖啡館都在上面。我對咖啡毫無興趣，就跟着她一起吃蛋糕、喝熱巧克力。

我們在門口堆滿布袋裝的咖啡豆的咖啡店裡啜飲熱巧克力，吃可露麗和檸檬椰子蛋糕。然後像每一個安安靜靜享受生活的法國人一樣，靠在椅背上，望着街上的人群聊天。等到太陽完全出來，我們就去酒舖裡買酒，我再買上一袋心愛的老香腸，去公園。Tinka 無數次向我感歎過，波爾多人打扮得比我們這群北方人休閒又優雅得多，大家看起來並沒有很刻意搭配，但是就是把陽光傾瀉的瞬間都裹挾在身上了。

哪怕是上了年紀的女人，也有自己的風韻在。那種風韻和日本精緻老太太的一絲不苟還有不同，她們絲毫不避諱歲月的痕跡。脖子上皮膚鬆弛，但是曲線也更加明顯；豐滿不再，但是深深的 V 領和吊帶並不只是年輕漂亮女孩的特權；頭髮的光澤不再閃爍，但是多了一絲凌厲的氣質。也許這就是為甚麼杜拉斯能説出：「我更愛你現在備受摧殘的容顏。」Tinka 説希望自己可以坦誠地老成那樣。

波爾多和勃艮第都有可以用顏色描述的詞語，一個是桃紅，一個是深紅。

詞語背後微妙的差異是法語裡很情緒化的表達，用單純的深與淺是無法表達的。比如説大部分法國人的眼睛是棕色的，在法語裡叫栗色。

棕色是一種寬泛又抽象的概念。但是想想秋天掛在枝上油亮的栗子、在鐵鍋裡翻滾的栗子、用來做香甜蛋糕的栗子，這就是栗色，那是他們望向你的眼睛。是豐

波爾多

這些對他們而言習以為常的微妙之處
並不多麼光彩奪目
但總是無窮無盡

腴、是熾熱、是甜蜜。

那麼想想杯子裡有着馥郁的果香，味道踩在紅酒和桃紅葡萄酒之間，酒的邊緣微微透着光，玻璃杯的光澤一閃而過，這就是波爾多的桃紅。

而那最濃鬱，最深沉，或是帶着些許煙熏味，像夜裡去看海一樣的酒，不是深紅，而是勃艮第。

只有法國人用這種方式描述顏色吧。如果説法國人比別的人多一點點浪漫的話，那一定不存在於説過就忘的情話，還有和情感一樣廉價的巧克力裡，而是存在於這些對他們而言習以為常的微妙之處，並不多麼光彩奪目，但總是無窮無盡。

我們在公園躺下來，Tinka 開始讀在舊貨市場上買到的法語書，我睜着眼睛看着天空，時不時從邊上摸出一塊老香腸，再灌一口紅酒。因為 Tinka 不喜歡紅酒，我不喜歡甜酒，所以我們一般都喝不甜的白葡萄酒，或者啤酒。我抱着最大的善意嘗試了焦糖味的 Leffe，竟然還不錯，於是我們兩個沒有鑒賞能力的里爾土老帽，在波爾多喝了很多啤酒。

前幾天雲哥發消息給我：「和啤酒待在一起吧，啤酒是連綿不斷的血液，是永恆的情人。」這是查爾斯 · 布可夫斯基説的。

我不知道他是誰，但是他一定是個正直的人。

躺在草地上的時候，陽光照在臉上，身旁傳來遠處小孩吵鬧的聲音，一群年輕人在不遠處踢球，草地中心坐着兩個彈吉他唱歌的女孩兒，樹下的一對情侶依偎在一起説説笑笑，一個中年太太喋喋不休地和她的小狗講話，池塘裡的鴨子遠遠地應和着。

躺到餓了，我就着奶酪吃法棍，Tinka 開始倒立，太陽開始西斜。那一對難捨難分的情侶還在耳語他們說不完的話。

當我們不再被陽光籠罩的時候，我們收拾起散落一地的東西，繞過廣場、繞過教堂，去到最愛的烤肉店，再拎上一瓶酒回家。路上看看教堂牆上寫着「一切因愛，而不是因武力而起」以紀念「二戰」中死去孩子的紀念碑，小店裡印着「不好意思我遲到了，我根本就不想來」的衣服，連超市裡的果汁都被織上了小小帽子。

從閣樓的小窗爬上房頂，我們每天在這裡目送遙望我們一天的太陽下山。一邊是尖尖的教堂，天空總是淡淡的藍色與粉色，最後整片天一起黯淡下來。另外一側是一片低矮的房頂，總是由明亮的橙色變成紅色，最終被深藍吞噬的天空。我們啃着烤肉捲，拿着瓶子喝着酒，聊聊那些糟糕的男生。

天空不斷變化，街對面的黃色燈光逐漸明亮起來。時間被鎖進燈光裡，不會隨着陽光的遠離而離去，我們停在這樣的下午。直到天氣一點一點變冷，冷到夜晚把我們趕下樓的時候，才意猶未盡地回到房間。

凌晨的時候，我接到 Antoine 的電話，他說他喝多了，想要和我說話。

我說：「那你一定要來波爾多。」

敦刻爾克狂歡節

閒來無事點開了以前的舊照片，看到和秋天一起走過的國家、城市、大街小巷，突然開始想念起之前的一切。

雖然雲哥說，想起那些以往快樂的回憶時，會覺得自己是值得快樂的。但是我看着之前快樂的時間，卻會陷入對秋天，和有秋天陪伴旅程的想念。這一次的敦刻爾克又是一個人去的，就更想念秋天了。

一個月前在博爾瓦納的時候，Tom 告訴我，千萬不要去敦刻爾克的狂歡節，因為你會被狂歡的人群拉去跳舞，然後會因為喝太多酒而失去後面的全部記憶。

在清早 6 點從波爾多回到里爾之後，我回家收拾了一下，8 點多坐上了開往敦刻爾克的巴士。下車之後遇到了一群天主教大學的台灣學生，於是就和她們一起參加節日，畢竟狂歡節和啤酒節一樣，不是給一個人準備的節日，即使一個人也有一個人的快樂。

我們到得很早，狂歡節下午1點鐘才開始，高潮是5點的扔魚活動。所以我們決定先去敦刻爾克的海邊。自從高中畢業之後看了《敦刻爾克》，我對敦刻爾克的這一片海就有了無限期待。在海邊，我專門發信息給為了回澳洲正在從泰國「曲線救國」的甲魚，告訴她我就在我們3年前在螢幕上看到的那片海灘上。

要是天氣好的話，我抬首遠眺，目力所及的盡頭就是英國，好像遠處的海平面馬上就會冒出自發支援戰鬥的平民船隻。《敦刻爾克》給我的震撼和感動到現在我一直也沒有忘記，可能是由於那是我買過的最貴的一張電影票，而且還坐在了環形幕的第一排，全部畫面都擠在眼前。

不過眼前的敦刻爾克更加奪人耳目，這裡一直以風大著稱，在里爾看盡狂風怒號的我以為風再大也不過如此。沒有想到敦刻爾克的海風，會讓人寸步難行。它有自己的意志，想讓你去哪兒，你就要去哪兒，十分蠻橫。風夾雜着沙子打在臉上，讓人睜不開眼睛。海灘上空無一人，只有霧氣籠罩着海水。即使離開海灘，城市裡的風依然會抽打在臉上，這就是北方啊。

Tinka 聽説我要來敦刻爾克之後，告訴我敦刻爾克是一個讓人失望的城市。現在看來果然如此，要是沒有狂歡節的話，這裡只是一個普通的北方小城，坐擁大風和冷冷的海。

隨着時間慢慢接近中午，盛裝打扮的人開始多了起來，街上洋溢着節日的氣氛。我們路過一家店，老闆是香港人，聽到我們説中文之後端出一盤小吃，説：「都是中國人，大家隨便吃一點。」我們拿着買的酒又開始四處轉，不管走到哪裡，都會有人很熱情地打招呼，大多數人隔得遠遠的就會舉起酒杯，遙相敬一杯酒。

敦刻爾克的狂歡節上除了樂隊和扔魚的市長和其他政府官員，剩下的全都是自發打扮好的本地人和遊客。男人打扮成女人，女人打扮成男人，而且顏色越鮮豔越好，造型越怪異越好。我們身邊遊蕩着許多張牙舞爪的禿頂仙女、啤酒肚王后。不知道多少男人借來了女兒的舞蹈紗裙，粉色的薄紗在他們的腿間飛揚。

臉上塗滿油彩，頭頂插滿鮮花，紅橙黃綠青藍紫的假髮在大風中纏繞在人們胸前的珍珠項鏈上，重中之重在於插滿羽毛的帽子，還有彩色羽毛圍巾。他們粗糲的皮膚上化着紅通通的雙頰、藍紫色的眼影，紅唇炫目。有許多「貴婦們」還打着一把彩色的小傘，這把小傘在後面的搶魚活動中有着大用處。人人胸前掛着塑料酒杯，被繩子綁在胸前，高高的假胸脯托着。這是為了隨時能喝到酒又不浪費一次性塑料酒杯。

我最愛的是他們的紅色漁網襪，尤其是網格下不羈的刺青，頗有一種鐵血柔情。

我們先去了一家酒吧喝酒，有一個女生的媽媽從台灣來看她，我們本來顧忌和一群年輕人在一起阿姨會放不開，沒想到阿姨率先舉杯，說：「我戒酒 22 年，中間沒有大喝過，不過喝一點沒關係。」

有人恍然大悟說：「啊，是因為你女兒 22 歲了！」

阿姨女兒接着說：「那真是不好意思啊，耽誤你了。」

這是一對很有趣的台灣母女。

之後我們又輾轉了很多個酒吧，哪裡熱鬧就去哪裡。有一個打扮成海盜的敦刻爾克本地人說在這裡看到我們讓他感覺很高興，因為我們這些外鄉人在享受他的家鄉。他舉起手裡的果汁配朗姆酒，讓我們盡情取用。他說看到我們快樂，就是他的快樂。

談到讓人憂心忡忡的病毒，他們很寬厚地一笑，說：「我們這一輩子都感染了狂歡病毒。」

這就像我在波爾多街頭吃 Tourteau——一種本地的烤奶酪蛋糕的時候，會有老人主動過來跟我說：「你在吃我的國家很特別的食物。」接着很詳細向我介紹了Tourteau的做法和傳統，還有現代的食材變遷。有一種謙遜的自豪在裡面。

喝到第三杯酒的時候，街上終於傳出了樂隊的聲音，人群跟着樂隊在街上遊行。

高潮還是在5點鐘的市政廳門口。從4點多開始，人群就向廣場會集。我走在路上被人從後背拍了一下，兩個高大的「貴婦」挽起我的胳膊説：「姑娘，跟着我們一起走，一會兒很危險。」我被他們拉扯着跌跌撞撞往前走了一小段，實在是擠不進去了，以我的體格在人群中根本是寸步難行。被擠散之前他們把自己的權杖送給我，讓我用它搶魚。我還沒有明白「危險」和用權杖搶魚是甚麼意思，他們就消失在了人群中。

市長從市政廳的陽台上走出來的時候，我就明白了。人群立刻躁動起來，開始有節奏地喊「Libérer」！還有另外一個我聽不懂的單詞，大概就是給我們魚的意思。每年政府在狂歡節上都會扔五百斤青魚，而這也是狂歡節最熱鬧的時刻。大家紛紛舉起手裡的小傘、權杖等任何東西吸引樓上的人的注意力，以求他們向這個方向扔魚。我在想，路易十四當時被眾星捧月的場景大概也不過如此吧。

要是能挑法國一個城市的市長當，我寧願忍受一年三季的狂風暴雨，換來一次上萬人看到我盛裝打扮，緩緩露面時的歡呼，還有人群只因我的小小舉動而瘋狂湧動所帶來的滿足感。如果有甚麼是權力帶來的快樂的話，這一定在榜首。

而現實中的我站在湧動的人群中，因為四面八方的人都在相互擠壓，所以才能勉強保持不倒。有的時候會被夾在幾個穿着被啤酒和雨水浸濕皮草的高大貴婦中間，突然陷入一片黑暗，連天空都被遮住。人群在怒吼，在向着魚的落點擁去，空中舉着一片渴望的手臂。我被人群擁着，腳下踩着掉在地上的一地假髮，步履蹣跚，腳被踩了一次又一次，一次又一次踩上別人華麗的鞋面，總是一頭扎進某人濕漉漉的後背。竟然奇妙地從手臂的縫隙中撿到了一條魚，甚至都不是我搶到的，而是魚在一片手臂中躲躲閃閃，掉到了我面前。

等到不再有魚被扔下來，沿街的窗戶裡探出樂隊，開始演奏狂歡節的歌曲。人群跟着合唱，踩着鼓點開始遊行，除了音樂和狂熱空無一物，除了純粹的狂歡，一切都被排除在外了。我突然開始相信那個用笛笆捕鼠的童話是真實的了，我不關心自己有沒有在大大的世界裡走丟，只要跟着搖擺的人群一直往前走就好了。

尤其是人群蕩氣回腸的合唱，讓我在一瞬間以為自己相信了甚麼，但是具體是甚麼卻不知道。樂隊從沿街的陽台探出身來，一首歌接着一首歌地演奏下去，陽台上的人們向小小的我們揮手致意。這個時候大家已經喝到可以盡興跳舞了，歌也可以唱到面色猙獰，不管身邊的人是誰，挽起手就向前一起踩着鼓點，邊跳邊前進。

狂歡節會在法國的整個北方輪轉，從 1 月貫穿到 4 月，狂歡永遠不會停歇。

我和 Tinka 在波爾多就已經得出結論，法國人擁有浪漫的盛名就是因為他們有如此多享受生命的無意義活動。在南方是陽光、酒精和公園，在北方就是人群聚集起來取暖，擁上街頭一同獲得快樂。法國人就是這個世界上永恆的孩子，他們坦坦蕩蕩地狂歡，問心無愧地把原本一文不值的時間用到讓自己和別人快樂的無用之事上。

對我而言，考究敦刻爾克的漁港歷史和狂歡節的關係並不重要，重要的是那天我挽起了很多陌生人的手，讓蕭瑟的法國北部和我的心裡都草長鶯飛了起來。

勇闖巴黎

巴黎，僅僅讀出她的名字腦海裡都會讓人浮想聯翩。

這裡是海明威的流動盛宴，是聶魯達背井離鄉的庇護所，是畢加索窗外的街道。

可是我的巴黎就沒有這麼平靜美好了。因為要從博韋飛去維也納再去布拉迪斯拉發，所以我們短暫地在巴黎停留了幾個小時。説來也奇怪，來法國這麼長的一段時間，我只有轉車的時候路過巴黎，完全沒有真正遊覽過這個城市。上一次作為遊客來巴黎還是將近十年前的事情，當時年紀太小，甚麼也沒有記住。但是每一個來自小城市的法國人都在孜孜不倦向我灌輸他們對巴黎的距離感。

Thomas 不用説，他除了里昂和貓，甚麼也不喜歡，總是不遺餘力向我歷數巴黎的無序和擁擠。還有在巴黎出生的 Simon，告訴我他爸爸在地鐵上被人偷過手上的勞力士，還在巴黎郊區被人從副駕駛的窗戶裡搶走過新買的鞋子。

自由放蕩的 Aurélien 沒頭沒腦地告訴我：「巴黎人不喜歡窮人。」巴黎人確實不喜歡窮人，雖然誰也不喜歡。在里爾會有一歐一夜的庇護所提供給無家可歸的人，巴黎的大街小巷卻常能見到露宿街頭的人。當然這不是巴黎的錯，也不是巴黎人的錯，只是我看見的表象而已。我只能說出來，卻沒甚麼可說的。

大家會討論移民、黑人，但是鮮有人提及真正在巴黎橫行的吉卜賽人。曾經法國政府把他們作為「流浪者」驅逐過，但是現在只是沉默，最大的蔑視莫過於連提也不提起。

兩年多前提起北非和東歐湧向法國的難民潮，Thomas 會說：「這是我們為了『二戰』要付出的代價。」馬克龍會說：「接收難民是我們的責任也是榮譽。」在里爾的地鐵出口我也收到過為了移民權利和長居而組織遊行的宣傳單，學校的餐廳裡貼滿了「為女性而戰」的

海報，還有學生慷慨激昂地控訴學校的考試制度和宿舍制度。我們的校門在這次無限期的罷工中，被垃圾桶無限期地堵了起來，垃圾桶上寫着更多要求的學生權利和福利。

可是直到我的背包被三個吉卜賽女人打開之前，我甚至不知道吉卜賽人在法國是如此龐大的存在。不過當然，巴黎的小偷不只吉卜賽人，黑人、白人，貧窮從來不會選擇人種，它是這個世界上為數不多不口是心非，不進行種族歧視的東西。

不過吉卜賽人從他們流浪多年的老祖先手中繼承了更多技巧。

讓我用我和一群傻乎乎的國際學生的經歷講上兩句，不只是為了抱怨，是為了解釋為甚麼接下來的一個月我會消停地待在里爾，好好享受罷工罷課帶來的平靜，還有巴黎贈送給我的貧窮。

其實在罷工之前我已經離開法國了，在去巴黎的大巴上，我美滋滋發了一條朋友圈，説剛好趕在無限期罷工的前一天離開法國。結果一上地鐵，大概 5 分鐘的時間我放在大包暗格小包裡的錢包就被偷走了。他們很善良地留下了我的護照，但是帶走了我身上全部的現金、法國銀行卡、中國儲蓄卡和信用卡、讓我在各個景點通行無阻的歐盟學生卡，還有我連着所有軟件和銀行的中國電話卡。

當然怪我，他們甚至連往常分散注意力的詭計都沒有施展，輕而易舉就成功了。

我的同學一般遇到的情況是有人上前搭話，反覆向你用法語提問題，趁着你困惑的時候，旁邊就會有人偷偷打開你的包。

Mikako 遇上的更技高一籌。一個女生很友善地在擁擠的地鐵裡為她騰出一個扶手，告訴她要抓穩，小心跌倒，結果下車之前 Mikako 就發現自己的錢包被打開了。她立刻抓住那個搭話女生的手，問她幹了甚麼，結果那個女生不緊不慢俯下身，假裝從地上撿起錢包，笑着説：「要小心哦。」但是錢包是不會自己拉開拉鏈離家出走的。更不用提 Mikako 消失的日本護照了。

偷，畢竟是偷偷摸摸的，可是在巴黎，偷更具有戲劇性。

我的烏克蘭朋友也曾在地鐵上被人搭話，有人試圖偷走她的錢包，好在被同行的法國朋友發現了。但是朋友只是拉住她，叫她把包背在身前，不要説話。結果失手的小偷盯着他們看了好一會兒，在下一站下了車，和小偷一起離開的還有整個車廂的人。她的法國朋友很緊張地説：「千萬不要試圖和他們爭論，你不知道他們有多少人。」

這大概也是為甚麼每次被偷的時候從來都沒有人上前提醒我們，那個時候，我們應該已經和真正的人群隔離開了。

還有朋友在埃菲爾鐵塔前，被人拉住填問卷。在我朋友打開包拿筆的時候，他們抓起包裡的東西就跑了。

更有趣的是，從布拉迪斯拉發回巴黎之後，下車之前我和秋天説：「好激動啊，又要坐巴黎的地鐵了，從來沒有坐過上千塊的地鐵呢。」

秋天一邊走下大巴，一邊笑着對我說：「沒有關係，你已經沒有東西可以丟了。」我一想，也是，我自己都從包裡掏不出值錢的東西了，別人更沒有機會了。結果在去地鐵的路上我和秋天又被偷了，她瞄到有人在打開我的包，結果回頭一看，她自己的包也被拉開了，好在我們身上已經沒有東西可偷了。可是被發現之後，走在我們後面的三個女人並沒有匆匆離開，而是尾隨了我們一段路，最後還朝我們大叫。這是我在法國第一次感受到驚慌失措。

我去過很多聲名狼藉的城市和國家，我朋友的整個行李箱被人從大巴上偷走的馬德里，被店老闆嚴肅告誡不能把包放在桌上的巴塞羅那，還有移民眾多的馬賽。當然，還有我剛剛去的，以人口拐賣著稱的布拉迪斯拉發，甚至我在里爾住的區域也是「臭名昭著」的阿拉伯人聚居區，但是從未遇到任何麻煩。

只有巴黎如此「矚目」，如此「脫穎而出」。

不愧是巴黎。

我的法國朋友說，這可能和罷工不無關係，因為警察也罷工了；就算不罷工，警察也有更重要的事情要擔心。退一萬步講，就算警察有閒情逸致，也不會插手和吉卜賽人有關的事情。

雪梨對我說：「我們好難啊，比我們更難的人只有馬克龍了。」

馬克龍真的很難吧，連警察都罷工了。

里爾也有罷工的情況，因為我的學校是政治學院，而且在市中心，所以多少受到了影響。但是我的大多數

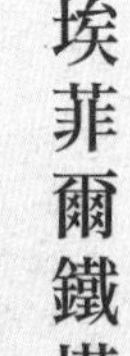

埃菲爾鐵塔

海明威的流動盛宴

聶魯達背井離鄉的庇護所

畢加索窗外的街道

法國朋友的態度是漠不關心，反而對我說：「好羨慕你啊，我們學校一點事都沒有，明天還要上課。」

週一回學校上課的時候，剛好是一節關於歐洲的社會、價值和個人認同的課，老師嘴角帶笑告訴我們第二天的課全部取消。然後向我們提問，有沒有人知道為甚麼這次會有這麼嚴重的罷工。結果大家鴉雀無聲，對於大多數人，每個人都有自己的不滿，這不過是一次理直氣壯的「狂歡」而已。其實這次的罷工影響如此之大是因為馬克龍試圖改革退休制度，而他的矛頭直指公務員，所以法國最中流砥柱的一群人終於感受到切身威脅了。

其實在里爾也是，每週六是固定的遊行日，但是從來沒有過太大型的遊行，因為永遠是一個群體為自己發聲。比如說貧困學生，或者移民，他們只是一小群本來就鮮有發言權的人。我還有朋友組織過紀念自己被警察殺死的堂兄的遊行，但是也僅僅是一場穿着隊服的徒步而已，難以激起甚麼波瀾。

當遊行成為家常便飯，也就失去了意義。

而這一次法國鐵路局、警察局、消防局、學校，還有很多公共服務部門全都發現改革之後自己離退休遙遙無期，而且很多福利都被削減了，這一群本身就是社會根基的人們才有能力發動如此聲勢浩大的遊行。以此為開頭，觸發了每一個人的不滿，每一個人都在大浪潮中抱着自己的想法，發出自己的聲音。

回頭想想那句話，巴黎不喜歡窮人，法國也不喜歡窮人。

這就是法國，我沒有辦法說這是好是壞，作為一個被堵在路上疲憊到極點只想回家的人，我太討厭罷工了。

我朋友返回中國的航班被取消，去冰島的飛機也被改簽，在巴黎等待薛定諤大巴。它可能下一分鐘就會來，也可能永遠也不會來。誰不討厭罷工呢？

但是自由表達的權利是法國人捍衛的東西，而我也當然不能因為自己所受到的不便，就否認一個城市，一個國家，還有一個民族之所以能被建立的信念。

巴黎是一個美麗的城市，雖然我還沒有領略到。

終於在晚點一個小時之後，我告別了巴黎，在深夜回到了里爾。里爾的地鐵班次也大大縮減了，但是畢竟還在運轉。第二天早上起來，看見還在巴黎的秋天給我留言：「時哥，我又被偷了。」

我想起我第二次被偷的時候，她的包也被拉開了，當時她還有些調侃地對我說：「時哥，被偷一次還這麼不小心嗎？」防不勝防啊。

可能問題出在我們的亞洲臉上，我的圭亞那舍友說：「你們的臉看起來很有錢。」對於如此高的稱讚，我竟然開心不起來。

對於我們來說，法國有太多美好的小城市，那裡有安靜的山脈，很多願意施以援手的人，還有可以把手機和錢包放在桌上的小酒館。我在那裡度過了很多陽光明媚的時光，也不會因為一段荒謬的插曲而放棄這些美好的東西。

只是巴黎再好，也不是我的巴黎。

加萊的下午

加萊是一座很乾淨的小城市。

小到半天就能轉個一乾二淨，但卻讓人想要留在這裡半個月，或者更久。加萊就是一個讓人一往情深，不會感到厭倦的地方。

我和阿鉉一起躺在厚厚的草垛上，讓溫暖的太陽照在臉上，目光的盡頭是海天相交之處的英國。學校朋友們的喧嘩聲慢慢遠去，留給我們的只有一片靜謐。青草長得很厚，帶着一點水汽，像是在喝多了的晚上一頭倒到床上，蓋上厚厚的被子之後感受到被包裹的柔軟一樣，整個人都要被埋在草叢裡了。

阿鉉揚了揚手機，給我看他收到了一條短信，他的時間和地區都跳成了英國。我問他：「要不你乾脆游過去算了，反正這麼近。」

他說：「不了吧，你看英國那邊的天空烏雲密佈，還是在這裡曬曬太陽就好了。」看來在里爾生活的人，都領教過寒冷又陰鬱的天氣的厲害了。我時常會想起《圍城》中的那句話：「你沒法把今天的溫度加在明天的上面，好等明天積成個溫暖的春日。」

里爾其實並不算非常冷，但是無奈陰雨綿綿，已經有好幾天沒有放晴過了，而且還有不知疲憊的風。在一個陽光明媚的下午，我收到秋天的短信，說：「今天風太大了，走在我前面的鴿子被吹得一個趔趄。」如果不是要在里爾度過漫長的冬天，我差點就被逗笑了。

里爾的春天我不知道能不能等得到，所以格外珍惜能感受到溫暖陽光的小城市。就好像是聞一多所說的，「不作聲的蚊子，偷偷地咬了一口，陡然疼了一下，以後便是一陣奇癢。」讓你在里爾望着陰沉的天花板，躺在床上聽雨打屋檐的時候，不僅想念起深圳的秋老虎，也想念起在加萊那個躺在草地上的下午。這樣的陽光突然捂住我們喋喋不休的口，教我們沉默，倒也不是無話可說，只是想留住這裡的一份寧靜，留住這種踏實的感覺。

良久，阿鉉說：「好想一直躺在這裡啊。」我說：「我也是。」

在這個單純的城市裡，應該經常聽到這種沒有意義的廢話。還是山和海好，只要你願意回來，陪完你一生，他們才想去陪別人。

我和阿鉉抱着不切實際的希望在中午的加萊晃蕩了半天，才幡然醒悟，中午不僅當不了鐘樓怪人，重逢也要比離別少一次，甚至連罪孽的靈魂在中午都要停止騷動。因為不管是鐘樓、燈塔、市政廳還是教堂都關門了。

加萊

加萊是一座很乾淨的小城市
小到半天就能轉個一乾二淨
但卻讓人想要留在這裡半個月
或者更久

這裡可是法國啊！

在加萊最多的是法式花園。聖母院的後花園，用花組成了一隻開屏孔雀的小公園都值得駐足，在別的城市我好像從來沒有看到過人們如此熱愛園藝。春天沒有在這裡遺失寂寞的花朵，這裡也沒有瘦弱的街道和荒郊的月亮，有的是花團錦簇的繁華熱鬧，色彩繽紛卻並不顯得雜亂。甚至在市政廳的旁邊建了一個關於一個小男孩的夢想的花園，從入口走進去就是這個男孩子的故事。

我們在這個孩子的夢裡徘徊徜徉。

一開始我覺得加萊政府的童心實在是太浪漫了。甚至有點浪漫得過分。不過從花園的盡頭走出來，就看到了一個紀念碑，紀念那些在國外戰場上為法國犧牲的加萊男孩兒。圍着紀念碑讀名字的時候，我突然想到，那個花園就是他們的夢嗎？

他們是那些曾經做夢的男孩子嗎？

加萊的古建築其實整體上都透着一股笨重的感覺，乍一看並沒有高聳入雲或是金碧輝煌的絕美，甚至教堂的牆壁都有兩米厚，這是因為這些建築之前都是抵禦外敵的堡壘，所以都是用灰灰的磚瓦築成的厚實建築。這個時候想一想隔海相望的英國，再想一想那個男孩的夢境，又別有一番滋味了。

在小城市裡走走，看看古老的建築本身就已經很舒服了，本來就是沒有目的的旅行。一兩句玩笑的「來都來了」背後，其實是對遇到的一切都照單全收的樂觀。

上一次兩個朋友在家裡做咖喱飯，竟然告訴我要放黑巧克力進去，我很詫異。

她説：「太苦了的話，加一點黑巧克力就會好很多。」

我説：「甚麼太苦了？生活嗎？」

我們兩個人都笑了。

只是在腦子裡一瞬間閃過還沒有申請下來的房補、刷不了的信用卡、生死未卜的簽證、家裡吃不完的意麵。

哎，來都來了。

後來我們因為早上喝了太多冰牛奶，急匆匆尋找洗手間，才發現遍尋不到的不僅是我早已丟失的夢想，還有免費的洗手間。只能匆匆走去海灘，尋找海灘上的移動洗手間。

在我們離海灘還剩五百米的時候，我們恍然大悟，為甚麼剛剛法國朋友都消失了，原來法國人都知道海灘才是加萊的心臟，早早地就躺在海灘上曬太陽了。

加萊的海大概是法國北部最乾淨的。最先看到的是一片藍色的天空，就是丹麥舍友望向我的藍色瞳孔裡的那種天空。連雲都是薄紗狀的，薄而均勻地塗在天空中。海的顏色深邃，就如同一雙帶着酒氣的眸子。沙子細白，像幼兒園隔壁班你願意分她一個棒棒糖的小女孩兒的臉蛋那樣白皙。但是我們最先走到的海灘竟然是封閉的，這在法國是不可能的，即使加萊人民為此擁上街頭舉着橫幅遊行也不過分。結果認真一看，在海浪沖刷的地方，有一片黑壓壓來回移動的東西。

原來是上百隻小海鷗。

大海鷗遠遠地伏在沙灘上，坦然曬着太陽。小海鷗在這片海灘出生，在這裡長大，還沒有離開過，所以迫切地想要衝向海裡，但是又被拍來的海浪嚇退。他們一直樂此不疲地隨着海浪的起落，向前跑又跌跌撞撞退回來，不知道他們需要多久才能想起來自己有翅膀。現在，我最想做的事情就是衝到開放的海灘上，躺下來，聽聽海浪，看看明晃晃的天空。

但是不行，我們要先去洗手間。

法國的洗手間很有意思。平時大多數洗手間是不分男女的，男男女女都排在一起，而且男生的洗手間都沒有門。這也就意味着每次去洗手間的時候，我都要經過幾個正在解決個人問題的男生。而法國人恰好是很講禮貌的，萬一有眼神交流就免不了要打個招呼，打個招呼之後，在等待洗手的兩分鐘裡，還要進行禮貌的聊天。在洗手間裡聊天能聊甚麼呢？我連眼睛都不知道往哪裡放。

萬一男生想要用裡面的坐便也是可以的。有一次我從麥當勞的衛生間隔間走出來，一個風度翩翩的男生拉開門問我：「你好嗎？」還沒有等我思考完我今天到底好不好這個問題，他就已經閃身進了隔間。我長舒了一口氣，難道我要回答：「上廁所之前不太好，但是現在感覺好多了，你也快去吧？」

我的法國朋友一邊洗手一邊毫不在意地說：「你說你很好就行了，問這個問題沒有期待答案，只是禮貌而已，所以你也不用費心去想。」

洗手間禮儀，我又學到了。

而加萊的海灘洗手間非常折磨人。本來大大咧咧的法國人突然講究得過分。洗手間的地板可以稱重，裡面只能進一個人，多於一個人的重量就會報警，而且會無法關門。為甚麼會有人想要和別人一起進去呢？而且每使用一次洗手間，門就會在使用之後重新被自動鎖上，連馬桶帶地面清洗三五分鐘。清洗完成之後，下一個人才能進去。我們眼睜睜地看着這個衛生間慢條斯理地被清洗了四遍，和身後的法國大叔聊到無話可説，度過了人生中最煎熬的半個小時。

海鷗在湛藍的海上翱翔，海浪帶走白沙，又把白沙送回岸上，海灘上的歡聲笑語聲聲入耳。我遠遠地看見笑起來有一雙彎彎的眼睛的匈牙利小哥在沙灘上教日本小哥後空翻，還有一群法國同學在沙灘上一邊吃東西，一邊放聲大笑。

而我們，在看着灰色的牆壁，等待洗手間自動清潔。

最後我們終於如願以償脱下鞋子，坐在沙灘上，把腳深深地埋進軟軟的沙子裡，看着遠處純淨的天空。然後從包裡掏出法棍，一邊聊天一邊用餘光欣賞匈牙利小哥在空中劃出完美的弧線。

時間好像也不願意離開了，在這裡久久駐足。言簡意賅一點，給我一瓶酒和一個朋友，我能在這裡從日出坐到日落，看潮水漲上來再退下去，看海鷗飢腸轆轆地飛出來再在夕陽中倦鳥歸巢。

在法國短短的時間，我們很快速地都沾染上了法國的習慣。比如説出門永遠帶着自己的小飯盒，寧願坐凌晨的大巴也不坐會耽誤半天白天時間的火車，能一天回來的旅行就肯定不會過夜，還有永遠不急不忙地亂逛，畢竟有很多我們以為無法完成的事情最終都能被順利解決，索性好好看看風景。

就像塞利納口中的法國人：「看上去老是忙得要命，實際上他們從早到晚都在閒蕩。何以見得？要是天氣不適合閒蕩了，比如過冷或過熱，就看不到他們了，因為他們都躲進室內，喝咖啡和啤酒去了。」

有一個漫長而無聊的下午，我打電話給 Luis，問他想不想去公園，他說他有安排了。我絲毫沒有留情面地揭發他，他顯然是在床上，躲在厚厚的被子裡接的電話，我甚至能感受到電話那頭的睏倦和溫暖。他「落落大方」地說這種寒冷的天氣，只有要上班和上學的倒霉蛋才會出門，他的計劃是躺在床上一邊喝啤酒一邊看書。

顯然，啤酒還是要冰的。

喪失了直接又真實的思考方式，法國就不能稱其為法國了。以至於我現在，在有人邀請我出去玩的時候都會提前說：「請在一個不下雨的晚上，帶我去一個不貴的酒吧，要不然我情願在家裡待着。」

在那個躺在加萊的沙灘的下午，我還不知道法國具有如此神不知鬼不覺的感染力。

布洛涅的夕陽

雖然法國人的行事風格一直以不靠譜著稱，所幸我們學校的國際學生組織相當靠譜，在長達兩週的「文化交流週」的每一個晚上，讓我們渾身上下都流淌着酒精。

只是不是每個法國人都能像勞倫斯筆下的馬修一樣喜愛「所以我們乾掉這最後一杯，有一句話我們永遠說不出口，誰有一顆玲瓏剔透的心，他就會知道何時心碎」這樣的話語。也不是每一個法國人都會像 Luis 一樣，在醉死的邊緣不忘背一段波德萊爾的《惡之花》。大多數人只是單純酒渴如狂，秉承着晝短苦夜長，何不秉燭遊的樂觀精神，觥籌交錯乾掉一杯又一杯的酒。

喝酒固然很快樂，好在除了喝酒之外，我們還有一些不那麼頹廢的活動，比如說——去布洛涅。

布洛涅靠近英吉利海峽和加萊海峽，是一個很小的港口城市。我總覺得有海的地方有某種理想色彩，所以在里爾已經想念了很久海邊的快哉風。如今終於到海邊了，甚至還能遠遠地望見霧氣蒙蒙的英國，自然很開心。

遠遠地還沒有走到海邊，就能看到四處盤旋的海鷗。體形很大，圓滾滾的，並不怕人，不過始終止步於兩三米遠的距離。走到海灘上，就能看到閒庭信步的海鷗，還有他們在鬆軟的沙灘上留下的一串串小腳印。

在下午退潮之後，突然之間露出了上百米平整的海灘，很多來不及撤退的貝殼就被困在海灘上，留下了一個又一個小孔洞。順着孔洞挖下去，一般只能找到貝殼的空殼。其實只要回頭看一眼滿海灘嚴陣以待的海鷗，你就立刻明白這些貝殼都去哪了。

我和阿鉉一起沿着海灘往遠處走，路過了一群又一群慵懶地曬太陽的海鷗，一直走了一個多小時也沒有走到看起來近在咫尺的沿海碉堡，只能悻悻然回去。

布洛涅的海灘沒有攝人心魄的美，沒有加萊的純白乾淨，沒有藍色海岸的溫暖陽光，是典型的北方海灘。

但是中午和朋友在海灘上坐成一圈，邊吃飯邊聊天，或者是在陽光下漫無目的地遊蕩。腳在又細又軟的沙灘上陷下去，拔起來，再陷下去，就像和朋友漫長的對話，熱鬧之後沉寂下去，片刻之後又熱鬧起來。再看看遙遠的海平面和天空相交的地方，二者的顏色幾乎融為一體，甚至連海浪的湧動都感受不到。在岸邊卻有不知疲憊的浪，沖刷着我們的腳背，也把那些衝浪的人送向更深的海域。

漫長的海岸線平緩地延伸，看不到盡頭，海灘上不過稀稀拉拉幾個身影，讓人頓生「天地者萬物之逆旅，光陰者百代之過客」之感，這已經讓人感覺別無所求了啊。

吃完午飯之後，我們一起去水族館。進去之前匈牙利小哥歎了一口氣：「一群二十啷當的大學生要去看小魚了。」其實我心裡也是暗暗這樣想的，水族館，不過是逗逗小孩子的把戲罷了。進去之後才發現別有一番天地，最重要的是，布洛涅的水族館設計得很特別。入口的牆面是一個大浪的投影，通過電梯進入浪裡面就到海底世界了。

雖然巨大的水族箱只有一個，但設計了不同的觀賞角度和方式，所以一會兒穿梭在海底隧道，一會兒在一整塊玻璃幕牆前駐足，一會兒又在「海溝」深處徘徊的我們並沒有覺得無聊。這樣的設計就是為了讓我們感覺自己真的在海底穿梭，而不是單純觀看一個個分散的水族箱而已。最後我甚至在玻璃幕牆前和日本朋友席地而坐，安靜地看了半個小時的鯊魚。

最後離開的方式也很有趣。必須通過直升電梯才能上去，電梯裡面裝飾成了潛水艇，還有一面牆在播放我們逐漸離開海底，回到陸地的視頻。因為走樓梯離開海底説不通呀，當然是要坐潛水艇才能離開海底啊。看來這個水族館真的堅持「既然是海底遊覽，就要貫徹到底」的信念。這就是法國人那種很倔強的執着。

最有意思的是，等我們從老城轉了一圈回來，坐在台階上一邊啃法棍，一邊等待大家集合的時候，那個嘟嘟囔囔的匈牙利小哥才姍姍來遲。我們問他去了哪裡，他眯起眼睛笑了笑，説他一直沒有出來。

從水族館出來之後，我和同行的唯一一個中國人阿鉉一拍即合，決定到老城張望一下，畢竟旅行的意義就在於不斷地探街訪巷。布洛涅的城市依山而建，要越過山丘，翻山越嶺才能到達城市的頂點，站在高處向下俯瞰可以看到層層疊疊的屋頂。晚上看尤其美，錯落有致的燈光從四面八方走到你的面前，好像夜晚不再漆黑一片。街邊的房子每一棟的顏色都略有不同，色彩很跳躍，但是並不放肆，始終是融為一體的。房子方方正正的形狀，在阿鉉口中，就是「像一板板巧克力一樣」。

因為位於北部靠近國界，所以老城的老建築大多和軍事防禦有關，入城一定要通過厚厚的城牆下的窄門。最顯眼的是最高處的教堂，反正不管道路怎麼起伏，只要抬頭看看教堂的尖頂就一定不會迷路。老城不大，下午也沒有多少人影，基本上就只有我們在街上遊蕩。走到教堂裡坐坐，又在聖母院的後花園轉轉，氣喘如牛地在彎彎繞繞的路上爬過幾個斜坡，一個下午就這樣溜走了。

晚上依舊有聚會喝酒，我和阿鉉在眼神交匯的一瞬

布洛涅

反正無聊的人生這麼漫長

夜晚的風這麼輕

急甚麼呢？

間決定，不管別的，先逛逛，好好吃一頓再說，喝酒哪有吃飯重要。這簡直是我相當失敗的人生裡，做過為數不多的正確決定。

我從來沒有看過這麼美的夕陽。從老城山下的平地往山上爬的時候，太陽已經西斜，順着一條筆直的馬路可以望見遠處的天空。地平線的盡頭已經被夕陽染成了橙黃色，但是近處樓頂上的天空卻被映成了淡紫色，還有幾縷粉色的雲飄散在天空中。連街邊房子的窗戶上都染上了天空的彩色。

再繼續往老城爬，每轉過一個街角都能看到不同的天空。朝向東方的街角看不到西沉的太陽，但是眼前的一切都被溫柔的粉色籠罩，方方正正的小房子也變得溫柔，就像是童話裡不真實的景色。不經意間一個轉彎，看到夕陽已經躲到房子背後，房頂上被染上了一圈淡淡的有毛邊的黃光，天上隨手畫上的幾片薄雲折射出橙紅色的光芒。再往上看，高處遼遠的天空已經暗下去了，藍紫色的黑夜已經悄然而至。就連房間裡的小貓也趴在窗台上瞪着圓溜溜的眼睛看看我們，又看看夕陽。

最後，隨着我們接近城市的頂端，天空漸漸暗了下去。最後一抹陽光在沙灘上匆匆踏出一串腳印，一溜煙跑遠了，只留下一抹曖昧的深紫色。

我和朋友在老城裡點了一鍋青口，一碗魚湯，配上一杯啤酒。坐在露天的街上，看着彼此臉上的陰影不斷加深，直到兩個人都只剩下黑夜中的一抹剪影，好像人生加速地衰老。

法國的餐館很有意思，室內永遠都顧客寥寥，不管風吹日曬所有人都坐在街上。大家都渴望陽光照在臉上，風吹進袖口的生機。根據法國人的程序正義，這頓簡單得不能再簡單的晚飯吃了快三個小時。魚湯就着烤餅乾吃完，青口才姍姍來遲。布洛涅的青口和里爾的不一樣，和布魯塞爾的也不一樣。畢竟是實打實的海邊城市，就是敢於只放一點鹽，一鍋青口就素面朝天地端上來，吃到最後只剩下一鍋底稀薄乳白色的湯水。

很遺憾錯過了里爾的舊貨節。據 Luis 的描述，就是人手一大鍋青口，一大杯啤酒，桌子一直擺到街邊。手上、臉上一片狼藉，桌上也一片狼藉。但是里爾和布魯塞爾的青口都比較濃妝豔抹，往往掛着一層厚厚的奶油端上來。好吃是好吃，青口清甜的味道被奶油帶了出來，就是略有喧賓奪主的意味。

最後是一小杯烤布丁，細膩、溫柔、恬淡，紅袖添香一樣沖刷掉口中淡淡的海腥味。

乾掉杯中的最後一滴酒，抹抹嘴，把錢放在桌上，跌跌撞撞地走下山。

從山上看山下，漫山遍野的燈光都亮了起來，層層疊疊，錯落有致，是童話裡才有的風光啊。我看了阿鉉一眼，問他：「還去聚會嗎？」他說：「我寧願回去安靜地看看夜空。」

等我們邊走邊張望，慢吞吞走下山，回到住處，一看時間已經快深夜十一點了。我好像突然就明白了法國人為甚麼即使一頓飯吃三個小時也從容不迫。反正無聊的人生這麼漫長，夜晚的風這麼輕，急甚麼呢？

雪山上的早飯和午飯

滑雪的每一天都吃得很簡單，尤其是早飯和午飯。晚飯由大家輪流做，好不好吃完全看命。

法國人，早上起來肯定要吃法棍，再配上黃油和果醬，昨天晚上還有吃剩的奶酪就再夾上一片奶酪。法棍切成小塊，從中間切開，重中之重是要抹上一大片黃油，而且一定是要軟黃油，軟黃油順滑、豐腴、奶香濃鬱，這兩樣就已經很好吃了。

我們用的黃油一般都是在奶酪店裡直接買的當地黃油，用一層油紙包着，肥美異常。Tom 説，寧願吃這樣天然的脂肪含量很高的食物，也不要吃人工合成的低脂食品。説得好像不無道理。

最後再吃一塊巧克力，再喝一杯茶或者咖啡就要出門了。

早飯簡單無可厚非，午飯也異常簡單。依舊是法棍，只是搭配稍微豐富了一些。堅果和牛肉乾作為配菜，四五種奶酪在大家手中傳來傳去，夾在法棍裡吃或者直接切下來一塊就吃。

我之前一直很疑惑奶酪的外殼是吃還是不吃呢？他們告訴我有的人吃有的人不吃，就像老香腸的白色外皮一樣。它們通常有濃厚的味道，增添了更多的風味，各有所愛，吃與不吃完全看自己。

我很迅速地喜歡上了山羊奶酪，比起牛奶酪，山羊奶酪更軟，餘味更濃，更香軟。只要接受了山羊比較強的膻味之後，顯然山羊奶酪比容易入口的牛奶酪，更值得回味。有一種牛奶酪我很喜歡，外殼是硬的，裡面基本上是半流動的。他們告訴我，一般來説，奶酪越軟，味道就越強。尤其是聞起來，這種奶酪有一種廢棄農舍的味道，完全沒有奶製品的味道，但是吃到嘴裡完全不同。當短暫停留在舌尖的味道退去之後，強烈的奶味，帶着微鹹微酸的味道融合在口腔裡，一定要混合着法棍的麥香，等着舌根上豐富的味道慢慢爬起來。這和軟黃油輕盈的香味不同，是一種吃下去之後還會留在口腔裡的強烈味道。尤其是外殼，灰黃的顏色，還帶着白色和棕色的霉斑，那種羊圈乾燥草垛的味道，不是甚麼人都能接受的。

但是我都能吃，我甚麼都能吃，而且為了滑雪的時候不會餓到難受，還能吃很多很多。

除此之外還要搭配各種配菜，有油浸菜薊的罐頭、黃酒肉凍，還有以胡蘿蔔為主的蔬菜糜，這也是配在法棍裡吃的。總而言之，法國人離不開法棍。最後每人一罐無糖酸奶，自己拌上蜂蜜。吃完又該出門了。

晚飯之前還有一道類似下午茶的配酒餐。這時要喝啤酒，啤酒的配菜是切成片的老香腸，老香腸的白色腸衣裡面是生肉，有驢肉、鹿肉、牛肉的，但是一般來說主要是豬肉的。因為豬肉的油脂更加豐富，風乾之後風味也在，讓人舒適的咀嚼感也在。肉質緊實，還有油香。配上一碟切成條的甜椒，還有胡蘿蔔條，一碟醃橄欖，或者奶酪碎，再開一包人人都愛的膨化食品。

不過當然也是奶酪味的。

六個人有說有笑咕嘟嘟地灌下去兩大瓶酒。我們是里爾人，啤酒，只喝比利時的。這次我又看到了讓我聞風喪膽的 Paix dieu，但是配上林林總總的各種小吃，它也變得溫柔起來。其實這不是我喜歡的類型，味道太淺，只停留在舌尖，既沒有香味也沒有層次豐富的苦味，僅僅是 10 度，深入人心也滲入血液而已。

晚飯的時候一般要喝不同的酒，一般來說看晚飯用到了甚麼酒做飯，配餐就喝剩下的酒。做雞肉蘑菇就是白葡萄酒，燉菜就是紅酒。

有一種很特別的烈酒，是專門在冬天的雪山上喝的。是用烈酒和一種蒿類植物釀造，叫 Génépi。我們喝的是 Flora 的爸爸在 2017 年釀的。一入口就有很濃鬱的甜味和植物曲折宛轉的香味，酒味也在嘴裡橫衝直撞。鼻腔裡最後有一股異香，一直衝到腦門上。奇異植物的味道在上顎還要繞樑三日，久久不能散去。

因為沒有小酒杯，我們拿蛋杯喝，每人只喝一小杯，淺嘗輒止，畢竟是 40 多度的烈酒。Antoine 做奶酥蛋糕的時候也要放一點 Génépi，他說這樣能讓蛋糕的味道更香。我懷疑他只是想喝酒。可是沒想到放足了黃油、巧克力和糖的蛋糕能這麼難吃。大家都要了一杯水，交口稱讚地吃了下去。

有一天 Tom 拿了一個柚子出來，柚子的法文名裡就有中國兩個字，在法國不算太常見。Antoine 和 Pascal 狼吞虎嚥連着皮一起吃下去了，我使勁憋了很久，最終沒有笑出來。

除了酒、飯後的酸奶、巧克力和永遠不會缺席的奶酪，好在每天的晚餐都不一樣。雖然永遠不會離開奶酪，也算是豐盛異常了。

和我的狐朋狗友們在雪村

這一趟旅程花費 40 多個小時，終於到了雪山腳下。

路上沒有好好睡覺，汽車轉飛機一轉輕軌一轉地鐵一轉火車一轉大巴，天氣越來越冷，身上的行李越來越重。窗外的雪一點一點多了起來，黑色的山岩掛着白雪，懸崖陡峭，麥田金黃。窗外的山村一個一個閃過，房頂的積雪一點一點變厚，心情暢快了起來。

早上我還在里昂苦等 Thomas 起床給我送留在他家的雪具，又馬不停蹄去莫達訥轉車去伯爾瓦納。晚上的時候 Antoine 和朋友們在公交車站把帶着半年行李和雪具的我接到住處。

從里昂出發的時候，Thomas 把我的滑雪服塞進箱子裡，我坐在箱子上面把鎖扣起來，他把頭盔綁在我的書包肩帶上，緊緊地打了一個死結。拍拍我的肩膀：「後面的路自己好好走啦。」頭盔在我身前搖來擺去，我說：

「放心，最難的部分在出發之前就已經經歷過了，不會更難了。」

我發現自己還是非常年輕，還很能折騰。屁股還足夠結實，腰肌也沒有勞損，心率兩天不睡依舊平穩，房頂上積着一米多厚的雪，即使在山上也能站在室外喝冰啤酒。還有一個適時停課，鬧遊行的學校。一個人能夠奢求的東西不能更多了。

從里昂出發，坐上了去莫達訥的火車，還要轉一班大巴，而且只有半個小時轉車，現在又是法國的罷工時間，所以我本來有一點擔心能不能趕上當天的末班車。車開着開着，路邊的雪多了起來，遠處的雪山漸漸走近了我，到了山間的一個小車站，就到了莫達訥了。車站小到只有一個廳，出了門就是去各個滑雪場的大巴站，完全不需要擔心。

一下車，很有一番另一個世界的味道。鐵軌上積滿了白雪，鐵路一直延伸到叢山中，高大的雪山遮擋住了視線。山上的樹叢都蓋着積雪，勉強能看到黑色的枝丫，更高的地方寸草不生，岩石上一片純白。走出車站，薄薄的一排房子背後又是群山。

在里昂的時候，Thomas 就跟我說莫達訥是法國南部阿爾卑斯山的一個滑雪中轉站，現在看來果然如此。

坐了一個多小時的大巴，雪山在黑暗中消失了，星星壓在頭頂上了，就到了 Bonneval sur Arc，翻譯起來就是溪澗上的伯爾瓦納。

法國有兩個伯爾瓦納，另外一個在將近一百公里以外。我們所在的雪場在 Vanoise 國家公園裡面，離意大

伯爾瓦納

看見你從山上滑下來的時候是一種享受

我覺得讓你知道很重要

利只有幾公里，離里爾卻有整整半天的開車路程。

我們的房子在一層，有一個大大的陽台，陽台外面就是雪山。柱子上是雪，房頂上也是雪。Pascal 常常站在陽台上抽着煙，看着姍姍來遲的我從雪坡上滑下來，順便再錄上一段視頻，讓我一覽自己滑雪的婀娜多姿。

屋子是很傳統的法國小木屋。房間裡還有一個很老的收音機，貼着牆擺了一排唱片，我們每天晚上聽着老唱片喝啤酒。喝多了之後，大家就趴在地上抽積木，積木倒了也沒有懲罰，遊戲而已。

這是一個夜不閉戶的小雪村，一般只要有人在家我們就不會鎖門，有時候甚至深夜也不需要上鎖。這可是法國，不是荒僻到一定程度哪裡有這樣難以想像的平靜。

做飯的時候 Pascal 倒空了一個青豆罐頭盒子，拿着空罐子打起了節拍，Flora 拿起口琴就跟着吹了起來，大家立刻跟着節奏搖擺。有一次 Tom 不小心在櫃子裡打碎了一罐蜂蜜，Flora 從櫃子裡拿出吸塵器，大家圍在旁邊怪聲怪氣地說：「只要 399，吸塵器帶回家，就在今天，不要 599，只要 399。」一群好朋友在一起，不需要說那麼多對不起。

這是 Micheal 選的雪場，他今年夏天在伯爾瓦納的另一側，意大利那邊爬了山，所以冬天想在法國的這一側滑雪。這次同行的有五個人，出發之前，我只知道他們是我那些已經光榮退役的排球俱樂部的球友。Antoine 拍着胸脯向我保證：「他們也不是很會滑雪，我們就是順便度個假。」

後來我才在旁敲側擊中得知，除了 18 歲的

Antoine，大家都滑了 20 年以上的雪了。Tom 的兼職是攀岩館的教練，Pascal 和 Micheal 在全歐洲到處登山，Antoine 平平無奇一些，還在空軍訓練中掙扎，個子比我還小的 Flora 能在 60 度的雪道上旋轉跳躍。

他們沒有厭倦我之前，我已經厭倦自己了。

不過他們都是好到不能再好的人。我在 Val Cenis 的雪坡被困住，一點一點往下挪了快一個小時，花了不到一分鐘就下去了的他們，就在雪山的冰湖邊等了快一個小時。Micheal 一直站在我的下方，跟我說：「你看，你往下倒就倒在我前面，我擋住你不就好了。」等我滿頭大汗地滑到了最下面，沒等我道歉耽誤了大家的時間，Micheal 搶先跟我道歉說，沒有想到 Val Cenis 的雪道這麼難，而且我們還挑了一條很難的路。他接着說：「你回頭看一眼雪山，看看你已經完成了甚麼？」好像我做了很了不起的事情一樣。

Flora 收起了單反，Tom 的無人機也收回了包裡。他們說，剛好冰湖很漂亮，而且還有拉雪橇的狗，本來就是要在這裡停下來拍照的，所以時間剛剛好。

Antoine 說：「你太棒了吧，你本來可以在上面困兩個小時，但是你一個小時就下來了。」我很懷疑這句話的情感色彩。

最後我自己一個人下山，卻走錯了雪場，沒有回到出發的 Ramasse，而是去到了 Colomba。坐在滑雪學校的門口給 Antoine 發短信，結果他們還在另一座山的山頂上。我說：「那我自己滑過去吧，畢竟還要在 Ramasse 等車回伯爾瓦納。」

Antoine 立刻說：「別吧，你自己走不知道會走到哪裡，還是我們來找你吧。」雖然他說話一貫不留情面，但不得不承認他說得有道理。

我說：「抱歉。」

他說：「為了甚麼？」

我說：「我走錯路了啊。」

他說：「雪山上沒有錯路。」

等天色一點一點暗下去，滑雪學校一點一點空下來，摘下的手套和頭盔因為寒冷，又戴了回去。Antoine 從山坡上俯衝到我面前，一個飛速的轉身，雪末濺了我一身。大家也跟在他的身後紛紛趕到了，看我有點不好意思。Flora 立刻說：「謝謝你啊 Marcia，剛剛我們在山上正在想能去哪裡，結果剛好收到你的消息，現在我們離伯爾瓦納更近了，所以更方便了。」

我的名字在法語裡很好聽，r 要發重音，cia 向上揚，被一筆帶過。被 Flora 說得好像我又做了一件很了不起的事。Tom 也接話說：「是啊，我們去的山頂正好在 Colomba 的頂上，所以剛好下到你這裡最方便。」他們總是這樣試圖驅散我的愧疚，甚至還要稱讚我一番。每次他們在前面站着等我從山上慢慢犁雪下來之後，都會歡呼一聲，說：「Marcia 你所做的太讓人印象深刻了！」

我總要謙虛兩句，說姿勢不好啦，轉彎太慢啦，差點失去控制啦。

Tom 很認真地跟我說：「不要這麼說，不能確定哪種滑雪方式是最酷的，其他的就是不酷的，你有自己的方式，這就很好。老是說自己不夠好的話，真的會被自己的思維限制的。」這是中法文化的差別所在，生活總是被誇獎充斥，天花亂墜的誇獎、絕處逢生的誇獎、婀娜多姿的誇獎。

因為我是 Antoine 帶來的朋友，所以和他最熟，經常彼此冷嘲熱諷。後來 Antoine 才告訴我他很不開心，我總在他朋友面前說他英語不好，所以現在他只捲着舌頭怪聲怪氣說話。

我說：「我已經習慣你的口音了，你原本的口音就很可愛。」

他說：「太晚了，我已經被你嘲笑得把法國口音埋葬在土地裡了，以後我就這麼說話了。」

後來我才想起來，他從來沒有在他朋友面前說過我的不好，最多私下嘲笑兩句，但是表面上總是「Marcia 今天沒有摔跤」「大家快看看她剛剛平行地下來的」「謝謝 Marcia 幫我們擺盤子」。

老夫老妻的 Tom 對 Flora 也會說：「不是每個人都在轉彎的時候有這麼漂亮的線條，看見你從山上滑下來的時候是一種享受，我覺得讓你知道很重要。」

其實法國人的浪漫並不是我們想像中那麼表面而浮誇，對我而言，法國最浪漫的地方在於他們從心裡可以看見好的一面。雖然大多數時候對於社會，他們總是選擇抱怨，但是在私人生活中他們總是快樂的，而且也嘗試讓周圍的每一個人都快樂。Tom 說，這叫作「把每一句稱讚的話當最後一句話說出來」。

而我們喜歡損「自己人」，並且習以為常，甚至把這作為一種親密的表現。可是「自己人」也很希望被肯定，而不是在別人親疏遠近的棋盤上做一個跳樑小丑。我學到這個真的很重要。

Flora 還總會在我游離在法語對話之外的時候，主動用「法棍英語」向我解釋情況，然後大家全部都切換成「法棍英語」，艱難地一個一個詞往外蹦。

Antoine 雖然生着我的悶氣，也還是在我們出發前一天，提前給我做了一個生日蛋糕。

我踮着腳站在桌邊，說：「有甚麼我能幫忙的嗎？」

他氣鼓鼓地把黃油搓進麵粉裡，說：「我自己能做好，不想要任何人幫助。」

最後還是把最大的一塊蛋糕盛給了我。

第二天才是我的生日，剛好在路上。我、Antoine 和 Micheal 先開車走了，在路上接到了 Flora 的電話，電話那頭沉默了一陣，傳來了她、Tom 和 Pascal 一起大聲唱得荒腔走板的生日歌。她說他們在里爾欠我一杯酒。

中國除夕的晚上他們說第二天不想洗碗，所以還是出去吃吧，但其實這是我們在外面吃的唯一一頓晚飯。

在桌前舉起杯子之後，Tom 字正腔圓地說：「乾杯！」

Micheal 說：「中國新年快樂 Marcia！」

我把手裡 40 多度的 Génépi 一飲而盡，Antoine 在角落裡笑了起來，他說：「大家快看，Marcia 很能喝哦。」

Micheal 講起他在日本買了一瓶紅星二鍋頭的故事。我問他喜不喜歡，他說談不上喜不喜歡，幾杯下肚之後他連那個晚上都不記得了。

深夜我們一群人穿過村莊走回房間，我提起正在中國肆虐的病毒，問 Antoine 知不知道，他很平靜地說：「早就知道了，巴黎和波爾多已經有了。」

我說：「那我剛回來哦，你不怕嗎？」要知道我們六個人一週以來吃穿用住都在一起。

他吐着白氣說：「這不是能擔心的問題呀，你已經來了，對我而言是值不值得的問題。」

我並不同意這種說法，但是我還是很高興他這樣說。其實他們早就知道了，里昂的 Thomas 也早就知道了，但是直到我主動向他們解釋，他們自始至終都沒有帶着恐懼或者指責向我提起過。在我提起之後也是很溫和地說：「我們知道你沒事的，不用擔心。」

其實責怪和避之不及我都能理解，我出發的時候還不知道已經嚴重到這個程度，所以和他們相處的時候一點防範都沒有。但是生活不是網絡上的劍拔弩張，這真好。

Antoine 接着說：「你要不要看北極星，我教你找。」

這個話題就這樣被輕易丟下了。於是我們看着眼前的山頂，往上數兩顆星，順着兩顆星星延長五倍的距離，一下子就找到天空中最亮的那一顆星星。

晚飯吃甚麼

晚飯，是我每天最期待的項目。累了，冷了，吃法棍吃到疲憊了，終於有熱菜吃了。

和在排球俱樂部的老規矩是一樣的，每天由一個人做飯。Flora 帶來甜椒煎蛋，Tom 帶來奶油蘑菇雞意麵，Pascal 帶來萬眾矚目的 Tartiflette，還有 Antoine 帶來的甜到齁嗓子的奶酥蛋糕。

而我，每天帶着一個空空如也的胃，早早地坐在餐桌邊，「嗷嗷待哺」。我的胸口總是有惱人的空茫，只有當灼熱的奶酪依偎在我胃裡時，那片空洞才能被填滿。

不得不説，法國人的日常飯菜實在是簡單，花樣也不多。就算是雪山特供的 Tartiflette 也不過是把土豆用白水煮熟，剝皮之後切成小塊，把培根放在奶油裡煮熟，將切成小丁的洋蔥和土豆混着奶油一起倒進烤盤裡，上面蓋上一整塊切成片的奶酪，塞進烤箱等半個小時就好了。

當地有一種很特別的植物叫 Ail des ours，翻譯出來是「熊蔥」，熊蔥是甚麼我也不知道，只知道當地人喜歡把這種植物放在老香腸或者奶酪裡。特殊的味道我也沒有吃出來，本來就是味道很重的菜，尤其是半融化的奶酪，味道直接衝上腦門，區區一個熊蔥能奈他何。最後大家分別拿着勺子，把沾在烤盤邊緣的焦奶酪刮得乾乾淨淨。

除了主菜之外，還會有一碟沙拉，用油和大蒜簡單拌過，僅此而已。

Tom 是我們之中自詡不凡的健康大師，他不吃一切糖和澱粉，連土豆也不碰，甚至他的巧克力和我們也是分開的，因為他的巧克力是不含糖的。乾巴巴吃進嘴裡，乾巴巴地咽下去，連味道都沒有。

他做的雞胸肉要經過大火鎖住汁水，用胡椒提前調味，還要加入奶油和蘑菇的湯汁，讓汁水更加充盈之後，才會姍姍來遲地端上餐桌。但是説實話，吃起來沒甚麼特別的。

Tom 説他很喜歡吃大蒜，尤其是黑蒜，他在家裡還有一個電飯煲專門用來保持恆溫做黑蒜。

我説：「那你應該試試臘八蒜啊。」我不知道怎麼説臘八蒜，只能説「綠蒜」。他聽過之後，很有興趣地拿着手機記下來，回家要買醋泡臘八蒜。

説起大蒜，我們總覺得這是非常亞洲的調味品，但是其實很多法國菜裡，放大蒜也是很重要的調味步驟。

比如説吃 Raclette。

Raclette是指把切成小片的奶酪裝在小鏟子裡，再放進烤盤裡烤熟的菜式。烤盤的上面會放幾個煮熟的土豆，每個人拿一個土豆，放在自己盤子裡切碎，再拿來幾片熏肉。等小鏟子裡的奶酪開始冒泡之後，用一個木鏟把奶酪刮進盤子裡，淋在土豆塊和熏肉上。吃起來大費周章，滿滿一桌子紅彤彤的肉，看起來很是隆重。其實烹飪手法和瀑布芝士是一個原理，只是這樣更方便。

而在把奶酪片送進烤盤之前，要在上面少少地撒上一把蒜末或者沙蔥末。這樣烤出來的奶酪會更香，真的有一種更豐富的味道，就像必勝客剛烤出來的蒜香黃油麵包片的味道，但是更加豐腴。蒜本身的刺激性氣味也消散了，反而和奶酪在一起形成了一種奇妙的和諧。

裹上土豆一口咬下去，眼前恍惚出現爐火，窗外是在大雪紛飛中的白色村落。隨着咀嚼，眼前出現一條覆蓋着冰殼的小溪，溪水在冰下流淌，你從沒到腰的雪地裡拔出腿，一步一步朝那個燈火搖曳的地方走去。咽下去之後，一切都消失了。眼前還是狼吞虎嚥的Antoine。

於是你拿起小鏟子，把融化的奶酪倒在熏肉上，又吃了一口。這次出現的是半山腰的牛群，鈴聲叮噹，他們的睫毛上結起了小小的冰晶，身上幾乎是白色的。

在大雪裡村莊消失了，燈火也消失了，你抬頭看見滿天的星星，耳邊是沙沙的嚼草聲。

又吃完了，你抬頭發現是Antoine在吃他面前的沙拉。

為了驅散眼前的Antoine，你忘掉自己克己復禮的一生，一鏟子接着一鏟子挖下去，往一個瘦子的鐵棺材裡灌上了水泥，死死鎖進胖子的墳墓。墓碑上寫着：她是一個瘦過，也吃過的人，這不是背叛，是奶酪配大蒜選擇了她。讓我們以永遠熾熱的目光，目送她捧着一層，兩層，三層游泳圈蹣跚地走向奶酪配大蒜的懷抱，慢慢探身下去，肥胖的身子向左微傾，顯出努力的樣子。

她回頭説：「你就在此地，不要走動。」

這就是大蒜配奶酪。

藍紋奶酪當然不會錯過這場熱鬧。藍紋奶酪的藍紋，是製作的時候在牛奶裡面放了麵包，麵包經過發酵之後，生長了霉菌，所以變成了藍色。Tom 自己也開玩笑説：「除了在法國，這種滿佈細菌的食物一定會被禁止吧。」

我一直很好奇，奶酪會壞嗎？好的霉菌會不會變成壞的霉菌呢？

他們的回答很簡單：「奶酪從來不會壞，就算是放了很久，變得很硬了，也是可以吃的，只是可能對於你來説不好吃，對有些人而言還是非常好吃的。」

處處講究的法國人，對於奶酪一點也不講究。

法國有很多不合邏輯的事情，比如説法國境內禁止生產五十度以上的酒，但是在超市裡能輕易找到五十度，甚至六十度以上的烈酒，因為進口酒並不受限制。Tom 縮起脖子，搖搖頭：「這就是法國人。我們從來不想這些問題，我們覺得自己是宇宙中心，所有人都和我們一樣。」

不知道，不關心，不在乎。

不過這未必是一件壞事，這也説明沒有人在乎你的背景和各種深深的牽絆，只要你是一個能聊得來的人，那就可以成為朋友。比如説，我的朋友們從來不會因為我可能不吃奶酪，而把我排除在聚餐之外，其實他們根本就不知道中國人不吃奶酪。

怎麼可能有人不吃奶酪呢？他們不問，我也不説，和諧就是這樣被成就的。

最後我和 Flora 手挽着手去奶酪店帶了大包小包的奶酪回家。她還把里爾最好的奶酪商的名字告訴了我，反覆叮囑：「你一定要在週六早上去集市，等他在的時候，説你是 Tom 的朋友。他手上的奶酪是整個里爾能吃到的最好、價格最公道的奶酪。」

我買了風味最強的兩種山羊奶酪，畢竟在他們的熏陶之下，普通牛奶酪對我而言有些單薄無聊了。它們現在安靜地躺在我的冰箱裡，像小女孩手裡那根涼颼颼的火柴一樣，等着我用它點燃一段熟悉的記憶。

麥當勞頌歌

每一個留學生大概都深有體會，24 小時營業的麥當勞是我們在城市中最後的精神堡壘。

不管是無處可去要打發時間，還是手機沒電想要充電，或者是想要上廁所，哪怕是想蹭免費的網絡，都可以在麥當勞裡找到解決之道。

沒有選擇的時候，我們去麥當勞；沒有錢的時候，我們去麥當勞；沒有朋友的時候，我去麥當勞。

甚至連每個月的第一天，全城的商店都關門了，麥當勞也不休假，水管裡涓涓流出咖啡和熱巧克力，保溫箱裡罩着炸翅和雞塊，可謂是「人民的企業」。

麥當勞的意義早就超出了一家普通的快餐店，這是小胖子不會長大的永無島，是用白熾燈點亮的烏托邦。

在歐洲的 5 個月，我去過多少個車站，就去過多少個麥當勞。

在里爾的時候，哪怕下午要參加法語期中考試，我一頁書都沒有看，但是雪梨邀請我去吃麥當勞，我還是一口答應了。

4.95 歐的套餐，是我們心中永遠不會褪色的珍饈美味。

失去了奧爾良烤翅的肯德基太平庸，漢堡王的漢堡太貴，賽百味的三明治太素。只有麥當勞，用只能買一個小蛋糕的價格帶給我走上考場的底氣。

在荷蘭的時候，看見麥當勞門口大大地寫着 0.5 歐一個甜筒，我和秋天忘記了紅燈區，忘記了那些奇妙的博物館，目不斜視地鑽進麥當勞。

在風雨中舉着甜筒開開心心地走出來。

在奧地利，我們還沒有走出機場，甚至也沒有餓，就為麥當勞駐足了。

麥當勞的價格是衡量一個城市物價的最好標尺，4.95 歐是我們心中的砝碼。砝碼下沉，我們就可以肆無忌憚走進任何一個餐館大吃特吃，砝碼上升，我們就要收斂些地走進聖誕集市，一邊大嚼熱狗，一邊標榜自己的入鄉隨俗。

迪南的麥當勞，廁所是要錢的，哪怕買了吃的，依舊要交錢。簡直偏離了麥當勞普度眾生的教條，是背叛者。

馬德里有一家金碧輝煌的麥當勞，地上貼着大理石磚，進門是一個巨大的玻璃門，牆壁上有一個燙金的 M。屋頂上掛着吊燈，房間兩側的盡頭都是鏡子，顯得空間巨大無比，遠遠地就能看到自己的身影在一片金光閃閃中晃蕩。一條長長的乳白色大理石樓梯通往二樓，那裡就是一切身體壓力的釋放渠道——廁所。金色的扶手，金色的龍頭，潔白無瑕的洗手池。

這是平民階層的反抗，是麥當勞代表所有 4.95 歐國人對上流社會伸出的觸角，這是屬於 4.95 歐應有的尊貴。

在巴黎，當身上的錢被席捲一空的時候，我們走進麥當勞。哪怕在這個城市裡一切都不確定，但是我們起碼還能相信麥當勞，有麥當勞的城市，不會讓人太狼狽。薯塊永遠外脆裡嫩，蛋黃醬永遠又甜又膩，蘋果派裡的肉桂放得大方，連烤雞翅上沒有拔乾淨的雞毛，都是自然不做作的證據。

薯條和漢堡永遠不會犯錯。

在深夜到達馬賽的時候，回家之前打包了一份麥當勞，到家坐在花園裡，背對着房間裡傳出來的燈光，貓在身旁繞來繞去。我低下頭，狼吞虎嚥把路上的疲憊都咽下去。

紅眼航班降落得太早，我們買一杯熱巧克力去麥當勞裡睡覺。飛機起飛太晚，我們買一杯咖啡，打開電腦去麥當勞寫作業。

在麥當勞，沒有人會指手畫腳。

阿鉉在博洛尼亞為了上廁所，從城市邊緣走回市中心的麥當勞。在盧森堡的時候，一口氣在麥當勞點 3 個 1.95 歐的芝士漢堡，也不過集市上一個熱狗的價格。

麥當勞真好，讓窮鬼可以窮得很體面。麥當勞的宗旨應該是不讓任何一個人在城市裡，在有他的地方被逼向窮途末路。

只要 4.95 歐套餐還在，我們就永遠能昂首挺胸地走進麥當勞。

我把手按在牛肉漢堡上，對着不到 3 歐四選二的套餐宣誓，我讓麥當勞走進我的錢包。

只要還有那盞黃色的 M 燈在閃爍，這個城市就仍然被守護着。

在美西公路旅行的時候，吃得最多的也是麥當勞。我和堂姐還有 Thomas 拿着漢堡，走出人滿為患的麥當勞，坐在路邊津津有味地啃起來。

麥當勞永遠是讓人熟悉的味道。美國人説這是家的味道，而對我們來説，這也是最熟悉的味道。

還在濟南的時候，每週宿舍都要找一天集體吃麥當勞或者肯德基。在麥當勞打工的同學會把我的麥旋風打得滿滿的。這哪是一頓單純的快餐，這是屬於一個宿舍共度一段時光，縮在胖虎的小床上，看一場電影的美好。

歐洲的肯德基沒有奧爾良烤翅，失去了他的靈魂。麥當勞不變，麥當勞帝國永不背叛他的 4.95 歐國民。

有天晚上我在里爾市中心轉了三圈，找不到一家可以換錢的店，只能走進麥當勞，花微不足道的一點錢，買了第二天當午餐的曲奇餅，成功換了零錢。

麥當勞永遠不讓人失望。

和 Thomas 去 Megève 滑雪的時候，沒有麥當勞吃，每天只能在要預約、要存外套的餐廳間徘徊，實在是太艱難了。

Matin d'Octobre
十月的清晨

François Coppée 弗朗索瓦·科佩

C'est l'heure exquise et matinale
Que rougit un soleil soudain
A travers la brume automnale
Tombent les feuilles du jardin

Leur chute est lente
On peut les suivre
Du regard en reconnaissant
Le chêne à sa feuille de cuivre
L'érable à sa feuille de sang

美妙的清晨时分
红日乍现
光芒穿透秋日的雾霭
惊落园中的秋叶

它们轻柔地落下
视线能追随上它们坠落的轨迹
不需分辨
那黄铜般的是橡叶
如血般的是枫叶

我看過許多美麗的日落

有一些讓你覺得

這就是一生中求而不得的那一刻了

第三輯

旅行美食

Chapter Three

匈牙利的肉林

在匈牙利的第一天，我問「地頭舌」:「匈牙利有甚麼好吃的嗎？」她翻了一個白眼:「沒有。」

所以在匈牙利的前兩天，我們竟然一直在中國城流連忘返，吃了很多相當難吃的中國菜，還有看起來像火鍋，吃起來也像火鍋，但是就是少了點意思的冷清火鍋。

我想大概不是調味的問題，只是沒有了中國的食材，也失去了吃火鍋應有的熱鬧，再加上一個對着後廚罵罵咧咧的老闆娘，火鍋的味道自然也好不到哪裡去。

不過等我到里爾之後，才發現匈牙利的中國菜已經相當奢侈了。里爾沒有中國城，亞洲餐廳只有像塑料一樣堅硬的越南湯粉，還有和洗手液別無二致的所謂珍珠奶茶。不過也有可能是我的探索還不夠深入。

匈牙利的麵包真的不好吃，5毛錢一個的麵包，有氣無力躺在超市的貨架上，擺得不知道頂端的麵包最終被人拿到要走幾天的路程。

還有相當有名的煙囪麵包，筒狀的麵包很大方地滾上一圈白砂糖，再滾上一圈巧克力，甜得發膩。但是在冬天吃起來很有意思，因為麵包是熱的，所以走在外面的時候會像一個煙囪一樣冒煙，而且因為是一層一層做出來的，所以從頂端撕起一個角可以一圈一圈吃到最後。匈牙利長大的小孩說很好吃，雖然我覺得非要說好吃的話讓人有點想拂袖而去。

好在匈牙利有很多好吃的甜品，尤其是雪糕。有一家教堂邊的雪糕店永遠門庭若市，它們就像隱藏在茂密森林裡的花朵，等着你在酒池肉林，或是晨鐘暮鼓裡發現它們。

有過很多次單獨進食的晚餐之後，我越發覺得中國菜的味道總是和熱鬧有關。你一筷子我一筷子，南北夾擊，氣氛不會冷下來，飯菜也不會冷下來。獨居的朋友總是邀請我去吃飯、過夜，我想大家終究還是有點寂寞。不過好在，「在各種求而不得的世俗慾望中，唯有食慾的實現是最輕易的」。

後來在我不死心的死纏爛打之下，終於去吃了幾家匈牙利菜。

匈牙利菜裡牛肉湯、魚湯都很有代表性。傳統的匈牙利餐廳，在廚房裡吊着一口大鍋，下面一直燃燒着火焰，鍋裡是燉得爛爛的牛肉。牛肉湯這種東西也很有意思，一定要晃晃悠悠一大鍋端上來才好喝，最好裝在一口鐵鍋裡，配上一個大鐵勺，大家從同一口鍋裡舀出湯來。湯很濃鬱，土豆和胡蘿蔔都被煮化了，調味很重，又鹹又辣。埋頭喝一口湯，眼鏡上生長出一片雪地，要是冬天有一碗這樣的湯，天涯浪子也要回頭。餐廳裡人聲鼎沸，大家你一言我一語，用勺子刮着碗底的湯汁。

我們有一次誤打誤撞走進了一家米其林推薦餐廳，帶着凡夫俗子的胃依舊點了一份牛肉湯。餐廳裡只有餐盤和刀叉撞擊的聲音，大家優雅端莊，連牛肉湯都透着超凡脱俗的意味。一塊周正的牛肉配着一小塊水果胡蘿蔔，再加上幾塊去皮的西芹，乾乾淨淨地端上桌。服務生再提來一個鐵茶壺，一邊示意你可以拿出手機拍照了，一邊慢慢把牛肉湯倒進碗裡。湯體輕薄，味道挑不出毛病，但是就是沒有匈牙利菜的熱情奔放。

一個朋友跟我説過，匈牙利人喜歡胖女生。説到「胖」的時候，他睜大了眼睛：「不是一般的胖，是真的胖！」

匈牙利人對「胖」的喜愛其實也貫徹在飲食和生活裡。要熱鬧，要豐富，要像一隻海鷗俯衝下來抓住海裡的魚一樣，泰山壓頂。匈牙利的排骨一點就是一扇，兩個人都吃不完。排骨是用甜甜的醬汁烤出來的，連軟骨都烤到用刀叉一撥就能從骨頭上掉下來，肉也散了。切下來一條排骨，絲毫不顧形象地用嘴把肉從骨頭上啃下來，靠近骨頭的筋格外好吃，軟軟糯糯，吸足了湯汁。

薯條就是排骨的頭髮，蘸在醬汁裡吸足味道，不僅沒有喧賓奪主，而且更襯托出烤排骨的肉味醇厚。寫到這裡的時候，那扇遙遠的排骨隔山打牛讓我被一陣餓意襲倒。

匈牙利的漢堡也格外肥美，一切皆可做成漢堡。

一家鴨肉漢堡店門外常年排隊，那裡還有特別好喝的牛肉湯。唯一出其不意的是在漢堡裡偷偷藏了一塊藍紋奶酪，就像藏了一隻臭襪子。藍紋奶酪還不算甚麼，在里爾還有一種當地特產的奶酪，卡蘇馬蘇，裡面還有徐徐蠕動的蟲子。

洋氣。

匈牙利的辣椒也很有名，所以漢堡裡也會放很多炸過的辣椒，甚至為了表現匈牙利風格，直接插了兩根辣椒在漢堡上面。

這邊的漢堡店有名到能賣周邊產品，樓上是一家漢堡商店，賣衣服還有很多小玩意兒，樓下才是一家裝修極具特色的漢堡店。我總覺得穿上漢堡店的襯衫，就好像漢堡店裡走出去的服務生，下一秒就要面帶微笑向大家揮手致意：「您想來我們店嚐嚐嗎？辦卡有優惠哦！」

可能這也是一種肉食者的行為藝術吧。

不過在匈牙利吃得最好吃的一餐飯，是一家石板烤肉。餐館在布達佩斯邊上的一個小城市，從我來的第一天開始 szm 就說要帶我去，結果直到最後一天騙到了有車的朋友才去成。在這裡我也就不提說好了要去的維也納和捷克了。

朋友一邊開車一邊說，沿着一條小路一直開，開到懷疑人生就到了他學校，再開到開始思考宇宙就到了這家烤肉店。雖然如此遙遠，但是每天依然要提前預訂才能獲得一張小小的餐桌。

餐廳的門口放了一個大玻璃櫃子，櫃子裡擺着熟牛肉。入座之後，兩人共享一杯大飲料，也共享一碗魚湯，因為分量實在是太大了。這個時候總會讓人想起朋友說的「胖女孩」。

喝魚湯的時候「地頭舌」朝我不懷好意地笑了一下，說：「多瑙河前段時間翻了一艘船，至今還有幾十個人沒有找到，說不定這些魚飲食不規律，這兩週正在便秘。」

反正好喝就是了。濃鬱又溫暖，像是那種爺爺奶奶給你端出來的湯。

片刻之後服務生端上一份醃漬菜，有醃黃瓜和酸菜，「地頭舌」說本地有一種很好吃的紫色酸菜，配着牛排一起吃很解膩。牛排上來的時候是完全生的，放在一片厚厚的石板上，還配了半個嗞嗞作響的黃辣椒。石板提前加熱過，牛排依靠石板的溫度可以被加熱得恰到好處。先把醬汁抹在牛排上，然後把油花四濺的牛排切成小塊，等到兩塊牛排都切好的時候，也就恰好能吃了。

一開始的幾塊牛排最妙，牛肉竟然也能有要化而未化的曖昧口感，兼具彈和軟的口感，肉質肥厚又綿密，配上混合着奶香和酸味點綴的醬汁，再切上一小塊清新的黃辣椒，簡直連身邊的對話都聽不見了。

這樣的烤肉是時間的產物，轉瞬即逝，一定要快馬加鞭地吃。天下武功，唯快不破。因為石板的溫度一直都在，要是吃慢了的話就只能剩下幾塊又乾又柴的肉塊了，像有幾分姿色的半老徐娘，終究太過於枯燥骨感。唯一的解決辦法就是逼你的朋友吃下去。

石板烤肉熱鬧，金黃燦爛，一切在開始的時候都飽滿得恰到好處。可是消逝得太快，迅速就相看兩厭，變得不堪了，再也沒有從前的滋味。不像三明治會讓你在一秒的時間裡相信有戰勝一切的永恆。而且你永遠也不可能吃完碟子裡的薯條，那個永恆的配角，伴着冰冷下去的石板從每一個桌子上被無情收走。想到這些就在滿足之餘多了一些虛無的意味。

看來還是吃得太飽了。

在魯汶城堡裡吃火鍋

那天我和在里爾上了四年學的法國女孩坐在學校旁邊的甜點店，一邊吃布朗尼配熱巧克力，一邊閒聊。我説起了我的魯汶之旅，她挑了一下眉毛，問：「這是哪裡？」

我以為是我的發音一如既往地不標準，就拿起手機，打開地圖指給她看：「就是魯汶啊！」

她低頭仔細看了一會兒，聲音低低地「嗯」了一聲，抬頭問我：「這是哪裡？」

魯汶是一個比利時的小城市，好像知道的人確實寥寥無幾，陰差陽錯我們決定去魯汶過週末。

在魯汶我們住在一間堪稱城堡的大房子裡，和我們同住的還有房東一家。房東有一個甜甜的小女兒，每天最大的樂趣就是圍着我們轉，用我們完全聽不懂的荷蘭語嚷嚷着領我們去房子的每一個角落。

說實話，我只在電影裡看過這種房子。第二天我和 Anze 甚至在走廊裡找到了一個拉繩索的傳送暗道，從外表看起來是一幅油畫，但是從中間拉開，是一個可以手動升到二樓的小箱子。

本來 Anze 一直邀請我們去他家玩，因為從他的陽台可以看到魯汶中心的大教堂。但是他和朋友從進門開始就沒有停止過驚歎，並且強烈要求回家把他家的酒帶過來，放到我們的冰箱裡，好讓我們晚點能就着燭火，在灑滿月光的露台上喝斯洛文尼亞的乾白。

他們只顧得上在會客室的木地板上助跑，然後在木地板上滑出去很遠，最後我們每個人都擁有了油光滑亮的襪子底。躺在花園的雙人躺椅上，看着被樹叢裡燈光照亮的花園深處，聽自己的呼吸聲在靜謐的夜裡迴響。這裡與其說是一個花園，不如說是一片小森林，大量的蕪雜組成了勃勃生機。

我躺在躺椅上，望着夜空中的星星，問身邊的 Anze 說：「你說甚麼時候我們能有這樣的房子？」他雙手抱胸望着天空說：「永遠不會。」

人貴有自知之明。

第二天下午，我們邀請 Anze 和他朋友過來和我們一起吃火鍋。前一天晚上 Anze 很認真地說：「我特別喜歡吃中國菜，比如說內蒙古雞，還有內蒙古牛肉配蘑菇和竹筍。你一定也很愛喝酸辣湯吧？我每次去中國餐廳都一定要喝！」說着說着他的眼睛就亮了起來，很期待地看着我。我扭頭喝了一口酒，假裝剛好播放了我喜歡的歌，拉着他回去跳舞，尷尬又不失禮貌地避開了這個話題。

來法國的時間裡，我偶爾會想念中國的食物，火鍋就是一個埋在心底不敢輕易觸碰的願望。只要輕輕觸碰一下，有關火鍋的慾望就會毫無限制地開始生長，直到我的老朋友——失眠口服液，也就是酒，讓我暫時只能記住當下的快樂。勞倫斯説：「有一度，我認為真正困難的不是酒本身，而是在酒店關門之後的那份孤獨。」酒並不是多麼好喝，但是酒是好東西。

Luis 孜孜不倦地教育我：「我希望被每天早上滾燙的牛角包和晚上冰涼的酒慢慢殺死，這是我在這個不幸世界上的抵抗方式。」乾掉最後一杯酒的時候，酒如利刃把頭腦中的想法碎成一片片，支離破碎的答案不重要了，問題也就不再需要被提及了。

好在魯汶有亞洲超市，連火鍋底料和涮羊肉都可以買到。正好每週六魯汶都有集市，集市上可以買到當地生產的蔬菜和水果，水靈靈的草莓，飽滿光滑的黑莓，還有各種叫不出名字的植物都唾手可得。

魯汶的集市小而精緻，基本上就是由一個個小餐車構成。有的賣一沓沓的奶酪，有的賣塔，只要點上一個，圓滾滾的大叔就把塔切開放進烤箱，然後大手一揮，叫我們先去逛逛，等 5 分鐘再回來，連錢也不收，非要等吃完再收錢。於是在等待的空隙，我們去隔壁華夫餅攤子上不抱任何期待地買了一塊肥厚的華夫餅打發時間。説實話，華夫餅攤子簡單得驚人，只有一桶説不清道不明的澱粉漿和兩個小餅鐺。我們本着「來都來了」的樂觀精神點了一份，大叔板着「愛買不買」的冷臉，

魯汶

這就是小集市的秘密
我只要這一點點快樂就心滿意足了

拿起放在碟子上的冷華夫，隨手塞進餅鐺裡熱了兩分鐘，掏出來放在紙巾上遞給了我。賣相跟布魯塞爾那種巧克力醬和奶油裝點起來的華夫餅相比簡直不值一提。但是咬下去的那一口，驚為天人。外皮略焦，糖在外部形成了一層焦殼，帶給牙齒撕扯的快樂。隨着上下牙床的擠壓，柔軟到略有讓你懷疑是不是它半凝固的內部，展露出了自己的溫柔。那種溫柔是帶着酒氣的面龐，是想伸出卻又縮回的手，是樹頂上帶着毛邊的月光，是臭着臉的大叔遞給你的華夫餅。

因為沒有醬料的裝點，所以反而不顯得甜膩。半塊華夫餅下肚後，賣塔的大叔探出光溜溜的腦袋招呼我們過去。

吃着奶酪味濃鬱的牛肉塔配着華夫餅，再看看街道兩邊的二手雜物，和朋友有話則短、無話則長地東拉西扯，這就是小集市的秘密了呀。不需要去文藝復興時期的佛羅倫薩、19 世紀的巴黎、20 世紀的紐約，我只要這一點點快樂就心滿意足了。

走過一個個小餐車，賣奶酪的大媽招呼你過去嚐兩口，賣巧克力的大爺笑呵呵遞過來一個盛滿巧克力的碟子，賣乾果的叔叔說：「我每週六都在，以後我每週都等着你來拍照。」

一圈轉下來，差點忘了晚上還有七張嗷嗷待哺的嘴在家裡等着我們。在集市上買完食材，我們在城堡裡的火鍋很快就沸騰起來了，和中國的火鍋相比也不遑多讓。

筷子和叉子在鍋裡激戰，我們在食慾橫流中蕩起雙槳，合夥夾起了魯汶這道大菜，一張張通紅到秀色可餐的面龐之間閃着火光的對話，好過往日下飯的電子鹹菜。

門外流淌着一條安靜的河流，我們的鍋裡和碗裡也流淌着番茄味的湯湯水水，我們心裡那個關於食慾暗流洶湧的海洋終於被填平。

Anze 不僅喝完了碗裡的火鍋底料，甚至在酒喝到一半的時候，又回去重新盛了一碗。捧着一碗湯湯水水，示意我乾了這一碗，我們就是永遠的好朋友。

吃完飯之後，我們端着集市上剛買的草莓、藍莓和黑莓，還有 Anze 背過來的十幾瓶酒舒舒服服坐到了能俯瞰花園的露台上。

下午做飯的時候，房東的女兒總是時不時在水果碟子前晃悠。我拿起一個草莓給她，她卻「嗒嗒嗒」地跑到房東面前，等她爸爸笑着對我們攤了攤手，示意她能吃了才心滿意足塞進嘴裡。在她吃到第五顆的時候，房東過來跟我們道歉說：「不好意思，看來我們的廚房裡有一隻小老鼠。」這麼可愛的小老鼠，全部給她都可以。

夜越來越深，酒越來越淺，木頭椅子硌得屁股生疼，嗓子開始疼了，朋友躲回室內蓋着毯子聊天了，我看到兩個月亮。

Anze 和他的朋友都是從斯洛文尼亞到魯汶工程學校的交換生，不過比我們早到幾個小時而已，是前一天夜裡撿來的朋友。

Anze 和我有一句沒一句地聊天，依舊是無話則長。他突然說起：「身份習俗、宗教信仰以及民族主義，只要能使個人與其他人聯繫起來，就能讓人逃避其內心深處最懼怕的一件事——孤獨。」大意如此，應該是甚麼名人説過的。

他還説起斯洛文尼亞的種種，引用那句説爛了的話就是：「有些人畢生所追求的東西往往是另一些人與生就俱來的東西。」他説他離開他的國家就能得到三倍的工資，但是他依舊希望他的孩子能住在離森林 20 分鐘的城市裡，他下班帶孩子去騎自行車，週末去意大利看海，每個冬天去滑雪。

我説：「你知不知道 996？」

我們打開一瓶又一瓶酒，把配餐的甜酒也喝完了，他買行李票帶來的乾白也見底了，每瓶酒都能拿起來當望遠鏡了，我們還在聊卡繆，聊雪萊，聊槍與玫瑰。我們手裡握着冰涼的杯子，伴着屏幕破碎的手機放出的音樂，在光滑的木地板上跳舞，躺在吊床上看樹影背後的白色雕像。直到喝乾了最後一滴酒，洗完了最後一個碗，甚至連下水道都掏了一遍，他才心滿意足地背起空空如也的雙肩包，和朋友一起消失在夜色中，或者説，消失在還不太明亮的晨曦中。

每當我和我的朋友們再次聚餐的時候，我們時常會想起他們，要是他們還在的話，就有人幫我們洗碗和掏下水道了。

第二天離開的時候，房東的小女兒「嗒嗒嗒」地跑過來，牽起我的手親了一口，「嗒嗒嗒」地衝進了在廚房做飯的房東背後，探頭出來偷笑着看了我一眼。

我不想走了，我不想努力了。

多瑙河的寥寥長風和酒

從一家波斯人的小酒吧裡走出來，我們又買了幾杯喝的，走到多瑙河邊。多瑙河的一側是布達，另外一側是佩斯。布達是山地，佩斯是平原。這幾天的夜晚基本上我們都在佩斯的岸邊度過。

布達佩斯的夜晚絲毫不遜色於白天，城市好像從來沒有真正沉睡過，河邊永遠有三兩個身影一起聊天吹風，夜越深的時候煙酒店裡買酒的人就越多，雖然大部分人也不多喝。酒在這裡大概就是夜晚的題中應有之義吧，適量的酒並不是壞東西，尤其是坐在這樣的風景裡。

和國內的喝酒文化不同，這邊喝酒都是玩遊戲或者聊天説笑的作料而已。而不是像沈宏非所説的那樣：「就快醉而言，用黃酒下白乾，功效上其實跟以白乾來下黃酒或者用威士忌來下葡萄酒並無二致，以酒下酒，以暴制暴。」

很多酒吧都提供塑料杯，只要拿上就可以去路邊找一個風景好的角落坐下來，借着一杯酒還有三兩好友，消磨一個晚上。這杯酒喝完，再往前走，直到下一家酒吧。

酒也不花裡胡哨，要不然打一杯啤酒，要不然就是用伏特加或者威士忌之類相對烈性的酒做底，倒上可樂或者別的飲料。反正滿滿一大杯，大半是飲料，不過是架勢唬人而已。

周作人説：「酒要是敬客的好東西，怎麼可以用來罰人；要是罰人的壞東西，又怎麼可以敬客呢。」酒只是用來自我娛樂的東西而已。尤其是夏天酒杯裡浮沉的冰塊，緩緩滲入酒裡的冰水讓酒的香氣慢慢被解鎖，最終這杯酒變得寡淡無味，就像我們作為旅行者經過無數風景，最後一無所有地離開。這種自我娛樂的結尾總會有一絲消沉的意味，但終究是娛樂。

上次走在蘇州的山塘街，雲哥問我：「你覺得人生的意義是甚麼啊？」不愧是雲哥，一如既往是一個詩人，大概也只有詩人會在將近 40 度的街頭，一邊嘬西瓜冰，一邊思考人生的意義了。我説：「就是那些短暫卻真實的快樂咯。」雖然酒不能給予意義，但是能帶來很多快樂，這也就足夠了。

晚上沿着多瑙河佩斯的那側岸邊轉轉，可以看到岸邊有一排小銅鞋，遍佈十幾米長的河岸，這是為了紀念當年被推下河的猶太小孩子而鑄的；我們去的時候有的鞋子裡還有路人獻的蠟燭，這是布達佩斯的歷史。旁邊的國會大廈金碧輝煌，高高的尖頂上圍繞着成群的飛

匈牙利

這種自我娛樂的結尾總會有一絲消沉的意味
但終究是娛樂

鳥，那是布達佩斯的未來。

我們沿着多瑙河一直往下走，直到末尾一班電車的時間，才匆匆跳上電車回家。

有一條橫跨多瑙河的橋叫綠橋，年輕人最愛做的是爬到橋上，在高處看夜景。橋東是佩斯的國會大廈，橋西是布達的皇宮和自由女神像，兩岸燈火通明，不過這都不是最重要的。最重要的是坐在高處的時候，能看到多瑙河的水緩緩地流動，夏天的風吹在身上，抬頭一片星河璀璨。這個時候，酒是眼神交匯，酒是繞着彎彎的真話，酒是瑣碎生活細節淹沒掉的情緒。

畢竟深不見底的除了多瑙河還有方寸之心嘛。

慶祝節日的時候，綠橋會封橋，大家席地而坐，喝酒聊天。周邊的小酒館還有「快樂時光」這種催人頹廢的活動，有人會搬來音響，讓方圓一百米變成野迪現場，整條多瑙河以每一座橋為中心沸騰起來。

每一個週五，所有年輕人都會擁上街頭。台球館裡人滿為患，路邊坐滿了人，酒館裡摩肩接踵，可能是大家在勞累了一週之後都想要「聊以慰藉那在寂寞裡奔馳的猛士，使他不憚於前驅」。

布達那一岸是皇宮，皇宮在高高的山上。從皇宮的建築上可以看到整個佩斯的風景，尤其是在晚上的時候，置身於金碧輝煌中眺望另外一片金碧輝煌，有一種不真實的美感。

這就是多瑙河的夜晚。

東福爾訥——
倚身在暮色裡

在我們從鹿特丹到東福爾訥的路上，一個荷蘭女生跟我們同行。

她一邊啃胡蘿蔔一邊跟我們說：「我不知道你們為甚麼要去這麼遠的地方，那是一個非常安靜的小鎮。」說着，她朝我們使了個眼色，「你們明白當我說安靜的時候，我想說甚麼。」

我們也沒有辦法，荷蘭大都市的房租讓我們望而卻步，我們寧願為了去更多地方，或者為了更有趣的東西，把目的地選在小城或者城市邊緣的小角落。最後這個在鹿特丹當酒保的女孩子，掏出手機跟我們的房東確認了一遍我們會安全到達之後，跳下了公交車，臨走揮揮手說：「你們會喜歡小鎮的生活的，每個月我都要逃離鹿特丹回到農村的父母家，自然讓我放鬆。」

「最好如此。」在接下來的半個小時公交和半個小時雨中徒步的過程中，我對自己説。

還不要忘了之前我們已經坐了一個小時的地鐵。

夜裡房東送來了隔壁農場的雞蛋還有蠟燭。我們借着在夜空中閃爍的燭光，吸溜完了麵條。

看着蠟燭欣喜的緋紅，秋天説：「是不是在星空下面吹滅蠟燭就會實現願望？」

我想了一會兒説：「好像沒有這種説法，但是無所謂。」

停止這種無意義的活動，就等於廢止了希望。

我們圍着蠟燭，想到人生路上的風景，想到享受、把握卻不必太執着的很多東西。那短短的幾十秒鐘，我想到了很多，比如王安憶所説的：「在這將定未定之間，他們的心是安的，又是活躍的，希望是未到手的，所以也是未失去的。」我彷彿一半在無遮無攔的曠野，另一半卻也看見了曠野一事無成的荒蕪。也想起了早些時候在鹿特丹，我們看到一條鋪滿黃葉的路，讓我想到一句詩：「只要想起一生中後悔的事，梅花就落了下來。」

我當時就想，哇，那這條路豈不就是我的人生了？我有很多遺憾的事情，期待的事情卻不多。

「只要想起一生中後悔的事，梅花便落滿了南山。」

顯然秋天比我想得更多，因為我甚至沒來得及真正許下願望，親愛的秋天就懷揣着此生最迫切的期待，用盡了畢生的力氣吹滅了蠟燭。

融化的蠟淚悉數落到了我身上。

東福爾訥的夜晚冷到野貓會往車裡鑽，蠟淚在濺落的瞬間已經凝固了。我當時一定是一尊價值連城的現代主義雕塑。

那天晚上我和秋天坐在車外的小桌旁，就着酒和冷風瑟瑟發抖，聊着一些被時間擦掉答案的瑣事。雖然對話和我們指尖的杯中之物一樣毫無意義，但是我們依舊長久地坐着，逗逗在我們身邊不斷徘徊，企圖獲得一絲溫暖的橘貓。不知不覺就到了晚上兩三點，我們偶然抬頭的時候，看到了漫天的星星壓在頭頂。彷彿只要踮起腳，伸出手，就能碰到天上的星星似的。

上一次看到這樣的夜空是兩年前在青海的夜晚，我和相識多年的朋友一起坐在顛簸的麵包車裡，透過車窗看見了滿天的星星。我們叫司機停車，一邊發抖一邊靠着車門，用這短暫的一瞬間留住星河。

我突然就懂得了 Anze 跟我說的，專屬於斯洛文尼亞語的浪漫。斯洛文尼亞語裡的「我們」，專指正在對話的兩個人，與對話之外的任何人都無關，好像兩個人一起擁有了一顆小小的星球。那些了無生機又遙遠的恆星，在宇宙的深處被撞擊得傷痕累累，卻穿透了黑暗的深淵，給願意聆聽寂靜的人帶來微弱但恆久的光芒。

回到車上之後我們打開暖風扇，把餐桌拆下來，拼成了一張床，沉沉睡去。我們的房車是一輛 1976 年的舊車，小卻很舒服。

這個夜晚過得安穩又漫長，等我們再次睜眼的時候，已經是第二天中午了。在去找房東買橙汁的路上，我們發現路邊的草叢上掛着露水，秋天「哧」地笑了：「看來在週末草起床和我們一樣晚，大中午還有露水。」

我接話：「小城市，生活節奏慢一點。」

我們駐紮的營地宛如被上帝遺忘。

每天早上起床第一件事是先去買橙汁，晚上最後一件事是去營地的活動室，那裡有熊熊燃燒的壁爐，有酒，最重要的是，在這片略顯寂寞的森林裡——有人。

每天隔壁的農場會送來新鮮的橙子，並放在一個大大的筐子裡。提前跟房東打好招呼，他就會把橙汁和剛烤好的牛角包一起送到門前。但是鑒於我們從來不知道自己會幾點起床，所以我們一般都打着呵欠自己走過去。甚至連抹在麵包片上的果醬都是房東自己熬的，每一罐上都寫了日期和果子的產地。他用糖和玻璃罐留住荷蘭某一片肥沃土地碩果豐收的秋天。

吃飽喝足之後，我們開始跋山涉水。離營地不遠就有一個自然保護區，在去保護區的路上，我們偶遇了一群羊。牧羊人遠遠地看見了我們，大聲和我們打了招呼，示意我們過去。看來大家真的都很寂寞，不願意放過任何一個能聊兩句的人。就像我和 Thomas 一起在美國西部旅行的時候，他每天早上都會跟我講，他在酒吧又遇到邀請他一起喝酒聊天的本地人，甚至為了留住他這雙聆聽的耳朵，對方強行把他的橙汁換成啤酒，並示意酒保全部算在自己的賬上。他向我保證他去的是普通酒吧，大家只是在了無人煙的荒漠裡想打發夜晚而已。看海看久了想見人，見人見多了想看海，可能說的就是這個意思。

牧羊人開始孜孜不倦地回答我們的問題。他說他的羊還有牧羊犬都和他一樣，為政府工作。羊的主要工作就是每週換一個地方吃草，他負責站着，牧羊犬負責陪他解悶。

很少能看到這麼準確概括自己工作的人。

他顯然很喜歡他的牧羊犬，他拍拍他的小腦袋，說：「每次有人經過，都是這個小傢伙成為焦點，說實話我有點嫉妒。但是牧羊犬是一個牧羊人的全部，他聽我的每一句話，而我在家叫我妻子幫我倒一杯咖啡，她都會說：『你自己去！』」說着我們都笑了。

告別牧羊人之後，我們往保護區的深處走去。

我們的目的地是森林後面的哈靈水道，那裡是南荷蘭省通往北海的河口，四捨五入就是北海了。

我們才剛剛走進森林，就遇到了一隻匆匆跳躍的小鹿。見到我們之後，他愣了一下，停下來回頭看了一眼，又匆匆跳開了。路上有成群的牛，安靜地在草地上吃草，還有在枝丫間一閃而過的大松鼠。在深陷被馬蹄踩出坑洞的沙丘之後，我們終於到了海邊。

在法語裡，荷蘭被稱為 Pays-Bas。也就是「低窪的國家」的意思。我們走到海邊的時候就明白了，連海灘都低窪平坦到退潮的時候，露出了好幾公里的淺灘。我們在沙灘的泥濘裡跋涉了將近一個小時也沒有一絲一毫靠近大海的跡象。秋天説簡直懷疑那片大海是海市蜃樓。但是沙灘上有將近 20 厘米的蟶子，還有隨處可見的螃蟹殼，不遠處在淺灘裡撒歡的小狗搖搖身子，替我們抖掉了這個想法。

退潮造成的淺灘在夕陽西下的時候，變成了陽光的鏡子，沙灘變成了一片鹽湖，倒映着整片天空。天上的雲斑駁破碎，陽光從縫隙中散落下來，在地面上留下更加支離破碎的倒影。看到這幅情景，那些在阿姆斯特丹博物館裡印象派的畫就突然有了出處。

太陽完全落山之前，我們離開了海灘，留下騎着馬在海灘上漫步看夕陽的女孩，還有抱着渾身濕透的小狗滾成一團的小男孩。

沒有人想在太陽落山之後走進森林，我們在森林裡遇到了麻煩。在我們走到二分之一路程的時候，突然遇到了一匹在路邊吃草的棕色野馬，背後是正在徐徐落下的太陽，森林漸漸被陰鬱的樹影籠罩。當我們進退兩難之際，發現棕馬的前面，還有一匹站立在路中間的白馬。那匹白馬完完全全堵在路的正中央，像一尊雕塑一樣安靜地矗立着，不管我們發出甚麼聲音，他甚至連耳朵都不動一下。

一個念頭突然在我頭腦中閃過，我問秋天：「馬，不會是站着睡覺的吧？」

秋天表情凝重地轉過頭來，點了點頭。

最終在飢餓和寒冷的驅使下，我們在荊棘叢裡一邊發誓再也不穿破洞褲，一邊齜牙咧嘴地繞了過去。可偏偏等我們一走，他們也慢吞吞地走開了。難道他們有點「此山是我開」的意思？

等我們飢腸轆轆走回營地，迅速點燃爐火做了一鍋味道一言難盡，但是被我們一掃而空的麵條。真正的露營者必須面對一鍋狗罐頭味兒的麵仍然不改英雄本色。在我們埋頭吸溜麵條的時候，夕陽完全沉到了地平面以下，在天空中和雲一起留下了一幅素雅的油畫。東福爾訥的夜幕又降臨了，這一夜，精疲力竭的我們倚身在暮色裡，做了一個滿是風的夢。

風劃過樹林吹進窗戶裡，房車上的燈剛剛被點亮，牧羊人吆喝着他的牧羊犬把羊群趕回圈裡，橘貓偷偷溜進房車裡。今夜會有很重的露水，但是不會下雨。

這些足夠讓我們愛這個偏遠又泥濘的小鎮，還有我們濕漉漉的人生。

在巴塞羅那踏實吃飯

在去巴塞羅那之前，提起西班牙的食物，我唯一知道的可能就是充斥商業街的西班牙油條、海鮮飯和火腿。

所幸我們在巴塞羅那住在一個在西班牙生活了很久的委內瑞拉夫婦家裡。房東在我們到達之後的第一件事，就是把家旁邊大街小巷的吃食向我們介紹了一遍。他很驕傲地告訴我們，我們過去説是他的朋友，小餐館的老闆肯定不會像普通遊客一樣對待我們。看着他坐在沙發上腆起的肚子，我心裡覺得大概他所言不假。

我們把書包往床上一丟，就下樓吃飯了。西班牙菜不比法國菜的精緻，口味一般偏重，是愛吃辣的人的快樂星球，這也主要是為了配酒。西班牙的小酒館和別的地方的都不一樣，普通酒館會配一些下酒的小吃，和日本居酒屋有幾分相似，有很多配酒的菜餚。可以坐在酒吧裡喝酒曬太陽度過一個下午，等到飯點，連椅子都不用挪，就吃晚飯了。

出於對辣椒的想念，我和秋天躥進了房東口中「每次我想吃辣，都會點他們的土豆」的小店。這正中我們下懷，我們太久沒有吃過有辣味的東西了。

我們一邊跟老闆娘聊天，聽她講她在墨西哥和泰國學廚的往事，一邊看一個字都看不懂的菜單。按照我們兩個倒霉鬼的經驗，老闆一臉抱歉拿來本地語言菜單的飯館未必是最好的，但是老闆笑語盈盈拿着兩三本英語、中文菜單的飯館一定不好吃。

就像吃西班牙油條最好連小店都不要去，公園門口油煙繚繞的小車一定最好吃。你點完單之後，麵團才緩緩落入巨大的油鍋之中，片刻之後滾燙的油條配着極簡的白糖裹在牛皮紙裡遞給你，油條在紙上沁出一片油漬。

有些東西就應該和人生一樣滾燙，也值得去尋找。要是月亮如此輕易地奔我們而來的話，那還算甚麼月亮。我們在大街小巷穿梭，尋找心中的月亮，就是要它「永遠清冷皎潔，永遠在天穹高懸」。不然飯吃起來有甚麼意思。

反正看不懂，就跟老闆娘説我們還要一個下酒菜，再配一瓶最西班牙式的酒就好了。沒多久老闆娘就拿來了我們點的酒，為了保證溫度，還給酒瓶穿上了一件黑色的冰服。不得不説，歐洲人在喝酒這方面真的下足了功夫。他們喝着熱紅酒，燙得就像他們的生命；又或者他們喝着他們冰冷的生命，就像喝一瓶冰涼的白葡萄酒。

為了保持酒的溫度，又不想把酒放在冰桶裡變得濕淋淋的，所以有了像一個吸管一樣插進酒瓶裡的金屬冰棍，還有花瓶一樣的陶桶，只要提前放在冰櫃裡冰起來，再把酒瓶放進去就能延長完美的口感。

不久我們的烤土豆和黃芥末煙熏三文魚也端上桌了。土豆是小土豆，盤底是水潤又渾濁的奶油，土豆頭頂上頂着高高的辣椒帽子。我稍稍挖了一勺嚐了一下，辣椒的味道像是連帽衫的帽子一樣從後腦勺一直蓋上額頭。在武漢長大的秋天吃了一口，露出了久違的笑容，她說：「時哥，從出國之後從來沒有吃過這麼辣的東西了。」其實辣不是目的，辣從來不是終點，辣帶來的香味讓土豆的質樸香味也發散了開來，賦予了單薄的口味更深遠的層次。

在做菜時放烈酒也是同樣的道理。

而我自己做飯放的辣椒粉或者甜椒粉，僅僅是賦予了無聊的辣味而已。這就好像走一條滿是黃葉的小路是走路，在黑暗的隧道裡找出口也是走路，但是沒有人會將這兩者混為一談。

沒有甚麼能媲美土豆，即使我櫃子裡的土豆爭先恐後地發芽了我也還是要這樣說。只要稍微烤一下，淋上一層輕盈的醬汁，土豆內斂又若隱若現的味道就散發了出來，讓人恨不得咬上空氣一口。烤土豆最大的秘訣在於不要削皮，溫度會給它焦脆的口感，還有在牙齒間掙扎時的小聲尖叫。

煙熏三文魚簡單得不得了，短暫醃過的三文魚，撒上橄欖油、胡椒，配一碟黃芥末，再加一盤烤餅乾，如此而已。典型的下酒良物，不過當然不是配 Sangria。黃芥末的衝勁帶着三文魚肥肥的憨厚遲滯衝進鼻腔，再用清爽冰冷的酒壓下去。一起一伏之間，讓比沙漠還乾燥的胃裡突然浮現出一片大海，海浪拍打沙灘，起起落落。

當然這個時候再埋頭吃飯就不是小酒館存在的意義了。

零零散散地來了很多老闆娘的常客，從酒櫃裡挑出自己存的酒，也不多喝，倒出一小杯，大家互相打招呼聊天，慢慢抿這一杯酒。我們也有一句沒一句地聊天，順便打探一下還能去哪裡吃飯，畢竟我和秋天腳下總有不停生長的風，人間的事，哪裡有飽足。

那天下午，秋天去看弗拉明戈，我一個人兜兜轉轉去了波蓋利亞市場。感歎着西班牙讓人流淚的物價，在五彩斑斕的市場裡穿梭。相比於馬德里的聖米蓋爾市場，波蓋利亞更有菜市場野蠻生長的氣息，那是屬於這個城市的喧鬧和繁雜。一串串的乾辣椒和大蒜高高地懸掛着，快要遮住店面；乾果和調味品也被高高地堆起來，巧克力和五顏六色的糖果大大咧咧地在空氣中散發致命的誘惑。當然不會缺了火腿，火腿片配着奶酪像一束捧花一樣被盛放在紙筒裡，比花朵還讓人快樂。我邊走邊瞄，努力勸説自己買幾個圓滾滾的杧果，帶幾個通紅的石榴回去就好了。可是餘光中全是案板上的貽貝和大蝦，還有醃漬的罐頭。

簡直讓我想起余光中那句如有神助的話：「不要問我心裡有沒有你，我餘光中都是你。」

怎麼有這麼美又取巧的名字。

晚上回到住處，還沒有進自己的房門就聞到了廚房

巴塞羅那

有些東西就應該和人生一樣滾燙

也值得去尋找

裡的香味。原來房東太太今天煲了湯，不知道在爐子上咕嘟了多久，旁邊桌子上的廚師機也在轟隆隆作響，不知道在做甚麼甜點。秋天專門等到房東太太進了廚房，在裡面「叮叮噹噹」一通搗鼓的時候鑽了進去，假裝泡咖啡，最後端回來了一大碗湯。

那就是家的味道了。

第二天房東向我解釋，湯裡面放雞骨架、牛尾、木薯、胡蘿蔔、玉米、蒜和洋蔥就好了，剩下的全部交給時間。燉三個小時，放一個晚上，第二天再加熱才是最好喝的。

廚師機裡的米布丁也是如此。放到第二天所有的味道才充分融合了，食物的骨架也消失了，一切都變得渾然一體。布丁的米還保留着微微軟糯的口感，閃亮的布丁帶着杏仁和薄荷的味道。説不上多麼好吃，就是踏踏實實的布丁而已。但是房東端出來的吃的，就是讓我們感覺比在外面吃到的花裡胡哨、擺盤講究的餐廳的飯舒服得多。

有一天晚上聊天的時候，房東拿出了一盒板藍根，問我們要不要喝。他説這是他上一任的美國房客送給他的，但是他覺得這種東西不是治身體的藥，是治心理的藥。只是起讓人覺得自己喝了藥，所以感覺好很多的心理作用而已，如果我們堅信不移的話，就送給我們喝了。我告訴他小孩子才喝板藍根，我們廣東的成年人都相信喝湯包治百病。

房東又告訴我們，早上一定要去一家小店吃西班牙三明治。我們的房東就是典型喜歡家常小店的中年男人，身上流動着熱情卻閒適的生活氣息。

西班牙的三明治看着就比法國的熱鬧，法國三明治簡單得令人髮指，一根法棍切開，放點淒淒慘慘戚戚的冷肉冷菜，把法棍合上，就做完了。最正宗的法國麵包店連醬汁都不太放。放了沙拉醬、燒烤醬那就是阿拉伯人做的了。

而西班牙的三明治就複雜多了，一個小麵包，切開之後放上奶酪和醬汁，還可以加火腿，最後放到鐵板上烤，還要蓋上一個鐵蓋子，把三明治緊緊壓在一起。兩面都烤到焦黃之後，一切兩半，裝到小碟子裡送到面前。隨之而來的還有半杯黑咖啡，自己倒進去半杯牛奶，就這樣吃一餐溫溫熱熱的早飯。這樣的三明治最妙的地方就在於融合，溫度讓奶酪融化，滲透進麵包和火腿裡。奶酪被微微烤焦之後，隨之而來的是一種包裹着鼻腔的暖香，這是讓人墮落的味道。三明治被壓得很結實，麵包本身堅硬的表皮被壓碎了，烤香了，「嘎吱」作響了。最後把杯子裡的熱咖啡喝完，我和秋天説，我們回去之後一定會想念西班牙用玻璃杯裝的拿鐵，在法國哪裡有這樣順滑卻只要 1.5 歐的咖啡呢？

又是一頓踏實的早餐。

在巴塞羅那的最後一個晚上，我們正好碰到了加泰羅尼亞獨立遊行，其實前幾天在加泰羅尼亞廣場上也有看見，不過規模不大。但是那天大街小巷全是人，我們回家的路被封了，路口全是警車，就索性去了邊上一家素食比薩店。我們穿過人群，聽着頭頂直升機的轟鳴聲，磨磨蹭蹭走了過去。

秋天很擔心地問我：「萬一老闆出來遊行今天不開門怎麼辦？」

我心想，如果真的要擔心的話，應該不是擔心這個吧？

還好這家店的老闆比較惜命。

我和秋天一人點了一瓶很難喝的果汁，又點了一份有四種「芝士」的比薩。這家店是一家嚴格的素食店，在英文裡是 vegan，比 vegetarian 要嚴格，而且不僅僅和食物有關，更關乎一種生活方式。不用任何和動物相關的東西，哪怕是黃油和牛奶。所以四種芝士也是從植物裡面提取出來的，連麵團的口感都是不一樣的。

雖然有了很多食材的限制，但是他們儘量在別的方面精益求精。哪怕麵團都是現場揉的，揉完之後送進傳統的石爐裡。餐廳最深處還有一個實驗室，工作台上泡了很多發酵程度不同的植物，可能這就是我們桌上植物芝士的來源，也許他們也是在那張工作台上兢兢業業地研究出了我們杯子裡難喝的飲料。

其實哪有甚麼素食飲料，哪有飲料不是素食的，賣點鮮果汁就很夠意思了。但是他們非要做出甚麼杏仁茴香豆蔻椰子奶，還有菠蘿蘋果蘆薈百香果瑪咖汁，味道顯而易見很奇妙。

本來我想說他們很讓人費解，但是又想到他們在努力地表達着甚麼，而且以這種切實的方式表達了出來，再想想門外的那群人，他們也想表達些甚麼，卻選擇了全然不同的方式。我覺得，用這種新奇的搭配和很認真的態度表達自己對生活方式的理解，總比走上大街燒垃圾桶強。

沒放黃油和雞蛋做出來的麵團依舊很好吃，沒有了牛奶和羊奶發酵的芝士確有幾分真假難辨的意味，他們做得算是很好了，所以還是不要抱怨好了。他們不鄙視我們這些肉食者，卻堅持自己的生活方式，推而廣之，就是尊重任何人的想法和生活方式，但不干涉不強求。自我表達總是沒錯的。

最重要的是，別人真的端出來了拿得出手的比薩啊。

以後大家開始大言不慚之前，最好都先有一塊自己的「比薩」，哪怕是肉桂酸橙生薑鱷梨南瓜汁也可以。

離開巴塞羅那之後，我們到了馬德里。馬德里最有名的市場就是聖米蓋爾，還有一個聖安東市場，不過大同小異。我對聖米蓋爾市場的好感不多，這裡是一個走馬觀花的好去處。味道一般，唯一的優點在於東西琳琅滿目，而且酒也便宜。誰會和不到 2 歐的啤酒和 3 歐的 Sangria 過不去呢，去去也無妨。小吃很多，可以這家吃一串肉，那家吃三個塔，配着排骨包吃一個甜甜膩膩的西班牙泡芙。

西班牙的特色小吃是把一切東西放在一小片烤麵包上的 Tapas，一個不過區區一兩歐，多吃無妨。

未必多好吃，但是總歸是要吃的，旅遊啊，來都來了。

好多時候也沒有必要非吃特色不可。最後一天我們立志一定要吃馬德里當地的特色小吃，於是點了一鍋燉菜和一份炸奶酪。結果燉菜是豬皮配牛雜，連嘴角都可以粘起來，哪怕配着麵包，吃上兩三口也全無招架之力了。炸奶酪呢，在菜單上寫了一行小字：「和輕盈毫無關係。」可是我們偏偏不信。也許是在燉豬皮的夾擊之下，奶酪的厚重和黏膩被成倍放大了，我和秋天拿着叉子吃光了配奶酪的果醬。

最後只能勸説自己，要尊重各地的口味差異。所以吃吃遊客店也未必是一件壞事。

對於我們來説，更有致命吸引力的是市場外面邊邊角角裡的中餐館。説起來很沒有出息，但是 3 個月沒吃過一碗熱氣騰騰的牛肉麵的人，怎麼能拒絕一家地地道道的四川麵館呢？何況價格不到法國麵館的一半。一大海碗麵條，上面頂着四塊排骨，紅到發黑的湯汁，加一勺辣椒，再加一勺陳醋，舒坦。就像洋蔥、胡蘿蔔和西芹是法餐的味覺基礎一樣，酸和辣是出國之後的我心中真正中餐的代表。

更不用提醬油，讓我用最大的熱情歌頌醬油的發明。鹹中帶甜，還有悠長的餘味。炒飯加了它熠熠生輝，蒸蛋加了它妙不可言。在我的舍友買回家一排瓶瓶罐罐的時候，我只有一瓶醬油，現在櫃子裡整整齊齊擺了四瓶快要用完的醬油。當然，我也向羅勒、百里香、蒜粉和甜椒粉屈服了。

怎麼會有如此點石成金的東西。

那家中餐館離我們住的地方很遠，但是我們第二天早上又繞路去吃了一次。我們不管 50 米之外人聲鼎沸的聖米蓋爾市場，低頭一通鯨吸，在馬德里微涼的秋天，吃得大汗淋漓。

沒想到，最後還是把西班牙吃成了中國味道。

布拉迪斯拉發的夜晚

布拉迪斯拉發的夜晚有奇妙的魔力，我們本來從維也納一身疲憊匆匆坐車到了市中心，一心只想回到溫暖的房間裡。

從中心車站走出來之後，只有幾百米就到了老城的市中心，遠遠地我們就看到了燈火輝煌的聖誕集市，遠遠地就聞到了集市上飄出的甜酒香和肉香，大家的精神突然就來了。

東歐的集市就是和西歐的不同，東歐的飲食習慣更張揚，更熱鬧，和中國的飲食多少有些相通之處。一米長的油鍋裡炸着土豆餅和布拉迪斯拉發「油餅」，兩三米長的木棍上架着幾十斤豬肉，在火上翻滾。肉，在鐵板上堆成肉山，酒，一桶一桶圍繞在周圍。價格便宜到不可思議，終於可以隨心隨欲地吃東西了。除了歐洲傳統的加了肉桂、檸檬和丁香的熱紅酒，還有東歐人民最愛的烈酒。布拉迪斯拉發的 shot 和布達佩斯的 shot 是同一個意思——快醉。法國的 shot 只是一小杯，而這裡的足足有法國的三倍大，40 度的酒裡面泡着一瓣橘子，象徵着成年人的健康。

我問秋天：「要喝嗎？」

秋天搖搖頭説：「這個晚上不能結束得這麼快。」

大家都老了，再沒有人死於醉酒心碎、喋喋不休的夜晚了。

我第一次參加舍友舉辦的全是法國人的聚會的時候，很苦惱應該帶甚麼酒，啤酒太不正式，香檳太隆重，紅酒也有些沉悶。Antoine 説：「帶一瓶伏特加啊，一般來説所有人都會開心的，不開心的人最後也會忘記的。」

當我飢腸轆轆地站在長長的隊伍裡，等待我的炸土豆餅的時候突然明白了甚麼叫「折磨靈魂只需要讓他們期待着」。總是在路上的我們聞到炊煙時，也知道總不是自家的。不過好在油炸食品和土豆本來該多好吃，讓我在冷風裡發抖等待的炸土豆餅就有多好吃。

還有一種很簡單的捲餅，慘白一張餅皮，裡面裹着巧克力醬或者能想出來的任何東西，也可能甚麼也沒有。就那樣淒淒慘慘地放在那裡，無人問津又乾枯的樣子，只等點單之後送進烤箱重新加熱。但是味道卻意外地好吃，餅皮油香四溢，從一頭咬上一口，巧克力漿就混着油從另外一頭滑出來，實在是讓人滿足。

集市的盡頭有一個舞台，舞台上的男人用煙嗓唱着傷感的歌，採一束月光插在他寂寥的身前。我們把他笑

布拉迪斯拉發

在細雨蒙蒙中俯瞰這座城市
很有幾分孤獨的意味
一種關於籍籍無名的孤獨

稱為「布拉迪斯拉發刀郎」。更棒的是街角有很多自發帶着樂器來唱歌跳舞的人，一架大提琴，一台手風琴，幾個頂着光亮腦門和肚子的中年男人。人群以他們為圓心一圈一圈地聚集起來，唱着我們聽不懂的歌。

集市中間還有一個立着彩燈樹的滑冰場，冰場裡主要是孩子，伴着四處傳來的音樂聲在冰面上劃下一道道的弧線。

其實到現在我也不知道那些寫在板子上的長長的句子是德語還是斯洛伐克語，我不懂得它們的語言，也就是說，我不懂得它們的那種沉默。

在來的路上我一直在看智利詩人聶魯達的詩，他在海外定居的多年也曾來過斯洛伐克，在他的書裡着重寫了「響亮的代表友誼和尊重的斯拉夫式男人間的吻」「第一個吻我的男人是位捷克斯洛伐克領事」。

在維也納的時候我懷着一整顆對卡夫卡的喜愛之心，但是關於布拉迪斯拉發卻甚麼也不知道，連他的沉默也聽不見。只能看看他表面的熱鬧和歡樂。我們看不明白為甚麼市中心會被燈紅酒綠之地圍繞，深夜的便利店裡會有年輕人提着袋子買走架子上一半的煙，街上會躺着喝到爛醉的年輕人。夜店門前打出大大的投影寫着「我們不是波蘭酒吧」，街頭的櫥窗裡整齊地懸掛着幾十個殘缺的芭比娃娃，她們的殘肢被散亂地堆在地上。

這是一個古老又神秘的城市，背負着關於反抗和掙扎的歷史，只是不知道他們還會不會夢到獅子，聖地亞哥的那條大魚還會不會回來。艱難的那些年，有沒有讓生活變得美好而遼闊。是不是沒有選擇，就會以為已經得到的就是自己想要的，反正短暫的快樂如此輕鬆就能得到。

第二天早上起床聽見淅淅瀝瀝的雨聲，乾脆在家裡做了一頓午飯再出門。我們把可樂雞翅的醬汁都用麵包片抹乾淨，青豆炒肉裡的青豆都一顆顆挑乾淨之後，終於出門了。可能因為審美疲勞，布拉迪斯拉發夜晚的奇妙魔力消失了，變成了一座被白霧籠罩的小城。

我們爬上山頂，去看最有名的皇宮，俯瞰流淌着的多瑙河。說實話作為一座歐洲城市，這多少顯得有些落魄，不管是稀疏的橙色房頂，還是皇宮廣場裡養的綿羊和驢。皇宮也不大，建築風格也很簡單，時間賜它青春與死亡。皇宮後面的花園簡單種了幾叢花，昨夜的雨下在地上結了冰，走在上面「嘎吱」作響。聶魯達說：「青年作家的作品總是離不開孤獨感，即使是杜撰的。」在細雨蒙蒙中俯瞰這座城市就很有幾分孤獨的意味，一種關於籍籍無名的孤獨。

關於斯洛伐克，我甚麼也想不出來。還很慚愧地上網搜索了斯洛伐克有名的詩人和作家，卻更加慚愧地發現，我連名字也沒有聽說過。

回到城市之後，大街小巷的人群熱鬧，勉強驅散霧蒙蒙的陰霾。有富麗堂皇的咖啡店，還有各種各樣奇裝異服的賣藝人，雍容華貴的老婦人穿着貂皮大衣在街上漫步，老先生戴着禮帽，穿着長長的風衣。看着他們的時候感覺臉上的冷風都是從往年吹來的。

尤其等到晚上，等彩燈一打開，這座城市又活了過來。集市上擠得人都無法走動，大家都緊緊護着手裡的熱紅酒，生怕一不小心就讓某個路人的貂皮大衣「喝」完了半杯。烤爐不知疲倦地烤出香甜的蛋糕，油鍋沸騰，一張又一張淌着油的大餅被遞出來，烤小豬被分散到大家的碟子裡。聖誕樹閃爍，背後的建築被投影上了聖誕老人，在每家每戶的窗口前流連忘返。「布拉迪斯拉發崔健」也開始放聲歌唱。

夜深了，法國年輕人走進便利店，掏空錢包買光貨架上的香煙，轉身回到歡樂時間永無盡頭的酒吧。

成年人的迪斯尼，莫過於布拉迪斯拉發的夜晚了。

和盧森堡無關的一些瑣事

歐洲有多麼小呢，小到我能從盧森堡回里爾的時候，在布魯塞爾的超市裡遇到去倫敦的Mikako，又在里爾的車站遇到學校的同學。

這一趟旅程下來，最大的感受就是歐洲的城市真是小到不得了，來來回回最多半天就能走完了。

來到盧森堡的時候已經是晚上了，我們剛剛從迪南和那慕爾趕過來。阿鉉去他市中心的民宿，我也坐車去了我郊外的青旅。本來上大巴的時候還很擔心怎麼買票，結果大巴司機直接對我説：「是免費的，你上來吧。」到現在我也不知道到底是真的免費，還是大家默認坐車不用買票了。同住的荷蘭女生告訴我，她的本地朋友説沒有必要買票，她來了這麼久也是大搖大擺從司機面前兩手空空地走過，還要説一句「早上好！」。

我自然入鄉隨俗，沒有為交通花一分錢。

秋天和雪梨在冰島的時候因為下山的通勤大巴太貴，本來打算在冰天雪地花一個小時走下山。結果同一個大巴司機第二次在半山腰看見這兩個哆哆嗦嗦的女孩的時候，打開車門問她們是不是因為不想買票所以才走路，然後讓她們直接上車了。有的人看起來光鮮亮麗到處旅遊，其實背後是一個公交車票也要斤斤計較的窮鬼。

我現在熟悉掌握了法國版「閒魚」和法國版「滴滴順風車」。在天寒地凍的里爾站在風裡等賣家接頭，在六個小時的路程上縮在後座「叭叭」地和司機聊天。最後這些從金字塔縫裡摳出來的小硬幣都送給房東翻新房子了，但是這是後話，值得大書特書一番。

這一趟出來玩，我們挑住宿的能力可見一斑。在迪南住了一間堪稱偽裝得最像青旅的鬼屋，在盧森堡的青旅也位於荒郊野嶺，要換兩輛公交才能到達一個荒野中的加油站，然後要走過一條河，穿過一片漆黑的森林。遠遠望着前面，是一片更大的荒山。

盧森堡的樹在冬天會落光葉子，又細又長的樹枝直挺挺地指向天空，又高又密，一眼望過去蒼蒼莽莽的一片。尤其是早上的時候，霧氣凝結在枝頭結成了霜，白茫茫的，天空在早上總是泛着白色，尖尖的樹冠消弭在天空裡。

第二天早上吃完房東老太太準備的早餐，和一個荷蘭女孩一起上路去市中心。因為是週日，車次減少了很多，公交左等也不來右等也不來，我們向一個路過的老爺爺搭話。他說他只會說法語，荷蘭女生完全不會，我只能用三分之一桶水拚命晃蕩的法語跟他講話。這才發現雖然盧森堡的官方語言是德語、法語和盧森堡語，但是他們的法語口音非常重，即使我們這種常年在法國北部邊陲生活的「北方土老帽」也沒有如此濃厚的口音。

阿鉉告訴我，在這裡講正宗法語的人才會被認為是有口音的，就像去到獨眼國的正常人會被抓進籠子讓一群獨眼龍大開眼界一樣。想想也有道理，在魁北克的法國人也不敢大聲嘲笑當地人的土氣法語吧。

終於搭上了公交，到了市中心的高地。

非常有意思的一點是，盧森堡在高地有一個城市，在河谷低地還有一個城市。兩個城市的風格截然不同，高地的城市是現代又宏偉的富裕小國，低地是古老又厚重的古建築群。

因為正好是週日，所以每個教堂都在做禮拜。我們遠遠地站在後面，看着陽光從巨大的彩色玻璃背後照射進來，投影在昏黃的教堂裡，台上的牧師背後籠罩着彩色的光芒。他講着上帝讓亞伯拉罕把兒子殺死的故事，又講到「二戰」。他的聲音迴蕩在教堂裡，撞擊在柱子上，又在高高的尖頂間徘徊一圈，渾厚又空靈。我這才明白原來教堂的設計是如此暗藏玄機，讓一些人神聖，讓一些人渺小。牧師佈道完，唱詩班出來唱歌，台下的信徒們也站起來跟着唱，頭頂的管風琴琴聲悠揚。單單是站在那裡就感覺自己變得微不足道卻又有與一群人聯結起來的巨大力量，有了一種軟弱的勇氣。

宗教啊。

阿鉉的摩洛哥舍友是一個很虔誠的伊斯蘭教徒，向他解釋了很多很中肯的古蘭經教義。阿鉉說伊斯蘭教本

盧森堡

尖尖的房頂直指天空

樹枝也直指天空

身和我們荒蕪的腦袋裡，那塊釘上鐵釘的鐵板背後的鐵窗並不一樣，有很多了不起的東西。但是喋喋不休勸他脫離無神論混沌的舍友，就不那麼討人喜歡了。

我說：「你不覺得這很像我們做政治題嗎？拿出一段話，然後結合事實分析，中心論點早就想好了，只要竭盡所能往上靠就好了。」

阿鉉聳聳肩膀：「宗教啊。」

我們有一門叫「西方世界懸而未決的思想觀點」的哲學課，讓很多中國學生覺得不舒服，覺得像是一門關於西方中心論的長篇大論。

但是站在純粹哲學的角度，只承認西方世界是哲學的源頭，大概問題也不大。畢竟哲學在每個語言裡的所指並不同，歐洲語言裡的哲學是一種可以被推導的嚴謹學問，他們自然而然認為中國式的結構相對散漫，儒釋道可以是一種神秘的宗教，或者是一種深奧的自我修行，但是不會被稱為哲學。

而在我們的語境裡，自然認為我們的國粹智慧結晶被低估了。這是一場沒有結果的討論，根本沒有意義。

在法國和別人交流最大的絆腳石就是每個人都起碼對中國略知一二，但是其實並不懂多少，甚至誤解多於了解。

我不是一個東土大唐來的高僧，泱泱大國派來的教化使徒，所以也沒必要和每個人掰扯清楚。

嗩吶對着管風琴吹，是吹不出結果的，這不過是自討沒趣。嗩吶高亢嗩吶的，管風琴自己低迴婉轉，大家互不打擾地震耳欲聾。換一個說法叫世界和平，還叫聊開心了，下一輪酒全算在喝醉了的這個大傻瓜頭上。

後來我們邊聊邊走到了低地的古城裡。有很多房子依山而建，高高低低地錯落着，與比利時主要是橙色調不同，盧森堡的城市更多彩一點，只是房頂大多是黑色的。尖尖的房頂直指天空，樹枝也直指天空。圍繞着城市的還有一堵古城牆，以及許多高高的橋樑，在諸多西歐城市裡算是別有一番風味了。

每次我的目的地都很大眾而著名，其實對大多數我的本地朋友來説，他們不會這樣旅行。他們更多的是在一個週末去比利時一片不知道叫甚麼名字的森林裡爬爬山，要不然背上帳篷去山裡過三天。

等夏天到來，我就輕蔑地把冬天拂掉，半含微笑地做一個真正在山裡啃三明治的窮鬼。

我説：「這裡和法國好不一樣啊。」

阿鉉説：「因為這裡不是法國。」

是哦，很有道理。

在布拉格看夕陽

布拉格廣場上，日落的光芒燒紅了遠處的一整片天空，鐘樓和雕塑全都沐浴在斑駁的光影中。

夕陽消失得很快，天空的顏色迅速變化着，彩色的光暈在天空中遊走。一會兒是教堂背後的幕布，一會兒又為極目遠眺的雕塑披上彩衣。

夕陽還沒有完全褪色，我就因為它終究會消逝而感到留戀了。這種美好的東西，經不住分析，因為根本沒有思索的時間，它就快速地帶着你的挽留一起走了。

我看過許多美麗的日落，有一些讓你覺得這就是人生中求而不得的那一刻了。有的讓你希望身邊有一個人，能牽着手，一言不發地望着天空，直到完全被黑暗籠罩，直到一起看月如何缺，如何圓。還有的讓你想和朋友一起衝着日落的地方奔跑，大口呼吸。

但是那天布拉格的日落，是那種讓人陷入沉悶悲傷的美。美到不可方物，難以置信以後的歲月裡還會有一個這樣的傍晚。當我望着那片天空的時候，一直在我腦海裡徘徊的是：我這一輩子再也看不到這樣的日落了。

其實來布拉格之前，我對這裡一點想法都沒有，只知道這裡是一個久負盛名的地方。Tinka 很不屑地說：「捷克是捷克，布拉格是布拉格，布爾諾才是真正的捷克城市。」

因為我們先去了德國，而且東歐的國家基本上走得差不多了，所以挑了最近的布拉格。

從柏林坐火車，只要四個小時就到了布拉格。選擇火車也是因為我沒有太多期待，反正在路上慢慢看風景，全當作休息。

布拉格的城市整體差別不大，和布達佩斯的感覺很相像。好像整座城市都值得一逛，風格也是統一的，不像大部分西歐城市，老城區古色古香，出了老城，建築和街區就不再那麼有味道了。在布拉格，不論是在河的哪一岸，建築的主旋律都是橙頂黃牆，風格古舊又統一。布拉格在「二戰」中沒有受到破壞，德軍佔領了布拉格，但是承諾不破壞城區，所以所有的建築和古跡都得以留存。

第一天到的時候已經是下午，我和阿鉉在城市隨意走了走。走到老城的對岸，在長長的橋上看一群快樂的大爺拉手風琴、褪了色的大提琴，還有各種叫不出名字的當地樂器。再看看天空中飛舞的鴿子、在河岸邊漫遊的水獺，還有矗立在橋兩側的基督雕像。

基本上每次路過這裡，都會有人賣唱。有一天清晨，橋上的人還不多，一個上了年紀的男人在角落裡吹薩克斯。天空藍得不像話，遠處是參差不齊的橙色房頂，伏爾塔瓦河河面波光粼粼，映着天空中的光。風吹過山上的樹，吹過山頂的城堡，吹過河面，吹過我，打着捲吹進尖頂林立的城市裡。讓人覺着這樣的音樂和這座城市是渾然一體的。

老城區那邊更繁華，也更有旅遊氣息。

河對岸的城市更加寧靜，街上不時開過閃着金屬光澤的老爺車。我信步走到法國大使館對面的列儂牆，心想這個選址也是下了苦心的吧。再看看卡夫卡在這裡留下的足跡，那棟《變形記》誕生的公寓，他的「一生都關在了這個小圓圈裡」的廣場。他就是那個一生被籠子尋找的鳥，是那個被一切障礙粉碎的孤獨背影。雖然他已經變成了布拉格媚俗文化的一部分，成了文化衫上惴惴不安盯着你的大頭像。但是他依舊是那個砸開冰河，問你「當你站在我面前，看着我時，你知道我心裡的悲傷嗎？你知道你自己心裡的悲傷嗎？」，還有告訴你「不要絕望，對你的不絕望也不要絕望」的卡夫卡。

他說愛情是對方的一把刀，而你用它攪動自己的心臟，他自己也是那把刀子。他是桃園三結義裡的桃花，伯牙子期中間的高山流水。掙脫永恆的蝴蝶標本成為燃燒的灰燼，脫掉自己的面具，還要把別人搓油摘粉、調胭脂捏出來的假面具也摘掉。

不久之後，天黑了，黑夜中的布拉格也別有一番風味。

如果說白天的布拉格比布達佩斯更有味道，那麼

布拉格

我看過許多美麗的日落

有一些讓你覺得

這就是人生中求而不得的那一刻了

夜晚的布拉格就更有平靜的東歐城市的感覺，而不是像布達佩斯一樣燈火輝煌，氣宇軒昂。長橋上留着星點燈火，剛好能照亮腳下的路。遙望老城，城裡的燈火不算明亮，只有皇宮城堡之類的高大建築被光照亮。河岸邊的燈光映在水裡，拉出長長的光軌，就像慢慢走回家的我，在路燈下牽着長長的影子。

好像城市裡住着一個講《一千零一夜》的姑娘，而你正在度過第一千零二夜。躺下是這裡，醒來還是這裡。

回到住處之後，我聽到隔壁房間有聲音，洗完澡出來，發現隔壁的門上貼了用意大利語寫着「歡迎」的便利貼。彼時意大利還不是一個讓人草木皆兵的地方，其實現在大家也依舊一副歲月靜好的樣子。

今天又因為罷工沒有上學，大家該遊行還是要遊行，該幹甚麼還是幹甚麼。忽然想起來我剛回法國的時候 Antoine 説的：「如果真的情況很壞的話，到處都會有的，所以沒必要擔心了。」

沒想到他竟然是一個預言家。

世界上不是只有一種解決問題的方式，反正大家終究是不能互相理解的，大家都為自己的做法感到自得，還要感歎別人的荒謬。我也不想嘲笑任何處理方式，「不要絕望」，對別人的不絕望也不要絕望，大家總有自己面對的方式。人可以選擇是否讓自己生活在恐懼之中，也有自由選擇的權利，關上門，捂起耳朵。關心一些諸如鄰居家的貓爬進了我的花園，花園裡的無花果結了果實，牆角長出了迷迭香之類，對一個人來説更加重要的事。

之後的幾天，是在老城河對岸山上的皇宮裡度過的。教堂裡有震人心魄的彩窗，走到深處還有由天使提着床罩的巨大雕塑。原來我們以為是虛構的東西，對於原來的皇家來説都是可以用金錢和權力實現的。原來國王不僅不用金掃把掃地，而且真的有天使環繞着他。

舊皇宮的窗外是布拉格的全景，陽光把窗欞的影子打在斜斜的櫃子上，窗子變成了畫框。窗外的城市就是一幅經歷了漫長歲月的畫。卡夫卡説有很多人爬上伏爾塔瓦河上的橋自殺，消極如他都説，不如爬上觀景台，看看這個城市。窗外有這樣的風景，真會讓人想要長長久久地活下去。

不遠處還有一條小巷，是之前煉金的建築，建築裡還保留了當年的煉金工具，還有各種中世紀留下的兵器和盔甲。

總之在這裡打發時間是一件很容易的事情。

有趣的是，臨走前一天我又來了皇宮一次，正好遇到皇家護衛隊換崗。一隊穿着華服的士兵，踏着整齊的節奏走出皇宮的大門。門外的兩個流浪歌手看見他們走出來，便用手風琴給他們配上了莊嚴的音樂。他們也就這樣其樂融融地踏着鼓點走遠了。

下了山，回到城市之後，我在集市裡轉了轉，吃了吃明知不好吃，但是終究要吃的煙囪麵包。精打細算花完了身上的最後一個克朗，坐上去機場的地鐵，準備回到比利時。

布拉格是一座美麗的城市，尤其是在這樣短短的兩週之後，重新想起這座城市，讓人不禁想起那天夕陽下淺淺的難過。因為過於美，讓人有一種不真實之感。

布拉格的夕陽不在於天空遼闊，也不在於波瀾壯闊。只是因為天空中飄過的那一片雲造成的層次感，那一片陰影投下的不完美。不是竭盡全力的盛放，而是帶着一點點蕭索的味道，讓人想起長橋上的薩克斯，想起卡夫卡書桌窗外的那個小廣場。

安特衛普和

菊苣

不得不說，安特衛普是一個平平無奇的小城市，而且我們趕上了很差的天氣，所以並沒有體會到安特衛普的美好。

週六，很多商店都關門了，上次路過的唐人街也門庭冷落。我想起去年和秋天從鹿特丹趕回里爾的路上，在這裡停下來吃了一碗熱氣騰騰的拉麵，還有一碟蝦餃，結果還意外遇到了阿鉉。而現在秋天已經在武漢的家裡被關了不知道多久，沒有了秋天的安特衛普也變成了午夜之後的灰姑娘。

我很想念秋天。

唯一值得一提的是魯本斯故居。我對魯本斯興趣不大，說實話對這類故居的興趣也不大，只是在這裡躲雨比在散發着塑料味的一元店好些。結果魯本斯故居卻出人意料地好。故居不過是一棟不大的房子，很幽靜地矗立在角落。因為來得太晚，遊人基本上走光了，我和朋友踩在「嘎吱」作響的木板上，在魯本斯的廚房和臥室遊竄。

我看不出甚麼名堂，對歷史畫和巴洛克風格尤其不感興趣。我和 Tinka 去里爾美術宮的時候也只是一邊聊天，一邊掃過去，唯一讓我們駐足的是現代藝術展廳。在那裡我們留下我們真誠的嘲笑和不解。最後我們在禮品店買了一雙莫奈的襪子，這是我們那天最大的收穫。因為在里爾每個月的第一個週日所有博物館都是免費開放的，所以我們打算一個月光臨一次里爾美術宮，送自己一雙當月的襪子。

不得不說，魯本斯故居的佈置者水平極高。我們學院有很多和博物館設計有關的活動，我在歐洲也去過數不勝數的博物館，為了他們的廁所和暖氣。對比之下，可以感受到魯本斯故居的佈展和燈光真的很絕。尤其是最後的工作室，雖然房間的上半部分全是玻璃，但是房間並沒有依靠玻璃提供照明。不像我們親愛的里爾美術宮，每到夕陽西下的時候暗得一塌糊塗，要不然就是陽光太強導致油畫反光黑成一片。

在房間角落的最高處有一幅幾個人在黑暗中聚在一起說話的油畫，畫裡沒有燭火，但是你知道光亮就在他們中間，人物的臉龐都被溫暖的橘色燈光籠罩了。要不是合適的燈光和魯本斯的筆觸相得益彰的話，這幅畫肯定不會有這樣的表現力。

這就是為甚麼比起綜合博物館我寧願去公園，除非我想上免費廁所，因為太宏偉的背後有一些細小的東西就被淹沒了。要是這幅畫擺在羅浮宮裡，我可能一眼都不會看到，就算看到，我也看不見他們中間的那團火。

故居裡除了最有名的那幅自畫像，還有一些未完成的畫作，也有着獨特的美感。

我們出來的時候已經閉館了，我和朋友站在屋檐下，背後傳來一個聲音：「藝術是自由，這件衣服很漂亮。」回頭一看是一個剛剛下班的工作人員。我的衣服背後印着一張宗教畫，畫裡的聖母變成了一隻貓，旁邊用狂放的筆觸寫了一行大字「藝術是自由」。謝謝宗教畫家魯本斯故居的守護者們心胸如此開闊。

然後就讓我們講講讓這個陰雨連綿的一天更加妙不可言的午餐，午餐並不壞，我們誤打誤撞走進了安特衛普歷史最悠久的一家餐廳。歷史悠久意味着更多傳統美食，而北部地區的標誌性蔬菜就是菊苣。弗拉芒菜裡菊苣的呈現方式非常獨特，先把菊苣煮熟，用火腿包裹起來，埋進土豆泥裡，再用奶酪蓋起來，送進烤箱裡焗。

因為位於比利時北部，安特衛普屬於荷蘭語區，我自然看不懂菜單，只知道這是主廚推薦，侍者非常詳盡地像飛機上問你吃雞肉還是吃魚肉的空姐一樣，向我解釋道：「這是肉菜。」於是我用我整顆空空蕩蕩的心去等待這道「肉菜」。

説實話，味道不壞，我從來沒有吃過如此綿密的土豆泥。後來我在家裡自己嘗試做了一次土豆泥，更能理解這是一家優秀的餐廳了。但是我實在沒有想到，菊苣如此無處不在。我在一盆大大的奶酪裡挖掘，當看到菊苣這個「入侵者」的時候，我失去了對世界上美好事物

的信任。煮過的菊苣像是煮過的苦瓜，苦味稍微暗淡了一些，但是除苦之外的味道更單薄，以至於變得十分蒼白。說不上驚天動地地難吃，但是談不上好吃。

菊苣長得很像娃娃菜，水靈靈的，白白嫩嫩。味道卻是苦的，苦到嗓子眼。菊苣總是以各種方式出現在北部的餐桌上，它和我們的生命一樣具有無限可能。菊苣還能炸、焗，還能成為各種菜餚的托盤，像一艘小船一樣盛放食物。

有一次我和 Antoine 的朋友們一起做飯，Flora 滿面春風捧出來了菊苣沙拉拌黑胡椒和啤酒醋。我很克制地挖了一勺，很堅毅地吃了下去。我問 Antoine 為甚麼會吃這種毫無青菜味道，除了苦味一無所有的「白色荒丘」，他說：「我吃我面前的任何東西，要是好吃的話我就吃很多。」

這種思考方式很值得我學習，所以現在我吃菊苣，也吃菜薊。如果 Tinka 要喝甜酒，我也願意奉陪，因為比起這些東西，我更在意和這些朋友一起共度一段時光。但是我會偷偷少喝一點。

來都來了，不吃怎麼理解他們，又不能指望每個人都能成為 Thomas，能洞悉我心裡的掙扎和猶豫。

有一次我用手抓起一片沙拉葉子，結果沾了一手油醋，經受了一陣嘲笑之後，我以為這件事就這樣過去了。結果又一次一起吃飯的時候，Thomas 的朋友把沙拉醬遞給我，他說：「不用了，她不要。」我有點詫異地看了他一眼，因為我確實不喜歡蘸醬，但是從來沒有提過。

他說：「要是你習慣蘸醬的話，上次就不會用手抓了。」

我們熟悉到他是唯一一個能和我開疫情玩笑的外國朋友，每次打招呼都是：「Marcia，你現在還沒事嗎？」本來我們打算一起去慕尼黑的啤酒節，但是他那時候剛從柬埔寨回法國，需要一段時間確認自己安然無恙。

我說：「我還不想這麼早失去你。」

他說：「謝謝，但是你沒有得到過我。」

我接過上一句話的話尾：「3 月太早了，4 月初可以接受。」

他說：「那我回來的第一件事就是見你，我得到的東西，我們最好的朋友 Marcia 也要得到。」

感謝我的朋友們，我的 trash talk 在垃圾堆裡日漸熠熠生輝，我就像燒烤店裡用過的紙巾團一樣在角落浪費時間，就像大家都在做的一樣，但是起碼我們在一起浪費時間，拋垃圾造垃圾，高談闊論一些讓人快樂的垃圾。

於是就這樣，我吃完了我的菊苣，喝完了魚湯，吃完了巧克力熔岩蛋糕，喝乾了杯子裡的當地啤酒。

看到了很乾淨的日落，帶着不因為任何原因而感到快樂的心情，離開了安特衛普。整個北部迎來風暴Ciara，鐵路停運，樹枝折斷，夾在胳膊下的法棍被打濕。

好在不出意外，我也沒有課需要上，於是安心在家裡睡覺、吃飯，浪費糧食和生命。

忘不掉的豬肘

豬肘是這個世界上最美好的東西，尤其是德國的烤豬肘。在我連續第三天吃豬肘的時候我這樣告訴自己。

豬是這個世界上最美好的動物之一，他們源源不斷地貢獻美味又易得的肉，在短短的一生投入全部身心用於長膘。在歐洲，除了德國和東歐部分國家，比如捷克之外的地方，大家不太吃豬肘、豬腳，所以在法國肉舖一整個豬肘大概就 20 元人民幣。或烤或燉，都讓里爾貧瘠又陰雨連綿的日常生活增色不少。

這次到了柏林，第一件事就是吃豬肘。德國的文化自信和法國不相上下，本地餐館的菜單完全是德語的，多虧在法蘭克福讀了一年書的表哥遠程指導，才成功點菜。

但是端上來一看，不是烤豬肘，是燉豬肘。我到後面才知道，德國南部主要吃烤豬肘，而在像柏林這樣的北部，豬肘的烹飪方式主要是燉煮。豬肘是和蔬菜湯一起燉的，格外清香，肉香中帶着清甜，帶走了黏膩的質感。

桌上擺的不是花束，而是百里香、羅勒、迷迭香紮的花球。

肉只要輕輕一扒就會從骨頭上掉落下來，蒜瓣一樣的肉不需要過多的咀嚼，就散落在口腔裡了。皮還帶着些許韌性，這就像一個軟軟的擁抱，讓你溫暖起來。吃前撒點黑胡椒，帶來一些跳脱的味道，吃完之後在嘴唇上還能感受到豬皮讓人滿足的膠質。要是膩了，還能吃配的酸菜和豌豆泥。配的煮土豆過於平淡，而且德國菜的分量實在是太大了，只能棄之不理了。

燉肘子大概是最簡單的了，其實很讓我想起廣東的豬腳海帶黃豆湯，只是肘子是完整的，沒有燉到形神皆散。

哎呀，要是湯裡再加一點甜玉米就更好了。

阿鉉點了一份平平無奇的香腸配煎蛋，並對我華麗的豬肘嗤之以鼻。他不懂快樂。

燉肘子就是把一個人心裡的溫暖放進食物裡的菜，滿滿當當一大碟，吃得汁水橫流。豬肉軟嫩，酸菜酸甜，啤酒爽口，夏天就到了呀。

我已經等不及 4 月去慕尼黑的啤酒節，一邊喝啤酒一邊看着炭火炙烤豬蹄，伴着薯條和濃濃的醬汁享受陽光了。

這次在布拉格的三天，也和豬肘為伴。第一是好吃，第二是回法國之後再也吃不到這麼便宜的肉了，所以有一種不吃就是虧了的心理。

第一天在一家比較高檔的餐廳吃了一份甜豬肘。豬肘被放在一條長長的木板上，配着解膩的沙拉、芥末醬和烤土豆。烤土豆永遠美妙，永遠被歌頌，它是最平易近人的食物，不管是料理方式還是價格。豬肘大概是先用黑啤酒煮，再低溫烤出來的，和我在匈牙利吃到的烤肋排味道有幾分相似。皮和最傳統的烤豬肘還不完全相同，並不脆，很有韌性。伴着濃鬱的甜醬汁，看着切開的肉冒出的青煙，我心裡的小豬邁開碎花小步子在希望的田野上奔跑，一直跑進我的碟子裡。

不管是甚麼方式做的豬肘，甜味都很重要。我看過有的人會在烤豬肘裡加入橙汁，就是為了和肉香相互襯托。畢竟豬肘是厚重的，所以調味需要輕盈的味道。有的人會用薑汁啤酒和薑醬來調味，最傳統的是芥末。

這個肘子和燉肘子相比肉質更結實，配菜也沒有德國傳統的那麼飽腹，一口豬肘，一口酸黃瓜，倒是相當不錯。我風捲殘雲把整個木板掃得乾乾淨淨，還意猶未盡地喝了一杯啤酒。

Tinka 很驕傲地對我說捷克每年的酒精消耗量在歐洲名列前茅，但是我懷疑這只是因為捷克的啤酒淡如水的緣故。畢竟捷克的啤酒杯動輒比頭還大，但兩杯下去人也還能面不改色。Tinka 在布爾諾能輕易喝掉四杯啤酒，可是一瓶紅酒就能讓她面色緋紅，所以我猜捷克啤酒並不濃鬱，也並不好喝。畢竟我們是被咫尺之遙的比利時啤酒寵壞的酒精愛好者。

不過捷克有一整個以啤酒調味的菜系，比如說阿鉉點的一道 Goulash，就是啤酒燴牛肉。醬汁的味道可能不是所有人都可以接受，對我而言和法國北部的燉牛肉相差無幾，只是調味更加濃烈了一些。

最後一頓豬肘終於是正經烤豬肘了，皮被烤得焦脆。土豆也被烤得焦脆，泡在醬汁裡。

布拉格的烤豬肘還是和德國的有差別，豬肘上刷了一層醬汁，味道更濃鬱。我更喜歡甜味更突出的，所以在豬肘上加了糖。

豬肘的肉質裡面細膩，外面焦脆，雖然沒有汁水，但是肉還帶着淡淡的紅色，玉體橫陳在碟子裡，躺在溫柔的湯湯水水裡向我招手：「來呀，再多吃一個，你可以的。」豬肘一定是一種節慶食物，因為誰也不會一天一個大大的豬肘，尤其是烤豬肘這麼乾的食物，當然要配大杯的啤酒啦。

只要想想到法國之後，就又要回到精緻又昂貴的食物懷抱裡，我身體裡那個吃肉的怪獸就會略有些不好意思地小聲説：「再吃一個，就一個，回去就沒啦。」

那只是一家小小的家庭餐館，菜單很簡單，只有四五道。

第二天我又來吃了燴牛肉，連碟子裡的湯汁都用法棍抹得乾乾淨淨。

最後我和阿鉉分開買單的時候，阿鉉還被老闆娘戲了一句：「你真是一個紳士。」我在旁邊捂嘴偷笑。

以前在深圳為夏阿姨的德國餐廳寫過一些文章，但是當時完全不能理解豬肘和粗獷的德國菜能有多麼好吃呢？當我第三次吃完豬肘，意猶未盡地抹抹嘴角，舔乾淨嘴邊的啤酒沫的時候，我突然明白為甚麼有人會願意大費周章地把德國的豬肘，千里迢迢帶回中國了。這麼好吃的豬肘，會讓人喪失鬥志的。

Un seul oignon frit à l'huile,
Un seul oignon nous change en Lion!

只要一颗油炸洋葱，
一颗洋葱足够我们成为狮子！

——《洋葱之歌》
la chanson de l'oignon

我告别我的生活
也回到我的生活了

Chapter Four

第四輯

留學重返

在法國獨居的第一天

1月18日從香港到里昂的第二天，看到武漢傳來的消息我還在感歎，自己真是太幸運了。

17號拿到簽證，18號回到法國，19號新冠肺炎的消息傳了出來，要是在春節假期之前拿不到簽證，我可能就回不來了。

當時 Antoine 還很無所謂地安慰我，即使我剛從中國回來就和他們一起住了一週他們也不擔心。

Thomas 也説，3月要去柬埔寨讓他有些焦慮，但是沒想到現在在柬埔寨的他，面對的問題是回法國安不安全了。

我不是一個很容易緊張的人，甚至還有讓我爸媽非常看不慣的散漫習慣在身上。在國內情況愈演愈烈的那段時間，我選擇做一個兩耳不聞窗外事的鴕鳥，不看新聞，也不太討論。

越看越糟心，情緒太多，真相未知，不如不看。

所以我也只能記錄下一些我身邊發生的事情。

一切要從 Tinka 離開說起。

我和 Tinka 在一個月之前訂了 3 月底去馬賽的機票，打算在普羅旺斯和尼斯轉一圈回來。很幸運地聯繫到了願意接待我們做沙發客的房主，所以並沒有訂酒店。

在 12 號上學的路上，我們商量了一下，決定不去了。

正上着課，Tinka 直接出去打了一通電話。回來悄悄跟我説捷克宣佈進入緊急狀態了，13 號凌晨就封鎖國境，所以她要聯繫一下家人。我愣了一下，還是放心繼續上課了。畢竟意大利封國之後，意大利人還是可以入境的，總不至於回不了家。下課之後我和朋友一起去咖啡廳，我杯子裡的熱巧克力還沒有喝完，Tinka 發來短信：「你還在學校嗎？到門口來，我要抽根煙。」

當時我就知道，她要走了。

Tinka 告訴我，她打電話給捷克駐法國大使館，説完自己是在法國的交換生之後，電話那頭説：「你應該立刻訂票。」然後就掛掉了電話。

不過這並不是因為法國的情況已經差到了難以置信的地步，只是捷克知道如果病毒像在意大利、西班牙一樣暴發的話，捷克政府完全沒有能力應對。所以在歐洲一枝獨秀地採取了提前預防的措施。

更為有趣的是，作為前社會主義國家，捷克的宣傳教育做得異常到位。我們學校有兩個捷克人，Martin 的朋友從布拉格開車來接他，順便接上了 Tinka，但是她家在離布拉格火車車程四個小時之外的布爾諾。在 Tinka 讓她爸爸來接她的時候，他拒絕了，而且拒絕她回家，因為她很「危險」。

深夜 12 點的時候，Tinka 給我發來語音，説她推着行李箱，背着三個包，在火車站和一群醉漢在一起，準備去她家在鄉下閒置的度假房待兩週。房子沒有網絡、淋浴間，廁所是最原始的一個坑。

她説她這輩子再也不會跟她爸爸説話了。

回到 12 號那天，在超市裡買了五瓶大 Leffe 之後，我們回家一起吃了最後的一頓晚飯，開始等待晚上 8 點馬克龍的演講。

這是馬克龍關於新冠病毒的第一次發言。

Raphaël 因為流感已經回家了，Daphné 也下來和我們一起看。不出意外的全部學校無限期停課。Daphné 高興得跳了起來。這對大多數法國年輕人來説就是一個長長的假期，酒吧、夜店全部關門，但是一點也不耽誤大家聚會。

Daphné 高高興興地收拾東西，她爸爸來接她回家，順手帶走了家裡共享的全部蘋果和酸奶，連 Tinka 給我留的也一起帶走了。

我恨她。

她走的那天告訴我，車站全都是拖着箱子回家的學生，所以她爸爸不希望她坐公共交通工具。連他們全家的葡萄牙之旅也取消了。

Tinka 偷偷在我耳邊嘀咕，我們讓一個法國人恐慌了。

那天晚上 Tinka 把房間一點一點清空，我心裡的情緒並不多，我習慣了這些朋友的來來往往。雖然她是我這學期最好的朋友，但是好像也沒有太多不捨。畢竟這句話已經說明，所謂的最好，都是按學期來算的。

在一起的短短兩個半月，我們一起去了無數聚會，說了 Daphné 和 Raphaël 無數壞話。在波爾多曬過太陽，爬過房頂，在沙勒羅瓦睡過機場。還有南法沒有去，新買的那盒雞蛋還沒有吃完，最難過的是前一天才剛剛交完房租。

遺憾很多。

第二天一早 6 點鐘我被鬧鐘叫醒，幫 Tinka 把行李箱拿下去，一起吃了早餐，抱了她一下，算是送走了她。

她說，從來沒見過我這麼痛快地一早爬起來，我說那也要看看是為了誰。

我回去一覺睡到下午 1 點，錯過了我在法國的最後一節課。

Tinka 決定走的那天下午給 Giulia 打電話時哽咽着說：「你要不要來和我們一起吃最後一頓飯，因為我真的很喜歡你。」當時 Giulia 還開玩笑說，估計在法國留下來的外國人都是中國人和意大利人了。

一天之後，Giulia 給我發消息，告訴我她也要走了。她要走了兩個口罩，因為去意大利的飛機不戴口罩不能登機。

我還記得我回到里爾的第一個週末就見到了 Giulia，當時是 1 月 31 號。中國的情況已經很不樂觀了，Giulia 告訴我，她看了發生在武漢的大家站在窗口喊加油的視頻，雖然聽不懂，但是她有被強烈的情緒感染到。

沒想到 3 月 15 號，變成意大利陽台演唱會了。

Giulia 回意大利的選擇，看起來匪夷所思。她原本打算 4 月離開法國，但是怕法國封鎖國境，所以決定提前趕回去。而且法國的應對措施幾乎等同沒有，所以情願回意大利。

我身邊的中國同學回國的並不多，但是在里爾的留學生二手群裡，明顯多了很多「變賣家產」的中國學生。我喜滋滋地撿了不少便宜，家裡的存糧非常喜人。

不過如果不是因為不願出門的話，法國的超市還是完全沒有供應問題的。而且歐洲並沒有「社區」的概念，不可能像中國一樣，真正做到封閉。

各個城市的大選還是繼續舉行，一早 Antoine 媽媽來問我家裡買了意麵沒有，有任何缺的東西就告訴她，她出門買一些，讓 Antoine 帶給我。

順便她和 Antoine 還要去給洛斯的市長投票。

而前一天晚上 Antoine 剛和朋友聚會完，因為「既然放假了，實在是太無聊了，要找一點事做」。有一個很大的問題是，全部學校停課之後，小孩子沒有地方去，家長還要工作，一般都給老人帶，但是老人恰好是最危險的人群。所以遲遲不停課，也有這方面的考慮。

本來週日所有超市都會關門的，但是今天為了緩解「缺糧」的恐慌，超市繼續開門。除了煙店、麵包店、超市、藥店繼續開門，其餘的服務業全部關門。

出去買完東西，晚上去 Noé 家拿 Antoine 媽媽幫我買的消毒液。

消毒液是硬通貨，不得不來。

他家音樂震天，擠了快二十個人。Antoine 把給我的東西放在角落裡，我站在門口遠遠和 Simon、Gabin 打了個招呼。

Simon 靠在牆上，笑着舉起手裡混着紅牛的伏特加。鑰匙掉在地上，他彎腰去撿，拿起來握在手上，兩秒之後，又掉在地上。他在地上摸索了一陣，抬頭問我：「你看到我的鑰匙了嗎？」這個時候 Arthur 拿着我的東西出來説：「喝醉的人會拿一切手邊的東西。有人在用你的東西，我幫你拿出來了。」

我翻了翻，發現少了捲紙和濾嘴。

Arthur 把他的捲紙給我了，我幾乎全新的濾嘴就消失在茫茫人海了。

街上的人並沒有減少，我也未見過一個戴口罩的人。

我家裡還有四筒廁紙、八斤意麵、兩斤大米、三罐玉米和蘑菇、一袋橙子、兩袋洋蔥、三盒培根、番茄和豆子罐頭無數。我也沒有打算真正意義上完全隔離，大門不出二門不邁。所以吃飯不成問題，只是防患於未然。既然把出去旅遊的錢省了下來，就應該都吃掉。

因為有大把的時間，我一次只做一頓，或者最多兩頓的量，以便更好地嘗試新菜，打發時間。

因為舍友不在家，短時間內也不會回來，所以一下子一人獨享了三層的別墅和一個花園。

今天把花園裡被鄰居家的貓睡得臭烘烘的沙發套和靠枕洗乾淨。用 Tinka 留下的快發芽的土豆做了奶油焗土豆。慢條斯理切了兩個 Raphaël 留下的洋蔥，做了橙香鴨腿。又烤了一盤餅乾。把陽台上的彩燈點上，從門口把兩個大垃圾桶拖回家，坐在花園裡盤算去哪裡找點木柴，在花園裡生個火。

作為一個不必須出門上班，也不算完全隻身一人，有法國當地朋友給予食物、生活用品、精神幫助的不典型案例，在法國抗疫並沒有那麼辛苦和絕望。現在回國也並不安全，畢竟里爾沒有辦法直接回國，各種交通工具一通折騰未必是一個好主意。回國又要隔離，情況也未必很好。

法國的情況肯定還會變壞，這是毋庸置疑的，也許封閉國境就在不遠的一天。但是綜合考慮之後，我還是選擇留在我的小房子裡，安安靜靜苦練廚藝、讀書、吹風、學法語、冥思苦想如何生火。

終於能把音響開到最大，半天半天地佔用廚房。

我不喜歡用大量的煽情來製造強烈的情緒，也沒有甚麼「法國人都看淡生死」「法國要淪陷了」的恐慌。雖然法國的大部分年輕人確實都抱着年輕人不會有事的離譜想法，見面的親吻還在「嘬嘬」作響。這一點是和國人的觀點最抵觸的地方。歐洲年輕人的認知裡，感染也不是一件大事，靠自己就能好，尤其是年輕人不會有事。法國政府的宣傳真的不夠到位，現在還停留在勤洗手的階段。大家對口罩還是非常抗拒，雖說不至於對戴口罩的人橫眉立目，但是自己是不戴的。

我覺得歐洲社會的運轉，有一種靠着理想主義的「自我負責」的意味在。生病了再戴口罩，因為生病的人戴了，所以不會傳染給別人，健康的人就不必戴。

Giulia 給我看意大利政府的統計數據，分為有症狀住院、重症監護、家庭隔離三種。也就是說現在的一些輕症是回家自我隔離的。儘量不擠佔醫療資源，避免醫療系統直接崩潰。

是一種很美好的理想狀態。

敦刻爾克狂歡節還在繼續。

足球賽因為疫情而清空了觀眾席，讓觀眾全部擁進球場。

里爾的罷工照舊，6 號的時候學校還在罷課。學校貼出了新冠肺炎的海報，洗手間裡擺出了洗手液，但是在 12 號馬克龍演講之前一切照舊，11 號還舉行了留學生的自助晚餐。15 號宣佈停課至少三週，圖書館也關閉，全部留學生自主決定去留，停課但不取消學期。

我也並不能清楚分析歐洲的處理方式，說不出甚麼真知灼見。並不真正理解法國、病毒、社會。只能說說我的生活，我的所見所想。散亂又不負責任，和我這個人一模一樣。

總而言之，法國獨居生活的第一天，我過得不算壞，也不用過分擔心。

今日無事

時間是果凍一樣的固體，你能感受到他的流動，越掙扎就越被困在裡面，我就被困住了。

我去馬賽的飛機在布魯塞爾起飛了，而我當時還躺在床上睡覺。本來航班已經取消了，卻怎麼都退不了票，原來是航空公司不願意讓我們白白拿回票錢，明知道幾乎不會有人去，還是堅持要起飛。

出門不帶許可證的首次罰款被提到了 100 多歐，但是據住在市中心不遠的同學説，她出門跑步從來沒有遇到過警察。

反正我沒有出門的打算，甚至連郵局的口罩也暫時不打算拿了，只能放棄了富則兼濟天下的豪氣。

每天都能聽到各家各戶的花園裡無比熱鬧。今天從我 11 點起床上課開始，隔壁就開始開割草機割草，我也沒有留意，斷斷續續地聽着。等到下午 4 點，在

「啾啾」的鳥叫聲中，聽見割草機還在轟鳴。這麼一小片草坪，草根都削出來了吧，怕不是要直接割到地下 3 米了。

另一家的小孩只要天晴，就在屋外玩球，歡快的叫喊聲和鳥叫聲交纏在一起。

我也好不了多少。

我們房子的花園夾在兩排別墅中間，我的窗戶是對着花園的，所以眼前永遠歲月靜好，看不到路上的風景。Tinka 的房間是對着街上的。我有她房間的鑰匙，偶爾進她房間看看街道，數數路上有多少人走過。沒想到街上的風景這麼好看，不知道甚麼時候，窗邊的樹全都開花了，枝丫就伸到窗口。遠處的樹也是高高低低雪白一片。藍天、白樹、紅磚，一眼望不到盡頭，清風搖曳樹梢，枝頭蹦跳的小鳥依稀可見。站在窗邊發呆的時候，突然看見打開的窗戶上映着窗外的風景，只要角度合適，滿樹的繁花就能開進房間裡，給 Tinka 空空如也的房間，增加一點點氣若遊絲的生氣。

里爾的春天真的到了，我們也就等了大概半年。

現在已經是可以出門曬太陽的天氣了，起碼有明媚的陽光，在最暖和的時候能只穿一件單衣，房間的窗戶也可以暢快地開到最大。

不過當然要先做飯。

先做好這幾天的早飯——Gratin dauphinois——就是牛奶焗土豆片，先把土豆煮到差不多之後倒進烤盤裡，加奶油和奶酪，做出來焗土豆。

其實我還是喜歡烤土豆，但是仔細想想，烤土豆只要洗洗，連皮都不用削，撒上油和鹽送進烤箱就是了。只能打發 1 分鐘左右的時間。

得不償失。

焗土豆就不一樣了。先削皮，再切片，洗一遍之後調味，再煮。還要盯着鍋裡，等到差不多還要鋪進烤盤。

掐指一算至少要 20 分鐘。

烤上一個茄子，中間塞上滿滿的餡料，切得越細越好，越小心越好。

時間並不討厭，只是全無用處。

然後煮飯。鑒於我的煮飯水平，我已經很少吃飯了，但是今天打算吃完燉牛肚之後，晚上做咖喱牛腩。而這兩道菜除了配米飯，別的都是背叛、歪門邪道、別有用心。連小學生都會寫信斥責這種行為。

我打算試試 Daphné 留給我的米飯。歐洲的米飯做起來很簡單，米飯裝在一個漏水的塑料袋裡，大米連着袋子冷水扔進鍋裡，等 10 分鐘之後，米飯膨脹起來，撕開袋子，濾乾水就能吃了。

説實話，之前我對這種米飯極其不信任。這算甚麼堂堂正正的米飯，還不如吃方便麵呢。

結果味道並不壞，而且真的方便，只是口感比較生，澱粉不夠多，水分又強勢了一些。但是和我煮的米飯相比，可以稱得上好吃了。起碼顆粒分明，還帶着飯香。尤其是最後和牛肚一起燉一下，伴隨着牛肚獨特的味道，好像回到了廣東某一個煙熏火燎的小舖子。火膛裡的爐火躥得老高，角落裡的燉鍋不知道翻滾了多少個日夜，牆壁發黃，地板油膩。我從筷子筒裡抽出一雙一次性筷子，掰開之後彼此摩擦，刮掉竹刺，低頭看看筷子有沒有發霉。然後排山倒海、連滾帶爬地扒拉眼前的飯，因為燙到舌頭還哽了幾下，但是意志堅定地吃了下去。吃到最後發覺舌頭被燙得有點麻木，因此對味道也沒那麼敏感了。

唯一的差別是我沒有筷子，只能用鐵勺子敲得瓷碟子叮噹作響。

在這邊的大半年，我很少想念米飯，竟然因為一包套着塑料袋煮的大米，讓我對米飯的回憶山呼海嘯地撲面而來，劈頭蓋臉對着意麵關上了大門。

望着家裡僅剩的兩包塑料袋大米，我覺得我尋找到了這個世界的捷徑，但是又離這個捷徑好遠好遠。

吃完之後上樓拿了一床毯子下來，把花園沙發的墊子鋪上，躺在沙發上看書。看書的時候還是能隱隱聞到一股濃濃的貓味兒，看來鄰居家的兩隻貓沒少來這裡睡覺。

不管天氣好不好，經常一下樓就能看到在沙發上窩着的花貓，一般見到我之後，他也很知趣地跳開。一開始有些怕人，後來就擺明了一副樣子：「我不是怕你，你

的出現很礙眼，我不願意計較，你大哥今天換一個地方曬太陽。」收斂了癱倒的姿態，瞪着眼睛站起來，旁若無人地發一會兒呆，從桌子上蹦下來。睡得一瘸一拐地穿過花園，走回自己家，圓滾滾的屁股在草叢裡搖來擺去，留下一個蹣跚的背影。

走得遠遠地還要投回輕蔑的一瞥。

我鳩佔鵲巢，在沙發上躺了一會兒，發覺今天陽光格外好，所以決定到陽光底下坐坐。再為我遙遠的篝火聚會計劃添磚加瓦，找了點磚頭，加固了一下原來的火坑，又從地下室找到了一點舊木板。唯一的問題是沒有引火的柴草或者樹枝，木板也太長了，沒辦法燒。

但是只要我足夠無聊，在以後的日子裡，這些都不會成為問題。

里爾的春天很和煦，甚至有幾分害羞。陽光直接照在臉上也算不上暖和，像是一隻想伸出卻又縮回的手，淺嘗輒止地讓你倍加珍惜。但是足夠明媚，在柵欄上留下了深深淺淺的樹蔭。讓人想到，要是時間停在這裡的話，我不會有太多抱怨。

這也就是個比喻，不必當真，如果要停留在這裡的話，起碼再給我一個朋友和喝不完的酒。把 Tinka 還給我也可以。

花園裡還有一把椅子，風吹日曬多年，變得斑斑駁駁，人躺在上面，腿架在扶手上，仰面朝天看着天空。

天空一定看到每個花園裡都有幾個這樣的傻瓜。

這樣的天氣值得我打開最後一瓶啤酒，對着柵欄上自己的影子乾杯，告別最後一瓶瓊漿玉液。突然想起

Tinka 給我打電話的時候沒有關心我的食物夠不夠——因為她不需要問——只是問我酒買夠了嗎。我當時才想起來，甚麼都記得，偏偏忘了酒。

現在的漫漫晝夜，就是我在自食其果。

每天到了四五點鐘的時候，陽光就會照進客廳裡，在廚房的櫃子上留下一道光影。不均勻的玻璃留在牆上的光影像溫柔的水波，轉角樓梯的牆上也被留下一片彩色的光斑。每天我在客廳裡捧着大茶缸聽歌喝茶的時候，感受到後腦勺傳來一陣暖意，我就像巴甫洛夫的狗一樣，知道該吃飯了。

我告訴 Antoine 今天天氣特別好，他可以去花園裡露營，至少坐坐也不錯。

他說：「我看了一眼窗外，確實是值 100 歐的好天氣。」

我問：「那你今天幹嗎了？」

他說：「我看了一眼窗外。」

這覺悟還沒有鄰居家的花貓高。

今天的陽光格外刺眼，我舉起手裡的水杯，對着太陽看，發現格外好看。杯壁的條紋，還有水的折射，讓光影變得捉摸不定。

我很想捕捉陽光恰好照射在滴落的水滴上，讓流水金光閃閃的樣子，於是孜孜不倦地慢慢把水杯倒空。水滴滴答答流在地上，這不是一會兒又能通過拖地度過半個小時嗎？

一箭雙雕。

水杯倒空了，又打起礦泉水瓶的主意。水和陽光這兩樣抓不住的東西，可以組合出富有變化的光影，讓我想短暫地當一個不知所云的現代藝術家。總之它們一如既往安靜地站立在桌上，永遠也不會想到，它們會被一個無聊到極點的人禍害。

隔壁的貓不知甚麼時候又回來了，站在沙發上，饒有興趣地看着我。不知道他是好奇還是惋惜。好端端的人，怎麼會這麼經不住寂寞呢？真是讓貓憐憫。

這樣強烈的陽光只會停留不到半個小時，這是這個屋子在一天之中最溫暖熱鬧的時刻。不久之後，陽光變得朦朧，天也不知不覺地黯淡下去。無聲無息地，在你一回頭的時候，才發現天已經黑了，像長長歎了一口氣。

回來做飯。

上次冥思苦想怎麼用掉肉桂粉，現在想出來了。我還剩了很多麥片，但是牛奶不多了，所以打算做一個肉桂藍莓焦糖烤麥片，平時也可以隨手當零食吃。唯一的難點是熬焦糖，經過一番挫折之後也熬出來了。平時等不及小火，大火總是容易燒焦，這次一鍋焦糖來回折騰加水，熬了半個小時，還有點意猶未盡。

剩下的就簡單了，憑甚麼這麼簡單，不能讓我多花點時間。

燕麥倒進來，趁熱攪拌，加鹽、肉桂、藍莓醬、橄欖油。送進烤箱加風烤 40 分鐘就好了。再切了僅剩的一包白巧克力，兩包香草糖，烤好了一盤麥片。

然後做晚飯。

晚飯吃咖喱燉牛肉。法國人不太吃牛腩，所以在這次的大搶貨中，牛腩被孤零零地留在了貨架上，算作打折商品。

我當然高興。

先焯水。不知道為甚麼，牛腩的血水特別多，味道也重。正合我意，多焯兩遍水，放上香菜籽和月桂葉去腥味。胡蘿蔔、甜椒、分蔥都切碎，拿上次炸牛肚的油煎。煎到鍋底有褐色的焦殼，就把蔬菜倒進煮鍋裡，在炒蔬菜的平底鍋裡加水，把鍋底焦糖化的殼融化，再把水倒進煮鍋。這就是最最簡陋的高湯做法了，一會兒煎牛肉的鍋也這樣「洗」一遍，味道會豐富很多。

因為牛腩味道重，湯裡多加了蒜粉、乾蔥、薑粉和肉豆蔻粉，再倒一點醋。牛腩煎出棕色之後倒進鍋裡，撒上咖喱粉，蓋上蓋子，等一個小時。一個小時之後加鹽，加一點點水，加奶油。這個時候的湯還是很輕薄，歐洲人也會勾芡，但是他們用的是麵粉。

這次我也嘗試用麵粉勾芡，湯色立刻就濃稠了起來，尤其是還加了奶油，立刻變得異常濃鬱。再等半個小時，這個時候把倒數第二包塑料袋的大米扔進鍋裡煮。

充實的一天就這樣被打發過去了。

明天又能幹甚麼呢？

第一次出門買菜

一週以來，今天是我第一次踏出家門。

出門之前心情還有一些激動。雖然很多朋友都告訴過我，只要不去市中心，從來沒有見過警察。雖然我也是持證出門，但是心裡還是有一點忐忑。

一個住在離市中心不遠的朋友經常出去跑步，Antoine 時不時從洛斯跨越里爾到埃萊姆，他們都沒有遇到過警察。

只是地鐵空得不像話。

Antoine 給我送來過一箱水和一箱牛奶，剩下的也不好意思總是麻煩別人了。畢竟水和牛奶重，我自己要螞蟻搬家一樣，一點一點搬回家，非常麻煩。本來上週買了快十斤肉，以為可以吃大概一個月，沒有想到在家裡天天搞廚藝，就剩下兩斤豬肉、一些培根和一片牛心了。都已經天天在家裡了，肯定要吃好一點，再做一些費力不討好的食物，這樣日子就很好消磨。

24 號晚上 8 點，菲利普的發言又給限行措施增加了很多限制，之前有很多模棱兩可的出行理由，現在都被嚴格管制了。之前可以以陪孩子散步、遛狗、鍛煉身體為理由出門，現在被限制成了要在一個小時內，離家不超過一公里，而且一天只能一次。

罰金好像又要提高。

但是說實話，有的城市是巴黎、里昂、馬賽、波爾多，有的城市是圖爾康、阿哈斯、杜埃、瓦斯卡勒……十萬警察可能和我們關係並不大，除了市中心，幾乎見不到警察。不過就算如此，上一週就有九萬多例處罰，光週日就有兩萬多例。和意大利接壤的城市米盧斯已經開始宵禁，每天晚上 9 點到早上 6 點不允許出門。

政府一遍一遍收緊政策，可能和法國的情況不斷發展有關吧。

在 Tinka 走之前的晚上，Giulia 告訴我們意大利開始在病人之間做選擇了，我們還覺得有些不可思議。但是現在法國繼西班牙之後也開始做選擇，有一些希望不大的病人，尤其是老年人就被放棄了。

不過在推特上菲利普發言下面的留言，清一色是表達不滿的法國人，不論是認為政府不夠有作為的，還是認為如此嚴格的管理很不合理的，甚至把他們稱為納粹的。

我認識的法國人態度還是一如既往，只是客觀上更少出門了。

其實很多生活必需的服務業也關門了，比如銀行、

的網點，還有大多數郵局。之前我在新聞上讀到法國保證一千個郵局的正常運行，後來才知道法國總共有一萬七千多個郵局，一千個郵局根本輪不到我們使用。

我今天去超市的時候，看到有很多人還是去超市買兩盒沙拉，或者是買一塊速凍比薩回家的。這也算是日常需要，必須出門的理由啊，好像沒甚麼問題。只有我一個人大包小包，戴着口罩，作勢要把整個超市搬回家。

超市的供應是很充足的，連廁紙都大有富餘，只是一些新鮮水果、肉類品種不總是很全。不過我惦記了很久的裡脊、鴨胸、兔子肉都買到了。只是牛肉實在不好買。有一點端倪，就是麵粉櫃上貼了一個小標籤說：「請根據您的需要購買。」言外之意是不要買太多。可能大家悶在家裡沒事做，也都迷上了搞廚藝。

總之東西是非常充足的，價格也是原樣。算下來 70 多人民幣 5 斤豬裡脊，80 多一隻帶內臟的兔子，甚至 60 多一條冰凍羔羊腿，真的不貴。水果也正常，十幾塊錢一個菠蘿、一盒藍莓、一盒草莓。

酒當然是一如既往地便宜。

現在還多了之前沒有看到過的紙盒裝紅酒和白葡萄酒。看起來像一罐果汁，一罐 1.5 升，不過 15 塊。反正用來做飯是完全足夠了。

沒出門之前看到新聞上說超市會限制店內人數，排隊結賬也要保持一米以上的距離。起碼我是沒有看到的，也可能我們是在一個小城市的郊區，所以和能上新聞的大城市關係並不大。

說來好玩，那天我出門前拍了一張照，結果立刻被我親娘發現我連口罩都不會戴。於是遠在萬里之外的燒餅，我家的小狗，立刻承擔了口罩教學的模特角色。我可以看到，他小小的眼睛裡寫滿了疑惑，餅哥為這個家庭承受了太多。

比起一週前在一家大家樂福看到相對比較多的人戴口罩的情況，這家小超市戴口罩的人並不多。但是大家對戴口罩並沒有敵意。

我爹除了健康之外，總是很擔心我的人身安全。

其實還算好，我身邊的很多法國朋友，尤其是年輕人，完全沒有對亞洲人的歧視，也沒有因為病毒而抗拒中國人。我出門之前拍一張戴着口罩的照片發給他們，說：「亞洲人出門咯。」大家說笑一陣，僅此而已。

限行大概率會延期，所以我還要一個人住一段時間，Antoine 主動把我的緊急聯繫人設成了他，我給了他一把家裡的鑰匙。他給我解釋了很多遍，老房子會因為空氣濕度，經常發出細小的聲音。算是求一點心理安慰。不然我總是要想像一些，樓梯上由遠而近的腳步聲、清脆響亮的敲門聲、門後透明玻璃上投下的一個黑影……

超市裡就算是收銀員也不戴口罩，只是帶了手套。在收銀台之前豎起了一塊塑料板，算是擋了個安心吧。

回家的路上遇到零零星星幾個人。

這段時間里爾的天氣出奇地好，從來沒有注意過家門前的花已經開成了一片絢爛。

在家裡的時候，總能看到鄰居家的阿姨在花園裡搞園藝。對面的花園裡源源不斷地曬衣服，就好像有洗不完的衣服一樣。

而我，在家裡搞廚藝。我現在和村裡學做包子、涼皮的大媽沒有甚麼差別，唯一的差別在於我更閒，並只有一張嗷嗷待哺的嘴。有的時候一頓飯做完，吃飯的興趣卻寥寥，一個菜做完能吃個兩三天。

燉菜的時候，鍋裡「咕嘟咕嘟」地響，它在喊，我孤獨啊，孤獨孤獨孤獨啊。

我學會了傳家的蔥花雞蛋餅，甚至研究出不用平底鍋煎蛋餅的技術，把蛋液用烤蛋糕的模具送進烤箱裡烤，最後裡面蓬鬆，外面還有一層焦皮。

還做了土豆餅，土豆絲切得能捲起來。我當時腰酸背痛地切了一個多小時，最早切好的土豆絲顏色都暗沉了。

我想，有必要嗎？答案是沒有必要，但是無所謂。

問這種問題是對孤獨的背叛。

土豆絲裡放一點奶酪，稍微中西結合一下，因為想念酸辣土豆絲而多放了些醋。這真的讓我在邊吃邊上網課的時候，勾起了心頭一些關於童年時姑姑做的早餐的回憶。我當時總嫌油太多，自己做了之後才知道油就是要放那麼多。

還發現法國的料理中也會用到網油提供油脂的香味。原來不只是中國才會用網油蒸魚，法國也會用豬網油做肉凍。其實法國有很多關於油脂的運用，通過油脂來提供香味和保存食物。哪怕對內臟，也有很多獨特的理解，不是粗暴地棄之不食。很值得自詡不浪費每一塊肉的我，嘗試着去了解法國的料理，以及他們的處理方式。

中餐裡經常用酒調味，法餐裡也是如此，雖然用的酒不盡相同。在高度酒中，中餐用黃酒、玫瑰露酒、白酒，法餐用朗姆酒、白蘭地、蘋果燒酒。低度酒會使用果酒、啤酒。其實還是有很多共通之處的，不同的地域和民族都殊途同歸地尋找到了美好的滋味。不存在甚麼誰味蕾未開，或者哪種做法就技高一等。

一切都是為了同一個目的——好吃。

對我略有不同，我要嘗試更多沒吃過的東西，即使覺得不會好吃，也要多吃，當然更要打發時間。

抱着這種心態，我做了上次買的火雞。只要看過火雞的照片，聽過他們「咕咕」的叫聲，看到他們伸着脖子鳴叫時，掛在尖嘴上甩動的那條藍肉，你就永遠沒有辦法心平氣和地吃火雞肉。

這可能就是為甚麼在超市裡會看到很多被賣剩下的火雞吧。

而且火雞料理起來也很麻煩，因為肉質太硬，所以要花很多時間。最後做出來的肉也沒有多少滋味，肉質粗糙，讓人食不知味。如果不是單純為了嘗試的話，實在沒有理由吃火雞。

法國有很多料理會用先裹一層粉，再煎，最後再燉烤的方式。這次我也試了一下，結果並沒有甚麼特別之處。總之就是火雞不值得為之費心。

火雞煎過之後，放進烤箱，用炒過的洋蔥墊底，切了一個青瓜，倒了一罐番茄醬，燴了一個半小時。最後火雞肉是鬆軟了，但是絲毫沒有香味，麵粉包裹了肉，但是也沒有鎖住汁水，要是火雞本身有汁水的話。煎過的雞皮聞起來是很香的，但是火雞皮還生的時候，質感就像塑料袋，不管怎麼煎也不會產生美味的焦殼。最後變得軟塌塌，一點性格都沒有了。

買完菜之後，家裡富裕了很多，再也不用吃火雞這樣可怕的肉了。

冰箱塞得滿滿的，悠然自得打算做一個千層蛋糕。雖然我沒有打蛋器，但是我有的是時間，剛好需要一個運動的機會。於是打算手動打發奶油。

煎餅皮還算是順利。煎着煎着，時間不知不覺就到了 5 點。

每天 5 點，是我最快樂的時間。陽光直射進屋裡，明亮、溫暖。一切被這樣的光照耀着的東西，都蒙上了一層熠熠生輝但溫柔的光。這種光帶着讓一粒快耗乾了電量的電池繼續打起精神工作的溫度。

恰到好處，因為迅速消失而更加美好。

這是唯一每天在我的房間裡準時報到的活物了，像是一個在回家路上總會來拜訪一下的老友。也不多說甚麼，路過打個招呼，證明除了你自己還有人知道你的存在。

這是一天中可以期待的東西。

後來我拿來音響在房間裡放音樂，隨着音樂的節奏搖晃我的奶油。最終也沒有搖成需要的樣子，但是達到了鍛煉、狂歡、做飯的多重目的，不可謂沒有收穫。

最重要的是，時鐘又多轉了一圈。

餅皮裡加了一個橙子的汁，奶油裡也放了很多莓類，所以並不膩。

能慢慢吃個兩三天。

做甜品我實在不太行，味道可以控制，但是要我做得漂漂亮亮實在是太難。

一天又這樣過去了。

每天都有朋友來找我說話，在每家都有的「幸福家庭」群裡，甚至下發了任務，每天要有一個人來和我聊聊天。

也是不錯。

晚上的時候，Antoine 給我發來他用抬頭紋做成的棋盤，我們在他似可跑馬的額頭上下棋。就這樣在對於明天的惠靈頓會不會成功的期待中，結束了漫長的一天。

明天起來，又是漫長的一天，要是有好吃的肉吃，就不那麼漫長。

等待螂兄
就像等待戈多

「做了一連串的噩夢，等早上清醒過來的時候，他發覺自己已經變成了一隻巨大的蟲子，正在床上躺着。」

「肚皮是褐色的，表面由很多呈弧狀的甲殼組成……由於肚子膨脹得太大，被子顯然不夠蓋了，滑落下去已是迫在眉睫。」

我反覆品味卡夫卡的《變形記》，我也在夢裡變成了一隻大蟲子。

那是一個風平浪靜的深夜，因為第二天早上有課，所以我早早就準備睡覺了。正仰面躺在床上，雙手把手機屏幕貼在眼前，津津有味地看手機。突然目光的盡頭出現了一個圓圓的小圓點，我眯着眼睛看了一眼，眼前出現的是我雜草叢生的頭髮。我把目光移回屏幕，心裡想，原來是頭髮呀。

過了一會兒，覺得有點不對，為甚麼在髮梢上會有一個黑色的圓點呢？

我在常年艱苦玩手機的勞作之下，早已小眼昏花，所以從床頭摸到了眼鏡，仔細看了一眼。

牆上趴着一隻蟑螂。個頭不算小，在小蟑螂中算是出類拔萃的壯漢了。賊眉鼠眼地搖擺着長長的觸角，對於前路在何方看起來有些躊躇。

我是一個在南方長大的人，偏偏最怕蟑螂。

我到現在都記得，有一年暑假一個人在廣州實習，住在廣美老校二樓。當時正是一個炎熱的夏天，夜晚的風帶來一絲涼意，窗外樹影稀疏。於是我搬了一把椅子坐在窗邊，把窗戶打開，小風吹進來，比空調的冷風多了一絲潮濕和清新。忽然窗口傳來一陣翅膀振動的聲音，一個黑影趴在窗框上。

原來是翩翩然飛進來了一隻比我大拇指還大的蟑螂啊。

他很舒展，目中無人，黝黑發亮。是大哥中的大哥。

這個夜晚注定要有一場腥風血雨，這個房間裡只能剩一個。

但是別說大蟑螂，我連小蟑螂也不敢打。不要誤會我是一個矯情的人，釣魚的時候我喜歡把蚯蚓放在手裡玩，長的還能用來做手鏈，一圈一圈繞在手上。小時候家裡的蠶養了一批又一批，我現在還記得他們化蛾之後，翅膀上細碎的白色粉末。在梅林一村住過的人應該不會忘記某個季節會氾濫成災的金龜子，紅嶺學子再也不會害怕翅膀會掉落的飛蟻和伏在潮濕處的小飛蛾。更不要說我養了八年的蜥蜴小胖和他的口糧麵包蟲。

但是蟑螂是我無法逾越的心理障礙。

這種障礙是一種隔絕一切的狂風暴雨，突然全世界變得很小很小，小到螂兄周圍直徑 1 米的距離。

那是一個會移動的深淵，無法靠近、無法跨越、無法逃離。

當螂兄飛檐走壁的時候，我心裡五味雜陳，第一對他的蓋世輕功心生崇敬，第二擔心他由於地心引力的束縛而掉落下來。還要感謝他沒有選擇起飛。

由於深深的恐懼，我只能使用遠距離攻擊的武器，拖鞋太近了，紙巾想都不要想。只能遠遠投擲重物，試圖背水一戰，給螂兄致命一擊。

在廣州的那個夜晚，我迅速把自己包裹起來，翻箱倒櫃找了一瓶定畫液，把他驅趕到了廁所，讓螂兄消失在了比他頭頂還烏黑的下水道裡。

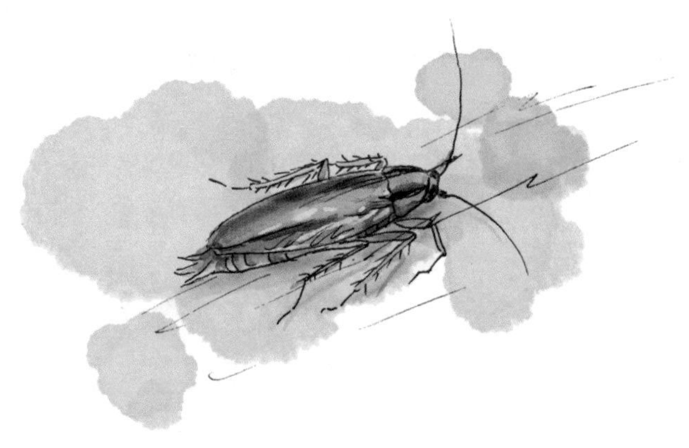

第二天安安靜靜收拾起不多的行李，換了一個住處。

後來，在北方讀大學的兩年，我幾乎沒見過螂兄。

里爾在法國北部，連隻蟲都難見到，沒想到能和螂兄不期而遇。而今天這隻螂兄，給我的獨居生活帶來了迄今為止最大的挑戰。

我的第一個反應不是尖叫，也不是逃跑，而是緩慢地移動了一下重心。我不想嚇到螂兄，免得他突然大鵬展翅。就像車向人開過來的時候，人突然連步子也邁不開了一樣，我的頭腦一片空白，只剩下那個黑黑的小點。做出了翻身下床的姿勢，盯着他慢慢滑了下去。

螂兄也很驚慌失措，他這輩子大概還沒見過幾次光亮，突然就被照亮了。他賊頭賊腦試圖鑽進牆縫裡，無奈過於肥胖，很費勁地退了出來，笨手笨腳的樣子讓人懷疑他是個不熟練的新手。我遠遠地敲擊牆面，試圖讓他到開闊的地方，首先避免他掉到我的床上，然後讓他面對疾風。可是他東躥西走，爬過我的杯蓋、紙巾、充電線。

兩分鐘之後，我開始因為無能狂怒而痛哭。邊哭邊給說好「有甚麼事都可以給我打電話」的 Antoine 打電話。

笨手笨腳的螂兄突然也醒悟了過來，鑽進了床和牆壁之前的陰影，消失不見了。

我哭得更撕心裂肺了。甚麼樣的蟑螂最可怕？當然是消失的蟑螂。就像我爸百說不厭的腦筋急轉彎，「蘋果裡吃出多少蟲子最可怕？」。

「當然是半條。」

現在我面對的不是一隻螂兄，而是一隻薛定諤的螂兄。他不再是一個實體，而是縈繞在心頭，虛無縹緲的恐懼，讓你永遠無法釋懷卻觸不可及的威脅。他可能在，也可能走了，他可能現在爬出來，也可能等你關了燈再出來遛彎，可能夜夜出現，也可能再也不出現。

我一般趨向最壞的可能。

敵暗我明，不得不防。

等待螂兄，就像準備自殺的流浪漢在等待戈多，他們在等甚麼呢？誰是戈多呢？戈多等來了又怎麼樣呢？

他消失的那一刻，就意味着我永遠無法睡個好覺了。就像絕交前被掐斷了的半句話，會讓你久久不能釋懷一樣。這是一個永遠橫亙在心裡的深淵。

我邊哭邊問 Antoine，里爾的蟑螂很多嗎？

他沉默了一會兒，說：「我不知道是不是應該告訴你，但是是的。」

他又說一定要關上窗戶，不然他們會爬進來。鬼知道我有多少個夜晚在打開的窗戶前，暢快地呼吸着冷空氣，保持着媽媽「讓房間通通風」的好習慣。

我把床往外拉了一點，拿手電筒往裡照，試圖找到消失的螂兄，但是找到又怎麼樣呢？我還是甚麼都不敢做。

Antoine 在電話那頭告訴我，螂兄比我更害怕，他也希望和我兩不相遇。

我說蟑螂很噁心，想到我睡着之後他會在我身邊爬來爬去，我就無法入睡，甚至連躺在我的床上都不行。

Antoine 很耐心地為螂兄辯護，他說：「他們也不想長成這樣，他們也很抱歉。你想想，他可能想做一隻兔子、一隻狗，結果變成了一隻蟑螂，他也很難過，這不是他的錯。」

我的房間是不可能睡了，我仔細地照了一圈之後，把床墊搬起來，三條被子全部抖了一遍，搬進 Tinka 的空房間。從我房間出去的時候，我跟 Antoine 説，我要把手機放下來，去關一下門。

他欲言又止地説：「不用了，沒用的。」門攔不住螂兄。

我本來已經暫停的無能狂怒，又伴隨着一陣寒戰回到了心裡，我坐在 Tinka 床上，邊哭邊想，除了每天晚上會發出奇怪聲音的老房子，不知道是鄰居敲自己家牆解悶發出的奇怪的聲音，還是有人在封城的夜晚留在我門前的一串敲門聲，窗外呼嘯的風聲，以及我想像中會隨着燈光投下的一個人形黑影，現在還多了一隻薛定諤的蟑螂。

別的都可以接受，可是沒想到獨居的平衡就這樣被一隻嬌小的螂兄打破了。

於是我對着電話痛斥 Antoine 和法國，他很小聲地説：「也不能怪法國啊。」因為無人可怪，一陣莫名的憤怒讓我掛了電話。

已經兩點多了，幾乎沒有人醒着了，只能又打電話給澳洲的甲魚。我紅着鼻子的大臉出現在屏幕上，醜得驚心動魄。甲魚才起床，正在陽光明媚的房間裡歲月靜好。在澳洲的她早就能輕鬆面對一切蟲蛇了吧。最後我用甲魚在地球那一端給的勇氣，拿着類似於「威猛先生」

的廚房「重油污淨」噴劑回到我的房間。又從客廳裡拿了吸塵器，把房間翻了一個底朝天，連床架都翻起來。

但是在一個半小時的努力之後，只在床架上留下了螂兄驚鴻一瞥的倩影。

我把「威猛先生」噴滿床周圍的各個角落。像是越南戰爭中的美軍，在崇山峻嶺之間不得門道，只能漫山遍野不計代價地追求一點點成果。有一種財大氣粗但其實苦苦掙扎的絕望感。又用吸塵器吸遍了木地板之間的每一個縫隙。

最後發現我在最開始的慌亂之間還踢翻了一大瓶水，還好沒有浸濕不遠處的廁紙。

窗戶緊閉，門也緊閉。

清晨 4 點鐘，我在 Tinka 房間用被子緊緊裹住自己，在淡淡放亮的晨曦中沉沉睡去。

3 天過去了，螂兄變成了一個遙遠的倩影。

在 Antoine 對我的反覆模仿和嘲笑之下，我們給這個「法國男孩子」螂兄，取了一個法國名字——FranGois。用最高的人道主義關懷，表明他純正的法國身份。

偶爾甲魚還會問我一句：「找到了嗎？」

我看了一部關於螂兄的紀錄片，企圖通過了解敵人的方式，從內而外擊破敵人的防線。在網上留下了「怎麼克服對蟑螂的恐懼」「怎麼找到蟑螂」等十分好笑的搜索記錄。

現在，最大的挑戰又回到了半夜上廁所，我需要把電話連到音響上，拎着音響，聽着電話那頭響亮的聲音，「咚咚咚」跑下樓梯。輕手輕腳地沖水，防止水聲吵醒熟睡的怪物。

Antoine 會問我：「你是在怕甚麼？難道是……」

接着就是一個令人崩潰的鬼怪故事。

但是只要回到房間裡，我又安全了，可是螂兄不一樣。我忘不掉那一句：「不用關門了，沒用的。」

我還能在烤了蘋果撻的時候，開玩笑地説一句：「慶祝我不再獨居，有螂兄和我做伴，給螂兄也留一塊。」

每天晚上，我還是在飄蕩着「威猛先生」味道的房間裡晃悠一圈，試圖尋找螂兄僵直的身體。

戈多他還不來，他到底來不來。

連着第三個晚上去 Tinka 房間睡覺。

我做了一連串的噩夢……

斷電的15個小時

那是一個香氣撲鼻的深夜11點。

我剛吃完今天烤的雞，用拆出來的雞骨架煲了一鍋濃湯，正煲在第3個小時的興頭上，準備加最後一次水就收工。

整個屋子黑了。

停電的那一刻，整個房子暗了下來，只剩下灶台上的紅色火苗，從灶口噴出，蔓延在鍋底。

我愣了一會兒，第一反應是關上火，然後走到樓梯轉角看了一眼。

黑暗，純粹的黑暗。

因為我一個人住比較小心，所以花園的木門也鎖上了，房間裡的燈一直全部打開。突然之間完全黑了下來，我一下子很不習慣。

上個月停過兩次電，都是只有廚房的區域跳閘了，所以房東還特意給冰箱接了一條備用線，連到客廳的電源。

可是這次不一樣，整個房子都斷電了。拿起手機看了一眼，還剩不到一半的電。先上樓看一眼是片區停電，還是我家跳閘了。街上的燈光還在，鄰居家花園裡的彩燈也還在。看來是我自己家的問題，這下我的心稍微放下來了一些。

先告訴房東家裡斷電了，可是他住在一百公里以外，而且我的法語和他的英語旗鼓相當，現在又封城，所以他也不能保證甚麼時候能來修好電路。

我摸着黑躺回床上。想到剛剛在灶台上煮的湯還沒有蓋起來，家裡的網絡也斷了，我只剩一個充電寶的電，冰箱裡前一天才買的豬肉餡、牛肉餡正在融化……越想越氣，越氣越想上廁所，可是這麼黑的路我又不敢下樓，打手電筒又不捨得電，實在是左右為難。

當我安靜地躺在床上，如芒在背的時候，才突然發現電力原來是我生活中如此重要的一環。本來覺得我的房子固若金湯，沒有甚麼需要擔心的，卻突然發現給我帶來安全感的圍牆，原來這麼脆弱。

想着第二天房東可能會來，我可以把這個月的房租現金交給他，所以我打開手機銀行，看看今天線上提交的轉賬申請成功了沒有。結果在黑暗中刷臉刷不開，導致界面變成了輸密碼的模式，而我早把密碼忘了，一時心急就把賬號鎖上了。

這下好了。

現在所有的銀行網點都關閉了，我的卡在巴黎被偷了之後，新卡的權限給得特別少，所以基本只能在網點操作。

我安靜地躺在床上，看着天花板，心情堪比吃了一隻螂兄。

這種恐懼不是面對暫時黑暗的恐懼，而是我心想，要是不能來人修的話，我的手機只能支撐到後天，那也就是一直維持最基本功能的狀態。然後我就社會性「消失」了。

廚房除了灶台別的全都不能用，食物很快就會壞掉。當然了，第二天早上我才發現，情況更差一點，因為灶台打火是需要電的，所以在完全沒電的情況下，灶台的火也是點不起來的。

最終來幫助我的還是老朋友 Antoine，他先打電話陪我上了廁所。他堪稱是每天深夜的天使，陪上廁所專員，把這個光榮的稱號拿捏得穩穩的。他告訴我最壞的情況就是手機裡留一點電，在社會性「消失」之前跟他說一聲，然後去他家就好。算是找到了一個兜底的解決之道。

然後我就安靜地躺在床上，手機也不敢玩，先和老師取消了明天的課，用一秒的時間決定不告訴我爸媽。不然他們會比恐懼先殺死我。

又想起自己幹的一件蠢事，自從不出門之後，我把手機套餐換成了一個月兩個 G 流量的窮鬼套餐，之前從來不出門，所以無所謂，現在的流量卻也難以為繼。

還是安靜地躺着吧。

可是之前習慣了晚睡，睡也睡不着。我就開始想，真脆弱啊。我的生活比我想像的脆弱得多。大家安之若素的底氣都在於相信「這個世界不會崩潰」的基礎上，但是不管是停水、停電，甚至沒信號都能夠完全摧毀我們的生活。

因為在家裡沒有隨時充電的習慣，所以手機的電也不多，生活一下子難以為繼。退一萬步說，日出而作，日落而息，僅僅維持最基本的生存需求，保存食物也是問題，熱水和暖氣也是問題。

我小小的城堡原來並沒有那麼堅如磐石。

我薄薄的被子越來越熱。

雖然說起來好像很嚴重，其實我並不是特別擔心，因為第一，只有我家停電，所以大概率是跳閘；第二，房東很值得信任，一直有求必應，只是封城限制下的維修時間問題；第三，最壞還能去 Antoine 家摸兔子。只是突然一下變得有些焦慮，也理解了一些我爹為甚麼每天像一個鐵娘子一樣喋喋不休地擔心。

「鐵」字特指他恨鐵不成鋼的鐵齒鋼牙，每天咬牙切齒地說不下十遍的車軲轆話。哎呀，循環轟炸機、小劇場大喇叭、燕小六吹個不停的嗩吶。望穿中法之間不存在的航班。

說起來有趣，從一週前開始，從布魯塞爾和巴黎回廣州幾乎已經沒有航線了，巴黎時斷時續有航班，但是布魯塞爾沒有，也就意味着整個比利時到 4 月底一個飛廣東的航班都沒有。可以飛香港，但是從香港又不能入境。

這個時候又想到今天剛剛烤好的烤雞，還有一大半沒吃完，該不會明天就酸了吧。又想起來冷凍櫃裡的糍粑放在最底層，要是冰箱裡的冰全融化了，那我的糍粑也沒得吃了。

心裡頓時十分難受。

想下樓把糍粑換個位置，但是又不敢下去。

頓時更難受了，更多的是煩躁。

為甚麼我非要在 11 點煲湯，煲了整整 3 個小時，煲到跳閘。我恨。恨着恨着睡着了，第二天被房東的電話吵醒。他確認了一遍家裡還是沒電，就請一位相熟的電工來家裡修電路，下午就來。

這個時候，我就很感謝法國的「人情社會」了。

正常找電工，短則要等兩三天，長則一兩週，何況在封城的限制下。我在網上看到很多人家修了一半的廚房、浴室直接停工了。但是房東有屬於他的電工，兩個人是朋友，甚至連房子的鑰匙他都有一套備用的，所以半天時間就來了。

接完房東的電話，我按出燃氣之後，用火機點火，把昨天煮好的湯熱了一碗，剩下的放回冰箱。摸了一下糍粑還能吃，心情好了許多。從冰箱裡摸了一個蘋果，切了一大塊巧克力派。回到房間翻出很久沒讀的法語小說，坐在床上開始讀書，讀了沒多久一陣睏意襲來，我往下縮了縮回到被窩裡，又睡着了。

是的，買了半年讀到第 10 頁。

兩點多被樓下音響頻繁開機關機的聲音吵醒，原來電工已經來了，插着電線充電的音響隨着來電和停電不斷發出聲音。

我小小地在心裡感歎了一下，我細心佈置的「防盜系統」，原來也很脆弱。剛開始自己住的時候，我就長期打開進門門廊的燈，昭告天下「家裡有人」，Tinka 臨街的房間也總是開着燈。又把從門廊到客廳的門用室內晾衣架斜放着半遮住，從外面是看不見這個衣架的，這樣有人推門進來的話，晾衣架倒下來就會吵醒我。這裡的晾衣架不是放在櫃子裡的衣架，是在室內架起來，能晾二三十件衣服的鐵架子。

花園有兩道門，一扇玻璃門，一扇木門，也全部關上。

電工有家裡的鑰匙倒也無可厚非，只是沒想到睡回籠覺的我根本不會被兩個室內晾衣架倒地的聲音吵醒。

Antoine 無數次嘲笑過我，我們的門口寫着大字「學生合租，有意請聯繫……」。他說，在法國學生的代名詞就是窮，所以不會有小偷挑這家的。

等我下樓的時候電路已經修好了。原因是 Daphné 留下來的燒水壺短路了。

謝過電工之後，我又把門上了雙重鎖，還是把明知道沒用的晾衣架頂住了客廳門。

先把燒水壺扔掉，告別喝熱水的生活。心滿意足地把煲好的湯拿出來熱了，糍粑拿出來切塊煎了。看着花園裡的陽光，不由得心裡有些感歎，這種平靜的生活不是那麼順理成章的。

房東也同意我封城結束之後再交房租。

我風輕雲淡跟我爸媽在微信裡說了一句，家裡停電又來電了。我爸的電話又來了，開始教育我：「怎麼能讓外人進房子裡呢？戴口罩沒有？你離他多遠？外面來的人碰過的地方要消毒啊！」

我說：「是是，對對，放心。」

晚些時候我接到 Antoine 的電話，他說：「咚咚咚，你去看看門外有甚麼。」

我從三樓跑到樓下打開門，看見 Antoine 騎着他的自行車站在街對面，我的門前放了一個充電寶。

他家離我家不近，我家在里爾東南部的衛星城，他家在里爾西部的另外一個城市。儘管歐洲的城市十分袖珍，但是騎車還是要將近一個小時。

我們遠遠地打了一個招呼，他就掉頭回家了。

快樂的生活又回來了，不過現在我知道我的「安全」生活是如履薄冰的。只是因為很多人在維持社會的運轉，讓我們相信世道不會太壞，有一些可以在異國他鄉依靠的人，還有一些有點煩人的擔心，所以才變得歲月靜好，所以才有底氣過平靜的生活。

應該多一些感謝，多一些珍惜，對那些嘮嘮叨叨的關心也是。

時間清除計劃

從一開始被隔離的煩躁不安，到現在每天絞盡腦汁給自己找點事情做，好像也沒有費很大力氣。

説説我的鄰居們。

我的房間對着花園，花園大概有 50 米的長度，盡頭是鄰居家的花園。也就是説兩排房子隔着一百米遙遙相對。

有一天下課之後，我看到在我家這一側靠左手邊的牆上坐着一個男人，從他家的花園裡架起梯子，爬上牆來看鄰居家的花。又安靜地點了一根煙，四下看着。看到我在看他，朝我招了招手。

這一側有一戶家裡有鞦韆，一看就知道有小孩子。他們最近在花園裡擺了一個小羽毛球網，一到 3 點就出來打羽毛球。有的時候小男孩還會試圖和我隔壁總是在打電話的金髮中年女人聊天。我閒着沒事就坐在花園裡聽她用揚聲器打電話，當作難得的法語聽力練習。

這裡太安靜了，我連她每天在家幾點開始看電視都知道。

因為空曠和平靜，對面房子有人站在屋頂上打電話，我在這邊也能聽得一清二楚。甚至知道電話那邊是一個年輕的女人，他在給她看這裡的風景。

每個人家有每個人家的吵鬧，我家的吵鬧是郭大爺聲如洪鐘的相聲。

可能是過於無聊導致聽力和各種感官都變得敏感了吧，想要捕捉身邊發生的各種事情。無花果樹的花落了，Tinka 房間窗外的花也落了。每天風一吹就紛紛揚揚落在我的院子裡，小小的白色花瓣掉在雜草之間。天氣也變得暖和，鄰居家的大爺在花園裡除草時打着赤膊，陽光照在他的身上發出金光。

一轉眼就到了可以穿短褲，滿街閃動着白晃晃大腿的天氣。本來可以找一片陽光燦爛的空地，看迎來送往的漂亮男孩和女孩，感受這個世界上的兩種陽光。結果卻在家裡發愁要幹甚麼。

值得高興的事情有花園裡的花越開越多，最多的一種藍紫色的小花和大大的黃花，我拔了一些回來。把喝剩的啤酒瓶、用空的調料瓶、一直沒扔的楓糖漿罐子全都洗乾淨，連標籤的殘膠都摳掉了。高高低低插在瓶子裡，每天換水。陽光明媚的時候就擺出去，颳風就收回來。夜晚就放在客廳的桌上，看着她們，連吃飯的心情都會好一點。努力創造出一種還在小心翼翼維持一些東西的感覺，這樣才好保持生活的平衡。

因為缺很多東西，所以誕生了很多妙用。

比如說用拆下來的調料蓋子做切泡芙酥皮的模具，還有用小醬油瓶子擀包子皮。今天在垃圾桶後面發現了一個沒扔的紅酒瓶，又為我的採花事業添磚加瓦了，很是高興。每天下樓第一件事就是去花園裡看看我的花，黃昏的時候也去看一眼今天的陽光打在草地上的樣子。

後來 Antoine 告訴我，被我視若珍寶的黃花不是甚麼奇珍異寶，而是蒲公英花。而且葉子還能做沙拉吃，只是夏天生長的葉子味道比較苦，但是反正法國北部的人就喜歡吃帶苦味的食物，比如說被詛咒的菊苣。聽說在國內也有用蒲公英葉子包餃子的做法，只是告訴我這個「秘密」的人，反覆叮囑我一定要焯水，才能去掉苦味。我打算下次包餃子試試。

我嘗試把蒲公英做成乾花，試圖留住這個短暫的夏天，但是從現在的成果來看還完全沒有實現的可能。

為自己的生活創造出挑戰之後，生活就快樂了很多。

阿貓經常身手矯健地在草叢裡蹦來跳去，因為天氣已經暖和了，他再也沒有來過我的沙發，轉而經常跳上房頂，在陽台的頂棚上留下一串凌亂的腳步聲。

天氣特別好的時候，我出門散了散步，説是出門，其實離我家就不到兩百米。

離我家一個街口就是埃萊姆的市政府，現在也沒人上班，門口的國旗飄飄蕩蕩。反方向再走一個街口就是地鐵站，還有一片公墓和野地。野地裡長出了長長的蘆葦，隨風飄蕩。

最寬的一條四車道，是東西走向，站在那裡可以看見太陽東升西落。路邊有一家一直營業的麵包店，日落的時候，我站在店外排隊。路上車來車往，太陽在很遠很遠的地方落下。

太久沒出門，看到甚麼都很好看，都很新鮮，好奇中還帶着一絲膽怯，很沒有見過世面的樣子。

我在家裡自己做復活節彩蛋，煮出流心的鵪鶉蛋、用刨子把西葫蘆削成薄片、擺成一個可以無限延伸的圓形、拿兔子的骨架熬出失敗的湯、烤奇形怪狀的泡芙。

唯一的失落就是烤箱發出香味的時候，沒辦法像和Tinka一起在波爾多一樣，説：「所有在大街上釋放香氣的麵包店，都應該被法律嚴懲。」

泡芙又是一種熱鬧的甜品，出爐就要吃完，吃不完就會歎息一聲，變軟坍塌。在第二天早上吃軟軟的泡芙的時候，孤獨的感覺變得具體起來。

最近早上吃吐司配鴨肝，一天配草莓醬吃，一天配藍莓醬吃，一天配蜂蜜吃。今天蜂蜜吃完了，前幾天打開草莓醬發現裡面發霉了，冰箱裡的奶酪也發霉了。

上次做的蛋撻吃了整整一週，幸好裡面沒有雞蛋。

有時候很盼望天氣不好，天氣不好的時候日落會格外好看。這種時候從晚上 8 點開始，隔十分鐘我就去花園看一眼，觀察天上的雲和天空的各種變化。只要天空微微泛紅，我就爬上二樓，站在窗前看窗外的風景，看陽光在雲層中時隱時現。

不同的天氣，投射在我房間的光色也是不同的，有時候是橙色，有時候是明亮的紅色。大部分時候，天上沒有雲，太陽四平八穩地下山，我的房間裡就甚麼也沒有了。天上烏雲密佈的時候，陽光不是普照大地，而是從縫隙裡擠出來，所以格外耀眼，在天空留下的色彩也更加絢麗，就像他也偶爾厭倦這樣平淡的起起落落。

今天的太陽在隱入對面房頂之前的五分鐘，變成了一個火紅的小球，遠遠地就能感受到他的溫度。

二十分鐘之後，天就完全黑了。

快樂逛超市

獨居整整四十天了，平靜的日子流淌得很快，下午3點之前，可以在花園裡曬太陽。中午的太陽勁頭很足，曬在身上會反光。唯一能聽到的聲音就是鳥叫，還有不知道哪一家傳出來的鋼琴聲和歌聲。

有時候看看鴿子在樹上打架來消遣時間。

有一天早上我推開窗戶的時候，發現左手邊一直很冷清的房子裡，有一個人爬到了二樓的平台上，坐在那裡曬太陽。她看起來是亞洲人。那天下午我又在花園裡看到他們家的花園裡開墾了兩小塊菜地，種了一些蔥一樣的植物。我嚴重懷疑我久不見面的鄰居其實是中國人。

他們怎麼能買到新鮮的蔥呢？

住着三個小孩的五口之家，在院子裡用木板建起了一個小房子，綁起了吊床，支起了一個紗布做窗戶的小棚子。夏天到了，蚊子也來了，蒼蠅也多了，中國有的，法國一點都不會少。

最閒的時候就去地下室裡翻翻，因為太久無人涉足，我突然明白了甚麼叫作撩開蜘蛛網才能走進去。地下室有一種乾燥灰塵的味道，冷颼颼的。裡面有幾台冰箱，一張床架，一些雜物。轉了一圈也沒甚麼有意思的，只能爬上來。值得開心的是我找到了一袋炭，終於可以在院子裡點火了。

最開心的事情就是可以出門買菜，以前逛市場才覺得有意思，現在逛超市都覺得很有趣，人的要求就是一點一點降低的吧。

因為沒事可做，所以打算多買一點法國奇形怪狀的食材，回家好好研究一下。

沒有去離家最近的超市，專門走到最遠的超市，路上要半個多小時，一路慢慢走過去。好不容易有出門的機會，當然捨不得坐地鐵。從家裡出門的時候，一個年輕人坐在家門前喝酒，等我回來的時候，他還在家門前坐着。也許這是他想出來的既不關在家裡，也不算出門的兩全之策吧。

超市裡我第一眼看到的是紅薯和生薑，旁邊還有菠蘿和杧果，這個小小的貨架真是亞洲之光。但是我的目的是買沒吃過的法國菜，所以只是向杧果投降，就拿了一包白蘆筍、一袋孢子甘藍、一袋櫻桃紅蘿蔔、一顆戰斧一樣的洋薊。貨架上還有茴香球莖、仙人掌果實，還有一些更加醜陋聞所未聞的蔬菜，我打算下次再為難自己。

洋薊是我吃過最意料之外的法國蔬菜了，長得像是一個寶蓮燈。外面一瓣一瓣的葉子剝開之後，裡面是心，藏了一朵花，花的下面是一層茸毛，茸毛下面有一個能吃的底座。《天使愛美麗》裡面就提到過，洋薊比有些人還好，因為它還有一顆心。

把最下面的一圈葉子切掉之後，整個放在鹽水裡和檸檬汁一起煮 20 分鐘，煮熟之後蘸酸醋汁吃。

吃甚麼呢？吃葉子的底部。每片葉子底部都有一小塊能用門牙啃下來的肉。拿着葉子頂部，在汁裡面蘸一下，然後把那一小塊肉嘬下來。

優雅。

相傳洋薊能減肥，這能不減肥嗎？買回一大顆菜，折騰半個小時，最後也就吃葉子根部的一點點肉。

味道也很有趣，有一種説不出來的熟悉感。煮的時候飄出來的味道是很清新的竹子味，吃到嘴裡的味道像是很「幼年」的毛栗，口感像是山藥。味道淡淡的，不是很濃鬱，一層一層剝開，隨着熱氣一起散發出來的，是潮濕草叢的味道。

並不惹人討厭，只是沒甚麼吃頭。

本身味道已經很隱忍了，蘸醬還是味道橫衝直撞的酸醋汁，也可能是我自己調的問題，感覺不是很協調。

總而言之，吃洋薊唯一重要的事情可能是優雅，這種蔬菜可能更是一種分享的下酒菜，時刻提醒着我的孤單和肥胖。

今天專門挑了天氣比較差的時間出門，因為這樣超市的人會少一點，可以多花點時間自由走動。

買完蔬菜之後去買肉。上次來的時候運氣很不好，肉都被買得差不多了，現在肉還很充足，而且肉檔也重新開放了。我找到了一盒羊排、一盒羊尾、一盒花紋美麗的五花肉，如獲至寶。又找到了一根血紅的馬肉香腸，猶豫了一下，放進了推車裡。

第一次吃馬肉是在比利時的聖誕集市，沒吃出甚麼味道，沒理由不再試一下。

最讓我高興的就是這一盒羊尾，找了一些能煲湯的材料，回家第一件事就是切了一塊熏肉和羊尾一起燉，還放了新買的櫻桃紅蘿蔔。美中不足就是家裡沒有米，不然肯定吃得嘴角流油。

羊排先煮再放進烤箱裡烤，煮完的湯當高湯用。烤羊排 5 分鐘之內消失不見，實在是非常舒適。

還在冷肉的貨架上發現了成塊的豬油，還有罐裝的鴨油。法國人還是懂吃，豬油多香啊，鴨油也有一股別的動物油沒有的味道。

買了三塊鴨胸，一塊兔肝，還有一點下酒的奶酪塊和香腸，才悻悻然離開。奶酪配上堅果真是這個世界上最能給人滿足感的味道，尤其是新鮮的奶酪入口很輕鬆，有淡淡的酸味和濃重的奶味。

如果在法國有甚麼東西讓我捨不得，它能排在前三名。

然後去我最喜歡的調料區，在路上看到了罐裝的乾蘑菇，買了一盒牛肝菌和一盒羊肚菌，為了它們還特意買了一瓶用來泡發的白葡萄酒。之前總是覺得貴，現在除了做飯也無事可做，吃得再好也比不上出去玩花的錢多。

可是到現在還沒有在法國吃過正經鵝肝，因為又貴，分量又大，保質期就 24 個小時，這麼大一塊油脂，我哪能吃得完呢？

顛來倒去地看，鵝肝上又寫着孤獨二字。

有了牛肝菌，打算做燴飯。在調料區還真找到了藏紅花，還很貼心地被分成了一克一小盒的一人份套裝，還真是人性化啊。

在整排調料架上看看香茅、肉豆蔻、牛至、蒔蘿、丁香、鼠尾草、龍蒿、墨角蘭，我越發捉襟見肘的法語就是在這裡學的。

在角落裡找到了一罐泡青花椒。說是一罐，也就半個手掌大，我立刻丟進推車裡，腦袋裡已經想好了怎麼燉肉吃。

看到那些琳琅滿目的調味料，我的腦袋裡卻是空空的。

又買了一大罐罐裝栗子，打算回去做雞肉時填充用或者煮栗子醬，最後買了幾包蝦片，結束了我激動人心的超市之旅。那罐栗子給我帶來了巨大的快樂，一整個下午我撲在灶台前，煮栗子、熬糖漿、過篩，最後炒乾，忙忙碌碌幾個小時澆灌出小小一罐栗子醬。吃到嘴裡的味道都發着光。只是不到半天之後，就只剩下半罐了。

雖然提了很多東西，但是我猶豫了不到兩秒鐘還是選擇走回家，實在是捨不得浪費好不容易出來的好天氣。

說起來我已經很久沒有進城了，走過城市邊界牌的時候，我想，提着一大袋吃的，苦兮兮跨越城市還樂在其中的事情也只有我能做出來吧。

那個時候的我，還是個沒有意識到自己忘了買米的無憂無慮的孩子。

快到家的時候，遇到了一隻很渴望出門的小狗，鼻子伸在開了一條小縫的捲簾門底下，小眼睛望着外面。他和在家的我，還有那個坐在門口喝酒的年輕人是一樣的，都渴望一點外面的空氣。

回家之後，給自己切了一顆蜜瓜，蜜瓜的顏色和這天的天氣一樣溫柔。

花園裡的蒲公英都開了，我挨個吹過去，第二天起床又是一地圓滾滾的小球。連我很久之前摘下來插在瓶子裡，已經凋謝的蒲公英，也慢慢長出了爆炸頭，生命力挺強。

其實這趟超市之旅也不過是不到一週前的事情，但是如我所寫，這些東西我又吃得差不多了，真是讓人苦惱。不好吃的白蘆筍也吃完了，味道香醇的鴨胸也煎了，折騰到沒甚麼好折騰了，四十天前訂的學習計劃還停留在第一天的進度。

昨天夜裡，我站在窗前，聽着隔壁聊天的聲音，看着天空一點一點暗下去。

閒極無聊，吃一包蝦片。

麵粉清除計劃之牛角包

這是一個陰雨綿綿的下午，雨滴打在花園的棚子上發出雜亂的聲響，客廳裡飄出來黃油醇厚的香甜味。一邊是我翹首以盼等了兩天的牛角包。

做牛角包之前我只知道它很油，對於製作過程一概不知。

在還有課可上的時候，有一次在法語課上要回答每天早上吃甚麼，一個同學說吃牛角包，老師說：「很好，但是不會天天吃吧？這樣的話你要做很多運動。」

牛角包的黃油量是麵粉量的一半還多，我找的食譜裡，1 斤麵粉用到了 350 克黃油，簡直是肥胖之源。

在麵包店裡一根半人高的法棍也不超過 1 歐，小小一個牛角包卻要將近 2 歐，之前實在是覺得不可思議，但是自己做了一趟下來，覺得這個價格實在是不高。

首先，在開始做麵包之前，叨叨兩句，不辜負我吃過的這麼多熱量。

牛角包屬於 Viennoiserie，也就是甜酥麵包的一種，牛角包是其中最為出名的一種。蝴蝶酥、巧克力麵包、費南雪都是甜酥麵包。

不得不說法式甜點的名字聽起來就很讓人浮想聯翩，費南雪、瑪德琳、蒙布朗、歐培拉、可露麗。

有一種不知所云的美感。

總而言之，這就是一種通過一層麵粉、一層黃油形成酥皮的製作方法。中式點心裡也有很相似的千層酥的做法，不同之處在於法式的甜酥麵包是需要發酵的。介於麵包和甜點之間，兼具蓬鬆和酥脆。

既然要發酵，就要酵母。酵母不分國界，能發包子的酵母就能發麵包，但還是有一些區別。在法國要做出好吃的麵包需要活酵母，活酵母要去麵包店裡買，用一張紙包着，裡面是一個濕潤的方塊，就像是晾到半乾的陶土。這種新鮮酵母是酵母中的最高信仰，是真正法式麵包的味道之源。

超市裡也可以買到保質期一個月的鮮酵母，但是只有村裡默默無聞，爐子滾燙了幾十年的小麵包店才是唯一購買酵母的正道。

還有在超市裡可以買到袋裝的即食酵母，這種和國內的袋裝酵母就很相似了，和另外一種用於做甜點的化學酵母在使用上也很相似。而且用起來很簡單，只要直接拌進麵粉裡就可以了。

之前在家裡用酵母做包子的時候，我理所應當覺得直接放進去就好了。現在才發現還有另外一種酵母，也就是這次我用的乾製活性酵母。買來是大大的一罐，也是現在唯一好買的酵母了，一定要溫牛奶恢復濕度才能用，也就是說不能直接加進麵團，要先用牛奶泡 10 分鐘激發活性。沒有牛奶的食譜不能用這種酵母。

我很懷疑最後的失敗就是因為酵母活性的問題。

繞了半天可以開始揉麵了，麵團一半水，一半全脂牛奶，一大片黃油，一點鹽和兩勺糖，揉到光滑就用油紙摺一個長方形，把麵團在裡面擀成方方正正的形狀。接下來就是漫長的等待，在冰箱裡放 8 個小時到 36 個小時之間。

我找到的說法是，酵母在低溫下也能發酵，只是比較緩慢，同時被減緩的還有細菌的滋生，這樣的麵團會被賦予豐富的風味。

讓酵母緩慢釋放是甜酥麵包的重中之重。

第二天起床之後，切厚厚一片黃油，我的黃油是超市裡賣的肥仔黃油，一塊 4 斤，水分比正常黃油略低一些。油紙疊出一個比昨天的長方形小一半的矩形，黃油擀平，摺起來，擀均勻，滲透到油紙每一個角落。

放回冰箱，轉身去刷牙，臉不必洗了，反正也長年不見人。刷完牙，看看鏡子裡的黑眼圈和日漸圓潤的臉龐，毫不介意地打開冰箱門，拿出麵團和黃油。

黃油放在麵團二分之一處，另外一半麵團摺起來，擀一擀，擀成長條之後再摺兩下。這次就不是摺到中間了，世代相傳的經驗是牛角包要有 12 層酥皮最好吃，也就是說要一次摺 3 層或一次摺 4 層。

比如說拿破崙的酥皮，就要求摺 5 次，起 15 層酥，最後麵團擀成 6 毫米，而牛角包的麵團要求是 4 毫米，這簡直是一個藝術與嚴謹並存的食物。

一頭的麵團摺到四分之一處，另一頭摺到四分之三處，再把麵團對摺，這樣就得到了 3 層酥皮。然後不要急，把麵團包起來，放回冰箱，再等一個小時。

其實我很疑惑，為甚麼每做一步都要回到冰箱。也許是要鬆弛麵團，也許是要保持黃油的固態，也許是為了發酵，我也不知道。反正只要是甜酥麵包就少不了這一步，就算是不需要發酵的蝴蝶酥也是一樣。

一個小時之後拿出麵團，擀開之後兩頭向中間再對摺起來，這樣就最終做好了 12 層的酥皮了。

擀開之後把邊緣切掉，麵團變成一個方方正正的長方形。勤儉持家的我以為切掉邊緣只是為了形狀規整，於是把邊角料留下來，捲了兩個小捲，卻發現邊緣的麵團黃油分佈不均勻，也不夠多，所以確實沒法用。一定要切開後讓黃油和麵團的切面露出來，才能烤出均勻的酥皮。

麵團切成等邊三角形，在底邊的中間切一小刀，用手稍微抻長一點，從底邊捲起來，直到尖角上。尖角要藏在小麵團的下面，死死壓住，不然就出不來好看的形狀。

全部捲起來之後，再等一個小時。有人的說法是和一碗熱水一起放進烤箱，有人的說法是烤箱開 40 度，總之就是還有最後一次發酵。這次發酵切實可以看到成果，麵團會膨脹兩倍。

做到最後一步的時候我才想起來家裡沒有雞蛋了，

不能上色，只能出門買雞蛋。

出門前想起來家裡有兩張快遞單，又順便拿個快遞，拿完快遞想，離大超市也不遠，乾脆去遠點的超市，於是一路折騰，我的麵團就發酵了 3 個小時。

喜氣洋洋回家的我也沒有看到它們膨脹起來，為膨脹而預留的巨大空間看起來很空蕩，像我過於巨大又空洞的房間一樣乾癟。它們中間甚至因為空曠有回聲作響。

沒有辦法，刷上蛋黃液，硬着頭皮塞進烤箱。

果然沒有發起來，但是十分令人欣喜地起酥了。

於是就回到了起點，我坐在凳子上，聞着烤箱裡飄出來的香味，滿足地等着牛角包出爐。剛烤好的牛角包外皮酥脆，裡面卻很軟，雖然因為沒有完全蓬發起來而不夠蓬鬆，但是從外到內的口感變化也很迷人。手一碰到外面的酥皮，渣子就掉下來了。法國人說如果你桌子不是一團糟，那你就不是在吃一個好牛角包，只有足夠新鮮的好牛角包，才會留下滿地狼藉。

我一口氣吃了三個，熟練地把剩下的裝起來，放進冷凍櫃。反正不管吃甚麼，總是一次不能吃完，尤其是一些吃的就是那股新鮮勁兒的食物，更要被收到冷冰冰的冷凍櫃裡。

但是第二天不管用多麼好的方法再熱一遍，也不是原來的味道了。

好在本來也沒有多好吃。

其實牛角包的香味來源異常簡單，黃油，大量的黃油。因為調味僅僅是很克制地放了一些糖和鹽，連雞蛋都沒有，奶油更不用說。比起味道，更重要的是口感。

蓬發不起來，那就是一團麵疙瘩呀，就算起了酥，那也是起了酥的麵疙瘩。

對我而言，很好地浪費了許多時間，但是對於一個牛角包而言，這是它備受摧殘的一次經歷。

重在參與。

於是我在兩天的折騰之後得出一個愉快的結論，超市裡有牛角包酥皮，麵包店裡有熱氣騰騰的牛角包，不必折騰。

夏天從吃新鮮法棍開始

日復一日的倦怠久久不能消失，只能靠找點事做來排解白天和黑夜的漫長。

比如說看啤酒裡上升的氣泡，聽繾綣的風和盤托出，太陽為甚麼在晚上 10 點才落下。

某天在院子裡摘野菜的時候，對面房子閣樓的窗戶被推起一條小縫，兩個小腦袋從裡面探出來，他們朝我揮揮手，我也朝他們揮揮手，傳來一陣遠遠的偷笑聲。

院子裡野草已經長得很高了，我看着隔壁的無花果樹落盡了葉子，開出了滿樹的花，現在又長出了綠葉。樹冠上住了一窩鳥，在樹枝間「啾啾」。時間的流逝就寫在這棵樹上，草也長鶯也飛，太陽在天上掛到晚上 10 點，這就是夏天。

有 3 個小孩的人家養了兩隻寵物雞，圍了一小片空地，空地中間建了一個兩層的木雞舍。我想起剛限制出行的時候看到英國的報道説，活雞都被搶購一空，人真的很需要找點事做。

隨着法國確診增長數字不斷下降，街上的人也多了起來。今天打算出門買點水果，結果走了半個多小時進了城，超市門口卻排了長隊。去煙店買一包捲紙，要排隊，去麵包店買條法棍，也要排隊，隔壁的郵局門口更是排了一條十幾個人的長隊。

果然大家都等不及出門了。

在路上鬧騰的狗也多了起來，半個小時的路程不下十次看到路上他們慷慨留下的「肥料」。帶着孩子騎車出門的家長也很多。之前有規定不管是遛狗還是遛孩子都只能有一個大人陪同，現在還有街坊四鄰一起出來遛彎的。也不再有瘋狂買麵包的人了。有一次我前面的大叔抱了一懷抱的麵包，店員幫他推開店門才能出去。他出門前很羞澀地轉過頭，跟我們説了一聲不好意思。

現在路上夾着法棍相視一笑的路人手裡都只有一根單薄的法棍。按照我的吃法，一根法棍大概能吃兩天，畢竟不能頓頓吃。第二天的法棍就喪失了軟和脆，直愣愣的只是僵硬。要不是實在沒辦法，大概不會有人願意吃隔夜的法棍，要吃到第三天的話，可以直接用那根僵硬的法棍來切腹自盡。

所以事情在顯而易見地變好。

為了避免無功而返，到離家最近、又小又貴的超市買了一個蜜瓜、一個小西瓜、一個西柚、一個南瓜，再挑了點奶酪前菜和配法棍的鴨肝、肉凍就回家了。在冷凍蝸牛前站了很久，想到買了蝸牛又要買香料、黃油，

林林總總加起來就很貴了，能吃四個小西瓜、六個小蜜瓜，太不划算，於是就回家了。現在想想真後悔，也沒幾天了呀，應該自作主張地在記憶裡留下喜歡的東西。

回家擇菜，擠了一根香腸，混着蝦仁和野菜做了一盒子的餡。

香腸一根一米多，一圈一圈地盤起來，在盒子裡像一條冬眠的蛇。

不知道為甚麼到了 5 月野菜才香起來，好像是由於這段時間溫度下降之後，味道就更加濃鬱了，混上蝦仁的鮮味，讓人感覺今天比往日格外美好。

昨天自己一個人做了燒烤，一大早上完課就把烤爐洗乾淨，炭鋪出來，撕了一頁又一頁的作業試圖點火。

打火機的頂部被燒得滾燙，大拇指的內側被摩擦式的打火機擦得生疼，火還是沒有點起來。只好回屋把解凍好的鴨胸用烤箱烤了，香菇也順便一起烤了。

為了特意補償自己多花了點功夫，在鴨胸的醬汁上用紅酒、牛肝菌和藍莓一起熬出來。紅酒提供醇厚的味道，沉在舌根，藍莓醬的酸甜很跳脫，在舌尖跳躍，偏甜的味道配合鴨肉的獨特香味，紅酒的酸又讓味道沉澱了下來。

一般鴨肉都要配酸甜的醬汁，比如橙子、醋栗、櫻桃。我在伯爾瓦納吃到的就是配了老闆自己熬的黑莓醬，比外面做的酸味濃鬱很多，和烤鴨胸的味道確實很搭。

而牛肝菌提供了一種縈繞在口腔裡的味道。比起味道，更強烈的是嗅覺上的感受，在吃進嘴裡之前就聞到它的美好了。烤的時候刷一層芥末醬，最後是吃不出來味道的，但是要靠它沖淡鴨肉偏腥的肉味。

總之吃得非常愉快，連蘑菇烤過之後也滲出了汁水，不怕胖的我把蘑菇的傘蓋裡填滿黃油和蒜蓉，想像自己吃的其實是蝸牛。

然後我走到花園伸個懶腰，摸了一下爐子，熱的，滾燙滾燙的。

在我吃午飯的時候它燃起來了，不知道是我的哪項作業起了作用，還是 Tinka 住房補助的空白表格帶來了遲到的力挽狂瀾。

我想起很多很多年前，我還是一個喜歡看貝爺，夢想着去探險的小孩子，謹記貝爺說的每一句求生技巧，以防自己有一天會用上。他說，點火就像抓蝴蝶，不能太心急，那樣蝴蝶就被捂死了；不能太慢，那樣蝴蝶就跑了。現在蝴蝶在我手裡撲楞一陣死而復活了。

來都來了，那就再吃點。

蘑菇裡塞上黃油和調料，一個個用錫紙包上丟進火堆裡烤。真想要點紅薯和土豆啊，那才有燒烤的感覺。

我順手把前幾天喝剩的老椰子也丟進火裡了，不知道出於何種心態，可能看到火就不能不做點傻事。天色漸漸暗下去，花園裡傳來一聲爆炸聲，椰子炸了。

炸了就炸了吧。

看着地上的半拉椰子，我又想起幾年前在尼泊爾燒屍廟裡頻繁聽到的爆炸聲，果然一切體形偏大，有一層硬殼，中心柔軟或者空空如也的東西在火中都容易爆炸。

椰子撿起來，把椰肉摳出來切片烤成椰子乾。

椰子乾真的好吃，椰肉有一種豐腴的肉感，可能是在沙灘上看了很多豐腴的美好肉體。喝的時候因為老椰子汁少還覺得虧了，現在意外吃上椰子肉覺得椰子真是美妙的東西。

剩下的半個椰子殼做了一個小盆子，用來當煙灰缸也不錯。家裡的煙灰缸五花八門，剪開疊起來的金屬易拉罐、裝香料的調味瓶都是。之前去 Noé 家的時候看到他家花園的煙頭開出一朵葵花子的花盤來，渾身上下充滿「藝術細菌」。歸功於 Raphaël，我們家的情況也差不了多少，窮鬼也不能廢風雅。

因為作息時間異於常人，我的時鐘整個向後推移三到五個小時，沒有課就兩點起床坐在床上吃一個瑪德琳或者布朗尼當早餐，4 點吃午飯，10 點吃晚飯。總體來說作息很規律，不算熬夜，只是往西時區推一推。

昨天晚上睡覺的時候看到了多日不見的螂兄，螂兄壯實油亮了，滿面黑光了，身手也敏捷了，他漂蕩在一攤化學藥水裡的樣子很安詳。

其實這棟屋子的角落裡應該還有很多默默陪伴着我的小動物吧，比如説花園裡散落在角落磚頭背面的鼻涕蟲和蝸牛，還有很多我沒有發現的小東西。

今天去埃萊姆政府對面的公園邊緣散步，發現公園的圍擋已經拆了，裡面也有零零落落的人影，路上的狗屎也多了起來。

雖然過了花開得最好的時間，但是角落裡的花還在開。尤其是一種幾乎算作野花的小白花，白色的細長花瓣，又大又圓的黃色花蕊，很熱鬧的樣子在草地上一開就是一大片，實在好看。

法國的花壇有一種一把種子撒下去，長出甚麼算甚麼的感覺。好像有一群閒人買了很多種子，混在一起之後隨心所欲地沿路拋撒。放眼望去一片稀稀拉拉的五彩斑斕——這裡一朵鶴立雞群的大紅花，那裡一片星星點點的小藍碎花，安靜地在草叢中點綴着。

上次看到的花是春天大張旗鼓到來的樣子，現在的春天敲着退堂鼓給夏天讓路，空氣裡更有夏天清爽陽光的味道。

等到夏天真的到了，就都能自由出門了，我也要回家了。

重返城市

路上每個人手上都拿着雪糕和華夫餅，臉上洋溢着快樂的笑容。一個戴着墨鏡和口罩的小哥手裡捧着兩盆花，在太陽底下走得兩腿生風，太陽曬在身上是溫暖又輕盈的感覺。

就這樣我兩個月以來第一次回到了老里爾。

早上在樓下的時候，聽到門前一陣響動，有人丟進來一個信封，上面沒寫名字，鼓鼓囊囊的，打開一看是里爾和埃萊姆政府發的口罩，每家兩個，不夠還能申請。政府已經承諾藥店都能買到口罩，而且定價很低，不能超過 0.95 歐。

這邊的口罩有很大一部分是扁的，嘴那兒像鴨喙一樣伸出去，看上去就像鴨嘴獸。大街小巷就走動着大大小小的鴨嘴獸。

窗外的陽光很好，我敵不過心裡的誘惑又換上衣服出了門，打算去一趟老城區，順便看看兩個多月沒去過的學校。

從埃萊姆到老城區坐地鐵只要 10 分鐘，結果我走了一個多小時，路上一度懷疑自己走去了哪裡。路過一片很有意思的工地，有一段長長的牆上畫着兩個變形扭曲的銀髮老太太，她們手牽着手，臉像是要撕裂一樣被拉長，身後站了一個個頭巨大，尖牙利齒的怪物。不遠處還有被扭曲拉扯的貓。同一堵牆前面的部分，變成了黑色背景上的彩色光斑，像是一個喝醉了的世界一樣迷幻流動。

上面被人白底黑字寫上了「別打女人」。

我走的路上總是有很多有趣的東西，比如說在人行道的中間會遇到一台廢棄的洗衣機。在中規中矩的社區街道上會突然看到一棟三層小樓的整個側面畫着一個凝視着路人的半身女人像，與之相對的是一棟畫着小小星球的小房子。家門前的配電箱上不知何時也被畫上了人像。

在城市的邊緣遇到一片很有設計感的建築，色彩斑斕卻一點也不出格，順着一堵三角形的牆往上一看，有人寫着「grève et rêve ou travaille et crève」。

意思是「罷工與理想或工作與死亡」。

就連路上被扔了五瓶酒的垃圾桶都煞是好看。

自從巴黎爆炸之後除了大型分類垃圾桶，零零散散的小垃圾桶全部都換成了透明塑料袋，所謂垃圾桶也只是個框架而已。為的就是垃圾袋裡的東西能一覽無餘，這樣的垃圾桶通常會說出很多的故事。

又路過幾片繁花盛開的草叢，百花鋪滿綠草地的草坪……

馬上就到了 moulin 的公共花園，這裡一直是我們不屑的一座花園。在市中心最混亂的地方，非要用紅色柵欄圍起來一片草地。晚上公園周圍被流浪漢圍繞，還有徹夜喧囂的酒吧。

用柵欄圍起來的平坦草地很違背公園的靈魂，但是現在有人反坐在公園柵欄外的長椅上，把腿和頭塞進柵欄中間，假想自己坐在公園裡。因為公園要等 6 月才能開門，雖然大多開放式公園早就「玉體橫陳」了。

就這樣邊走邊看，路過了大皇宮，又走過從前最熱鬧的 flandre 火車站，站在天橋上看交錯縱橫的鐵軌，再走過鐘樓和市政府。

我想起來再過一個街口有一家地下酒吧，我以前和 Antoine 每週四都要和排球俱樂部的朋友一起去。我們每次去之前還要在政府門口等 Micheal 下班，有時候他同事也和我們一起去。

為甚麼是那家地下酒吧呢？因為便宜又有現場表演。

我們最喜歡夾在鋼琴和廁所之間的那張小桌子，Micheal 最喜歡在裡面的歌手唱完之後喝一聲響亮的倒彩，然後捂起嘴偷笑。

每次由一個人買單，大家輪流，既沒有完全分賬的生疏，又不至於欠人情。可是每次我買單都會被攔下來。他們說，和女生去酒吧，就沒有不買酒的道理。Antoine 還喜歡在從酒吧出來之後，請我吃頓肥仔比薩，再趕在末班車之前去到車站。以小氣聞名的法國人，其實也沒有那麼小氣。

他去西邊的洛斯，我回東邊的埃萊姆。再次感歎一遍，作為上法蘭西大區最大的城市，橫向地鐵 20 分鐘就能穿過，實在是太小了。Tinka 每次都會強調一遍：「Marcia 是一個來自小城市的女孩，她的『小村莊』只有兩千多萬人，也就兩個捷克那麼多。」

順帶一提，她看到我出來走過了我們之前無數次走過的大街小巷時，很是羨慕，並向我展示了她被摔斷的腿。她在家門前的路上滑滑板，把腿摔斷了，因此雖然捷克早就能出門了，但是她除了醫院哪裡也沒去過。

政府的門前就是我們的小凱旋門，巴黎橋，在那裡有我第一次認識秋天和雪梨的小飯館。那個飯館對學生有特惠，賣很難吃的意麵和算是不錯的甜點。我們也就去過那麼一次，畢竟誰吃將近 8 歐的速食意麵啊。從這裡認識的秋天和我一起去了西班牙、荷蘭、奧地利、斯洛伐克、比利時。

再往前轉一個彎就是我讀了一年的學校了，學校和對面的圖書館都關門了，9 月之前應該沒有開門的可能性。永遠被拿着咖啡和煙捲的學生圍繞的階梯空空蕩蕩。

學校裡的那台熱飲機真是最美好的回憶，我從來沒有喝過那麼好喝的 0.8 歐一杯的熱巧克力。以至於不管我走到哪裡，在哪個國家的高級咖啡店裡喝着純巧克力和牛奶泡的熱巧克力，嘴上掛着一圈棕色的鬍子，也還是會想起那紙杯裝的熱巧克力。濃鬱、香甜、廉價的巧克力粉的苦味兒是回憶裡的味道。喝到最後的時候，還有沉澱的巧克力粉留在杯子裡。

Tinka 臨時決定走的那天，我們在乒乓球室後面的天井，她一根一根抽着煙，我一口一口喝着熱巧克力。

她的臉頰緋紅，眼眶濕潤，我的舌根發苦，胃裡滾燙。

我在學校門前的樓梯上度過了很多課餘的時間，Mikako 是我法語課後和美國移民政策課前的永恆的巧克力友。冬天的時候，兩個人下課之後裹起外套，坐在樓梯上，一人捧一杯熱巧克力，話題不知道飄到甚麼地方。

過了學校，再往前走就是美術宮了，里爾學生的心臟所在。當然現在是不開門的，但是門前廣場上的噴泉已經開始汩汩地流淌了，廣場上坐滿了出來曬太陽的人。

溫度並不高，外套是脱不掉的，但是坐在太陽底下就有暖暖的感覺。這才是歐洲人喜歡曬太陽的精華所在啊，廣東的大太陽任誰也遭不住一頓曬，哪有甚麼小麥色，直接變成大閘蟹色了。這裡的陽光和風細雨，難怪法國人這麼喜歡成堆地聚在街頭。

説實話，這麼久沒來，我都忘記了美術宮原來也是金碧輝煌的。我還記得某天夜裡我走過的時候，廣場上人聲鼎沸，整個美術宮被打上了國旗的顏色。這個廣場是罷工最常聚集的地方，動不動就浮動着彩旗，擠着黑壓壓的人群。

都不知道銷聲匿跡多久了。

Tinka 決定走的那一天，廣場上又有罷工，還開了一排麵包車，車上頂着充氣的橙色吉祥物，不知道是甚麼工會的標誌。我和 Tinka 站在人群前笑靨如花地留影，記錄下最法國的時刻。

我在廣場的陽光下坐了很久，脱掉外套，試圖和身邊的一群鴿子保持社交距離。

再拐一個彎就是老里爾了。過紅綠燈的時候我猶豫了一下，和人群一起闖紅燈過去了。沒有法國人看紅綠燈，這不只是中國人的劣根性。法國闖紅燈不需要湊夠一撮人，單槍匹馬就能走。法國司機有着難以言喻的耐心和禮貌。

就像在《托斯卡納豔陽下》裡的意大利男人回答「交通燈只是擺設嗎」這樣的問題。

他説：「綠燈行，黃燈是擺設，紅燈是建議。」

通常沒有人聽取建議。

老里爾的人很多，飯店還沒有開門，一些臨街的小吃店開門了，賣賣可麗餅、華夫餅、薯條、雪糕。大家喜氣洋洋排在店門口，隔出了一米的距離。

再往前走就是教堂了，剛到里爾的第一週，學校組織的城市旅遊第一站就到了這裡，當時我覺得這是一個灰蒙蒙的小教堂。現在也還有一股被霧氣籠罩的氣質。但是不管甚麼在我眼裡都是歡喜的，路上的鴨嘴獸們也是歡喜的。

就這樣，我換了一條路慢慢走回了家裡，一路上看見甚麼都倍感珍惜。去我最喜歡的麵包店買了一根法棍，剛開門的花店買了一束花，超市買了奶酪。在之前存下來的調料瓶裡精挑細選了一個玻璃罐，把花插上。從此之後白天放在花園裡，晚上收回家裡，為自己找到了些生機。花的顏色五彩繽紛，大大咧咧，豔得俗氣，現在就是要多點俗氣才好。

晚上躺在床上的時候，強烈的夕陽會把那棵鄰居家的樹影投映在我書桌前的牆上，搖搖晃晃的，在房間裡增加了流淌的東西。

在法棍僵而又僵的第三天做了吐司。

每天就靠這些細小的快樂算着日子生活。

在洛斯的四天

Antoine 是我在法國除了 Thomas 之外最好的朋友，也是這段時間以來最親密的朋友。

我們 11 月認識，和他一起打排球、滑雪、喝酒，每週見一次面聊聊天。跟他一起度過了我的生日，在他也過完生日之後我終於要離開了。

想起 Antoine，全都是好話。

幾天前的一個晚上，他給我發信息，讓我給他發一條語音信息。

我問他為甚麼。

他說：「你就要走了，以後這個手機號你就不會用了，我會想念你，我把這些信息收藏起來，這樣就能聽到你的聲音。」

我心裡想：「又不是再也見不到了，還能繼續聊天嘛。」

面不改色舉起手機把信息發了過去，心裡突然湧起一種空洞的感覺，鼻子和上顎發酸，眼睛濕潤。

我說：「別說啦。」縮進被子裡打算睡覺，畢竟已經快要兩點鐘了。

結果立刻收到了他的電話，他說：「別哭，你要不要接着電話睡覺？」

我本來收回去的眼淚又流出來了，我想起了很多事情，里爾冬天的陽光、夏天的涼風、我的小房子在晚上「嘎吱」作響的聲音、每天傍晚的夕陽。還有 Antoine 看着我在雪山上笨拙地滑行、我和 Micheal 組隊打排球、Antoine 家那隻毛茸茸的老兔子、和 Noé、Arthur、Simon 度過的許多個神情恍惚的晚上。

我會想念很多事情。

電話那頭的 Antoine 說了幾句法語，然後對我說：「我媽媽現在開車來你家，我們 20 分鐘之後到。」

我說：「兩點誒！」

他說：「就是兩點所以才要來接你呀。」

我坐在床上想了想，暈頭轉向地收拾了點東西，拿上了擺在桌上的花瓶，在客廳裡坐着等他們。

Antoine 媽媽無數次收拾過我們的爛攤子，有一次晚上 3 點鐘從 Simon 家把我們接回去，又有一次早上 7 點把在 Noé 家沙發上東倒西歪睡了一個晚上的我們分別送回家，而且從無抱怨。

沒過多久響起了響亮的敲門聲，Antoine 頂着小光頭出現在了門前，他媽媽在車裡朝我揮揮手。

我拿起花瓶走了出去。

Antoine 媽媽説：「Marcia，我特別開心今天把你接到和我們一起，我知道你馬上就要走了，一個人肯定很孤單，和我們在一起會好很多。」

我只能反覆感謝她，説他們實在是太好了。

Antoine 説：「現在你的眼淚可以收回去了吧？」

我繫上安全帶，白了他一眼，要不是他深夜突然多愁善感的話，我現在應該躺在床上笑呵呵地看搞笑視頻。

其實我們一起做的事情也不多，也不有趣，他從冰箱裡拿出兩瓶啤酒，在沙發邊的凳子上一放，我們就坐在沙發上玩遊戲。我們很少做「有意義」的事情，但是對於在異國他鄉的我來説，最重要的也不過就是坦誠和惦記。

甚麼東西往冰箱裡一放就可以保質，但是感情不行，只有長久溫熱的聯絡才讓大家成為很好的朋友。

最後眼睛都睜不開的時候，Antoine 問我：「還難過嗎？」

我説：「挺難過的，和一個這麼無聊的人玩一晚上遊戲還不能睡覺。」

他看了我一眼，把沙發打開，丟給我一床被子，回了房間。

想起 Antoine，最先想起的是溫柔。

回想起細節的時候最為致命。他原本不過是聚會上一個萍水相逢的朋友，在聚會上問了一圈有沒有人想和他一起去滑雪，我正有此意，就成了熟人。

一開始覺得這個光頭小男孩不過是一個聚會上大着

舌頭開玩笑的普通人，後來一次聚會我去上廁所的時候看見他坐在飯廳角落裡玩手機。好奇心驅使下我去看了一眼，發現一旁的 Arthur 正抱着水桶吐，Antoine 不時看一眼，扶他一下。

他對着我笑一笑說：「沒辦法，總要有人看着他，頭埋進去的話很危險。」

聚會結束之後，每個人都找到了一個房間睡了下來，我的充電器不見了，正在客廳裡翻箱倒櫃地找。看見黑暗裡一個高高瘦瘦的身影把用過的酒杯收進廚房，又把喝空的酒瓶收在一起。

我過去幫忙，他說：「這樣不錯，Noé 爸媽回來他不會被罵到太慘。」

我們的聚會永遠是誰的爸媽不在家就去誰家。但是每次收拾殘局的人總是他。

那天晚上我蓋着 Antoine 給我的外套在沙發上睡到了天蒙蒙亮，被響亮的噴嚏聲吵醒了。我茫然地睜開眼睛，看到他正躺在另一個沙發上，我說：「你冷嗎？」

他說：「要是知道晚上這麼冷的話，我的外套絕對不會給你。」

太晚了。

我是那個聚會上永遠手足無措的外國人，用腳指頭摳地板，摳出一張清明上河圖。

Antoine 每次都會坐在我身邊，跟我用英語解釋大家在做甚麼。有時候會偷偷埋頭在我耳邊說一句法語，眨眨眼睛，示意我說出來，假裝是自己想出來的。其實他聲音挺大的，大家都心知肚明，但是 Arthur 和大家總會很捧場地說：「哇！ Marcia 法語好好！」

後來只要是我在的場合，大家都會換成磕磕巴巴的英語。

每次有 Antoine 在的聚會，大家就能放心喝酒，因為一群人走在前面東倒西歪，Antoine 總是走在最後面，安靜地看着前面的我們。

我有兩個學校發的書包，送給他一個，另一個我偶爾背在身上，他總會接過我的包，挎在身上之後跳一跳說：「好像是我自己的包，裡面的錢也是我的錢吧。」

每次去聚會之前，我都會說：「I' m nervous。」

他總是說：「Hi nervous！」

這個很不搞笑的笑話讓我們樂此不疲。

他轉而又會說：「不用化妝哦，在法國自然的樣子是最好看的，而且你總是哭哭啼啼，暈開的眼影看起來像巫婆。」

我說：「那我怎麼能在聚會上豔壓群芳？」

他突然正色說：「我希望你不要關心任何淺薄的東西。」

總之就這樣，和這群小孩還有 Antoine 熟悉了起來。去年聖誕節的時候，我的錢包和銀行卡在巴黎被席捲一空，第一反應竟然是給當時並不太熟悉的 Antoine 打電話。

後來銀行被鎖上了，沒有辦法交房租，也只能讓他和他媽媽代為轉賬，他拿着我給他的一沓厚厚的鈔票，很興奮地放在鼻子前嗅着，他說：「我從來沒有拿到過這麼多現金。」

再後來，和他一起在排球俱樂部打球，認識了 Micheal 和他的教父，又在雪山認識了他的許多老友，度過了很多一想起來就覺得快樂的時光，但是又因為快樂得太純粹，而帶着一些不夠真實有些虛幻感覺的悵然若失。

多謝他，我認識了很多朋友，土裡土氣的北方法語說得一天比一天好。

我離開法國的時間將近，所以更加在乎和朋友一起度過的時間。

第二天，他和我說：「三天之後是我的生日，如果你可以在這裡的話，我會非常開心。」我猶豫了一會兒，還是拒絕了他生日當晚的大聚會，畢竟 Arthur、Noé、Simon 這群上躥下跳的小孩，不知道去過甚麼地方，現在還是不要見面比較好。但是這兩天會和排球俱樂部的朋友見一面，既是慶祝，也是告別。

就這樣，每天晚上我回家睡覺，早上一起床就到洛斯摸兔子，以至於 Jenna 一看到我就會開心地跳過來，因為我總是給她好吃的。

Antoine 媽媽有一個小小的花園和露台，花園不大但是種滿了樹，露台也簡簡單單。她讓我摸摸每一棵植物，告訴我她在建一個氣味露台，每一種植物的氣味都是不一樣的，不是花朵濃鬱的香味，而是草本植物的氣味。她還收集了吃剩下的各種種子，泡在水裡等着合適的時機種下去。連超市裡買來的茴香球莖都被泡在水裡等着發芽。還有一個小小的水盆，是用來給小鳥洗澡的。

我對於法國的喜愛就藏在這種小小的細節之中，大家如此細緻地裝點自己的生活，讓一個小小的露台都變得饒有一番風味。

Antoine 作為一個馬上 19 歲的小孩，雙層床的第二層擺滿了小玩偶。

第二天的下午，他教父和妻子來他家吃飯，我也帶來了長久放在冰箱裡，自從打開就沒有吃過的奶酪。Antoine 媽媽並不知道，只是抽着鼻子在家裡到處找甚麼東西。直到我拿出奶酪的時候他們才恍然大悟地告訴我，這種風味很強的奶酪，味道聞起來就像是屋子角落裡死了很久的老鼠，但是反覆強調，抹在麵包上就會很好吃。

我的味覺還沒有如此開化，享受不了這樣曲高和寡的味道。

晚飯也異常簡單，基本上打開包裝袋就是豐盛的晚餐，我尤其喜歡大蒜味的薯片和奶酪，雖然我在他們的餐桌上從來沒有吃飽過。

每次回家都要偷偷給自己煮上一碗意麵。

我們經常漫無目的地聊天，説起讓他痛苦與快樂並存的數學，抱怨遲遲不到的空軍錄取通知書，他說：「不管結果怎麼樣，我起碼想知道，他們是否知道我的存在。」

我說說我的生活，我如何智鬥蟑螂，如何在深夜一個人走過「嘎吱」作響的樓梯去上廁所。

我還記得停電的那天下午，他穿着厚厚的大衣站在我家門口，在冷風裡騎在單車上朝我揮手。

當然更多的是互相嘲笑和打趣，有時候說着說着，我因為不夠牙尖嘴利，眼睛又蒙上一層霧氣。他總是對他媽媽嘲笑我：「Marcia 太玩不起了，連說都不給說一下。」

其實我是因為這一刻的快樂和美好，當然還有些許的委屈而突然感受到一陣無法掙脫的難過。

在洛斯的這些天，我對時光的流逝全無察覺，我很少感覺到分別的難過，因為生活的充實和快樂佔據了全部。我很想回到我的家人和朋友身邊，沒有人比他們對我意味着更多，但是在離別之前，我已經開始想念現在在我身邊發生的一切。

一天之後，我們去市中心吃雪糕，坐在長凳上曬太陽，等着晚上去 Micheal 家裡。

我看着他光亮的小腦瓜，問他：「你在想甚麼？」

他說：「我在想我以後要有一個大房子，在對着公園的路上，我每天下午坐在陽台上看風景，有時候牽着我的妻子，帶着我的孩子和狗去公園裡曬太陽。」

我說：「哪個女人這麼倒霉要和你一起啊？」

他作勢要來打我。

走到 Micheal 家樓下的時候，隧道邊上圍了一群黑人，他説他很害怕。

我説：「你是一個快一米九的男生，為甚麼要害怕，怕的應該是我這個帶着口罩的中國人吧？」

我又問：「要是他們來打我，你能讓我先跑嗎？」

他説：「今天是一個陽光明媚的日子，我有權利享受快樂的生命。」

好的。

Micheal 的身影從隧道的角落裡閃出來，他説：「先生，沒戴口罩是被禁止的，罰款 135 歐。」

Micheal 是一個很有生活情調的法國人，廚房裡掛着日本的日曆，牆上貼着他去過的山川的圖畫和照片，在廁所裡一面掛着李小龍，一面掛着美國地圖。

Flora 帶來藍莓芝士撻，Marine 帶來自己做的番茄芝士培根蛋糕，還有自家花園裡的小草莓，酸溜溜的，咬一口要眯一下眼睛。Antoine 在廚房裡削醜醜的蜜瓜片，我站在陽台上看公園的風景，電腦裡放着《聖鬥士星矢》。

我覺得一天很長，一年卻很短。

最後 Antoine 媽媽開車送我回家，路上她很開心地對我説，Antoine 受到我的鼓勵，為了聚會收拾了他的房間，上一次收拾可能是幾個月之前的事情了。我只好告訴她，第二天我上午會來，晚上的生日會卻不會參加，因為實在是放心不下。她點點頭，表示理解，説她其實也很擔心，所以聚會的時候她會去朋友家睡覺，等這群小孩子鬧騰完了，開窗通風後她再回來。

最後一天，也是我離開法國的倒數第三天。

我幫着 Antoine 把 Jenna 圍進圍欄裡，這條 9 歲的老兔子平時自由自在地在家裡遊蕩慣了，對於突然被關起來很不滿意，上躥下跳想要突出重圍。

我問他：「晚上會吵到她嗎？」

Antoine 說：「應該不會，我和我鄰居關係很好，我不希望他們討厭我，畢竟這條街上兩年前有一個鄰居殺死了另外一個鄰居。」

我說：「那你要小心一點了。」

他看了我一眼說：「你確定不來嗎？那我們只能週一見面送你走了。」

我點點頭。

他說：「我送你回家吧，只有一面可以見了哦。」

我抿着嘴，眉毛又耷拉下來了。

他拿出我的墨鏡，又拿出口罩給我，說：「你知道病毒的好處是甚麼嗎？有很大很大的悲傷的人都可以偷偷哭。」

我接過墨鏡，下樓和他媽媽告別，她緊緊地抱着我親了我的頭髮一口，說：「See you，這幾天有你真的很高興。」

我愣了一下，see you，這個小小的單詞都會在我心裡引起一陣震動，不是 bye 也不是 adieu，而是像 au revoir 一樣的「下次再見」。

多久是下次呢？

我說：「See you。」

在樓梯轉角，她又朝我喊了一句：「給你很多的吻。」

我一時不知道怎麼回答，Antoine 又像在聚會上那樣偷偷湊過來，說：「給她很多的吻和謝謝。」

我帶上墨鏡和口罩，和他一起走出家門。

我們平時的話很多，但是那天卻很沉默。

走到半路上的時候他說：「Marcia，不管你在法國還是中國遇到甚麼問題，你隨時給我打電話，不管是多晚的夜裡，你的電話我一定會接，你不會打擾到我。」

我說：「我回到中國，回到自己的家人和朋友身邊，你覺得會遇到甚麼問題需要找你解決嗎？」

他說：「我不知道。」

他又說：「You have the big sad。」

我扭過頭去，眼淚汪汪。

他說我有很大很大的悲傷。

他說：「你的眼睛是不是又亮晶晶的？」

我沒有說話。

過了一會兒我說：「你的生日禮物沒有買給你，我不想隨便挑禮物給你，你要慢慢等我寄給你了。」

他說：「那我給你寄禮物地址要寫中文嗎？我不會怎麼辦？」

我說不用。

他說：「你知道我家的地址，我媽媽一直都會在，如果有一天你會來，就是她最高興的禮物。」

我說好。

我不知道怎樣才能說出自己心裡空空蕩蕩的感覺，像是喜歡洗東西的小浣熊，不停地洗一塊棉花糖，像是里爾的夏天很熱，空曠的房間裡卻冷冰冰的，像是沒有眼淚要流出來，卻覺得眼眶發脹。我希望這裡的一切還會與我有關，我希望有一天我可以回到這裡，再摸摸那顆像我眼睛一樣亮晶晶的小光頭。

Antoine 只是我在法國遇到的眾多朋友中的一個縮影，我和他認識的時間不過半年，和最好的朋友 Thomas 都已經認識四年多了。但是他給我的感覺異常真實，也異常美好，當我回想起法國的諸多經歷時，最先在我腦海中閃過的就是那個光亮的小腦袋，還有陽光底下那個氣味露台。

亮閃閃的。

在法國的最後兩天

離開里爾的前一天晚上我在床上輾轉反側，看着房間空空蕩蕩的樣子，大得不像話。

房東把花園的草割了之後，連花園也不是原來的樣子了。我站在窗口，能看到因為新鮮的草根被翻出來了，所以總有 5 隻黑白色的大鳥在草地上蹦蹦跳跳，啄食草籽。

那天下午房東來了，檢查了房子之後問我：「烤箱和微波爐你沒用過嗎？」

我說：「用過，但是我實在沒事幹，全都打掃乾淨了。」

第二天離開的時候我收到了房東的短信和郵件，告訴我只要願意回來，我的房間還是留給我，對着我一通誇，誇得我頭暈目眩。

那天他和太太站在花園裡，我說我離開這個地方還是傷心的。

房東說：「沒辦法，這是人生必然要發生的事情。」

在郵件裡他說：「離開你生活了幾個月的地方和人肯定是會難過的，這很好理解。」

我房東真是一個可愛的老頭兒。

睡不着的時候我躺在床上看《大佛普拉斯》，看到那句矯情的「人類早就可以坐太空船去月球，但是永遠無法探索別人心裡的宇宙」，覺得深以為然。我自以為比大部分在別人文化的河床邊淺嘗輒止的人做得已經好多了，起碼我在各種朋友的支持下努力在河裡泅水。但是回頭看來，一年的時間遠遠無法探索那個巨大的宇宙，對文化談不上了解，對人也談不上了解。就像是坐着太空飛船周遊了一遭，以為看盡了風景，最終還是要降落。

有人說：「在人與人之間還沒有摸透、還不能對對方作出正確的判斷時，他們總是互相愛慕、互相尊敬的，這種熱烈的渴望，就是彼此還缺乏了解的證明。」

恰恰也是這種不了解，才有了更多了解的渴望，但是也要告一段落了。看着看着天就亮了，那天晚上 Antoine 也一晚沒睡，我們有一搭沒一搭地聊天，說好他 9 點來我家，中午送我走。

6 點多的時候我在房間裡來來回回走了幾圈，收拾了一下出門買東西，順便叫他可以出發來我家了。街道上基本沒人，垃圾車還在「嗡嗡」地運轉，路上竟然有散步的鴨子，大搖大擺地走着。

我常去的商店也還沒開門，七拐八拐走去了另外一家商店，買好東西回家坐在家門口的台階上等 Antoine。

街對面的台階上也坐了一個百無聊賴的人，我們可能心裡都在想，這麼早出來，卻無所事事的人都在幹嗎呢？

只有等人說得通，要是有人可等的話。

我告訴 Tinka 我要走了，所以社交軟件都不能用了，她說：「你一定要再回歐洲，我們還有馬賽沒去呢。」我們彼此留下郵箱，好像能做的也不多了。

Thomas 說：「那就明年見了，我還是打賭你不來里昂，保羅博古斯是意料之中的。」

他是對的。

Antoine 頂着小光頭從街角出現了，戴着阿炳的墨鏡，背着我送給他的書包。我把沒有帶走的毯子都送給他了，我的滑雪服和頭盔本來也想留給他，但是他說：「我身邊沒有像你一樣矮的女生可以用誒。」

他又補充了一句：「準確來說我不認識甚麼關係好的女生。」

我說：「那你也太慘了。」

我又問他大早上太陽又不大，為甚麼要帶墨鏡。

他說：「這樣我就能在地鐵上悄悄瞄女孩子，沒人能發現。」

很好。

Antoine 的性格很溫和。有一次我在地鐵上因為疫情被人罵了，無能狂怒的我在別人面前唯唯諾諾，卻對着他重拳出擊。

我說：「法國太差了吧，一點也不友好。」

他說：「對啊，我也覺得法國太差了，讓我媽把我送到中國怎麼樣。」

我說：「我討厭你。」

他說：「對啊，我也討厭我自己。」

我的重拳突然打不出去了。

我們一起看了一部電影，《巨蟒與聖杯》，一部無釐頭的 70 年代英國電影，他笑到眼淚都要流出來。這個時候就更能感受到永遠無法消解的文化差異，這部他們家裡都會放着錄像帶的電影，我卻聞所未聞，無釐頭的笑話有時讓他笑得前仰後合，我卻不知道哪兒好笑。用我在聚會上學會的本事，只要別人笑，我也笑就好，懂不懂不重要。

很快就到了中午，我們都一晚上沒睡，頂着深沉的黑眼圈把行李搬下了樓。

我從巴黎飛回廣州，是第二天中午的航班，提前一天的下午就到巴黎，借住在兩個妹妹家裡，第二天再去機場。從里爾去巴黎也有認識的人來接，所以基本上一路不太需要擔心。

我們坐在客廳裡，看着兩個行李箱，原來我的一年時光用兩個不大的箱子就能裝得下。

我說：「一會兒先把你送回家再走吧。」

他說：「為甚麼不呢，這樣能多十幾分鐘呢。」

我上上下下跑了幾趟，反覆確認所有東西都收拾好了，給房東發了一條短信，聽到門外的汽車聲響起就出門了。Antoine 拖着我的大箱子跟在後面，他把箱子放在尾箱，說：「好不容易，終於把你送走了。」

我爬上車，坐在最後一排，他坐在中間的那排，側着坐在座位上，小光頭抵着車窗，我問他：「你難過嗎？」

他說：「有一點，以後沒人每天惹我生氣了。」

我說：「對啊，多可惜，以後沒辦法天天被人欺負了。」

他說：「我不會忘掉你，不要擔心，你軟軟的灰色被子還在我的床上，睡覺前我都會想起你。」

我打斷他：「哥，藍色的。」

大家沉默了 5 秒，很尷尬。

從我家到他家只要 16 分鐘，很快就到了，快得不像話。這條路我們兩個人風吹雨打走了半年，一條很長的路也被走短了。

車子停在他家門口的時候，剛好看到他媽媽從家裡走出來，我趕快衝下車子，和他媽媽說再見。他媽媽抱着我說，我是她最喜歡的中國女生。我心裡想，我應該是她唯一認識的中國女生。

嘴上說：「哎呀，我也好喜歡您。」

她又轉向 Antoine 說：「如果你要去中國旅行的話，我和你教父商量好了，我們給你出機票，你做你想做的就行了。」

Antoine 說：「中國家長給孩子買房子，我也想要。」

他媽媽沒理他。

他拍拍我說：「你爸媽缺兒子嗎？會說法語的。」

我說：「他們的兒子每天在家裡抓蒼蠅，和貓打架，暫時不需要了。」

Antoine 撇嘴：「那我先排隊吧。」

就這樣我們三個人走向不同的方向，我踏上了去巴黎的路。里爾到巴黎要兩個半小時，說遠不遠，睡一覺就到了。一上車，接我的哥哥就遞過來一張出行一百公里以上的出行證。現在雖然可以自由出行，但是超過一百公里還是需要解釋理由。

我一路昏睡，很快就到了巴黎的住所。

兩個妹妹都是在巴黎出生的，叔叔和阿姨 20 世紀 80 年代就來了法國，家裡有一個大大的花園，還有一條小白狗。小狗和燒餅很像，不管人走到哪裡，她就跟去哪裡。

我安頓下來之後，大女兒和小女兒都回到了家，她們帶着我到花園裡看她們親手種下去的櫻桃樹、橄欖樹、桃樹。橄欖樹開了一樹的花，空氣裡有一股淡淡的香氣。她們說大家都知道橄欖，但是很少有人知道橄欖花有這麼淡雅的味道。花園角落有一個小蜂巢，是她們買來蜂蛹帶回家，讓蜜蜂給家裡的花授粉的。

小妹妹眉飛色舞地給我講她怎麼繁殖多肉，又指着牆根底下一叢半人高的仙人掌説，這是她從北非背回來的，當時只是掰了一小塊，沒想到回來長出了一大叢。一旁還有一叢薰衣草，櫻桃樹也結果了，紅彤彤的櫻桃掛在樹上，不用等多久就能成熟了。

屋前有幾叢玫瑰，盤繞在牆邊，散發着淡淡的香味。廚房的花瓶裡還插了院子裡剪下來的黃玫瑰。

這些小小的用心，讓人更覺得生活美好。

大女兒帶着我看她整理的書架，客廳的一整面牆都是書，她分門別類地擺了起來。小女兒講她去面試的志願者活動，她想參加醫療安全的志願服務，想上崗還需要實習和考試。叔叔開了一瓶酒，給我看他們家裡一個很深的陶瓷缸子，裡面裝滿了橡木塞。

小狗不知疲憊地圍着我們打轉。

這樣的生活狀態真是舒適，生活得如此用心，因為生活本身就值得用心。

我們三個人在廚房裡忙活晚飯，叔叔在客廳熨衣服。

雖然是第一次見面，但是一點生疏的感覺都沒有，果然在異鄉見到中國人，不管怎麼樣都格外透着親切啊。

有時候我想想這兩個妹妹，從小在法國長大，小學回到國內，經歷一次語言和文化衝擊，初中回到法國，再經歷一次語言和文化衝擊，竟然能在兩邊都如魚得水，這比我所遇到的困難多多了。只要想想自己初中轉學的經歷，就覺得緊張，何況當時還只是在同一個城市，只是隔了十幾分鐘的距離。也許小孩子最脆弱的時候，也就是最堅韌的時候吧。

晚飯之後，我們坐下來看《不成問題的問題》，叔叔開了一瓶自己酒莊的紅酒，我們兩個就着核桃一口一口地喝，兩個妹妹點上蠟燭。黑白電影平靜卻又意味深長地在這個靜謐的夜裡流淌。

我真羨慕這樣安靜卻又有滋有味的生活，但是轉念一想，其實她們也在付出比我更多的努力吧。

第二天清晨起床，叔叔怕我路上餓，就煎了牛排給我，一路聊天，送我到了機場。

上飛機前我告訴了幾個朋友，在擺渡車上給 Antoine 打了一個電話，告訴他我要走了。他半睡半醒，迷迷糊糊地回答着。他說過打給他的電話一定會接，果然沒有食言。我又想起他以前不管在夜裡 1 點還是清晨 5 點接到我的電話，最多好聲好氣地說：「要是現在我能回去睡覺，那我就太高興啦。」

就這樣，我離開了巴黎，離開了法國。

現在的廣州下着雨，灑水車在放兒歌。江裡有人游泳，有人站在江邊吊嗓子，偶爾傳來「月光下的鳳尾竹」，偶爾聽到「友誼地久天長」。聽到這些聲音的時候，不由得覺得一陣熟悉，這些我從來沒有注意過的聲音伴隨了我 18 年，現在我終於回到他們身邊。

我告別我的生活，也回到我的生活了。

不過夏天的雨，還是讓人想起一些瑣屑的事情。

Le pont Mirabeau

米拉波桥

Guillaume Apollinaire 纪尧姆·阿波利奈尔

Vienne la nuit sonne l'heure
Les jours s'en vont je demeure

夜幕降临钟声回荡时
时光已然流逝而我依然驻留

就這樣，我離開了巴黎，離開了法國。